ROBERTO
ARLT

LOS
SIETE
LOCOS

七个疯子

[阿根廷] 罗伯特·阿尔特 —— 著
欧阳石晓 —— 译

四川文艺出版社

图书在版编目（CIP）数据

七个疯子/（阿根廷）罗伯特·阿尔特著；欧阳石晓译. —成都：四川文艺出版社，2020.4（2020.7重印）
ISBN 978-7-5411-5546-8

Ⅰ.①七… Ⅱ.①罗…②欧… Ⅲ.①长篇小说—阿根廷—现代 Ⅳ.①I783.45

中国版本图书馆 CIP 数据核字（2020）第 019227 号

QIGE FENGZI
七个疯子

（阿根廷）罗伯特·阿尔特　著　欧阳石晓　译

出 品 人　张庆宁
策　　划　周　轶
责任编辑　苟婉莹
封面设计　尚燕平
内文设计　史小燕
责任校对　蓝　海
责任印制　崔　娜

出版发行　四川文艺出版社（成都市槐树街 2 号）
网　　址　www.scwys.com
电　　话　028-86259287（发行部）　028-86259303（编辑部）
传　　真　028-86259306

邮购地址　成都市槐树街 2 号四川文艺出版社邮购部　610031
排　　版　四川胜翔数码印务设计有限公司
印　　刷　成都东江印务有限公司
成品尺寸　143 mm×210 mm　开　本　32 开
印　　张　9.75　字　数　210 千
版　　次　2020 年 4 月第一版　印　次　2020 年 7 月第三次印刷
书　　号　ISBN 978-7-5411-5546-8
定　　价　59.80 元

目录

第一章

第一章

惊讶

在推开经理办公室磨砂玻璃门的那一刻，埃尔多萨因就想要退缩；他知道自己完蛋了，但为时已晚。

等待着他的是经理（矮壮的身材，野猪头，灰头发剪成"翁贝托一世"[①] 的模样，鱼一般的灰色瞳孔发出严厉的目光）、会计瓜尔迪（瘦小，舌灿莲花，目光犀利）和副经理（野猪头经理的儿子，三十出头的英俊单身汉，头发全白，外表看起来愤世嫉俗，嗓音嘶哑，目光像他父亲那样咄咄逼人）。经理埋头在看账簿，副经理躺在安乐椅里，腿搭在椅背上摇晃，瓜尔迪先生毕恭毕敬站在写字台边，三个人谁也没有回应埃尔多萨因的问好。只有副经理抬起了头：

[①] Umberto I（1844—1900），萨伏依公爵和意大利国王。——译者注

"我们接到举报，说您偷了我们六百比索。"

"六百比索零七分。"瓜尔迪先生一边将吸墨纸放在账簿上经理刚签过字的地方，一边补充道。于是，经理仿佛费了好大劲儿似的，转过他牛一般的脖子，抬起头来。他的手指套在背心的扣眼儿里，半闭着的眼睑之间发出敏锐的目光，不带怨气地看着埃尔多萨因憔悴且呆板的面庞。

"您怎么穿得这么破烂？"他质问埃尔多萨因。

"收款员的工资少得可怜。"

"您偷走的钱呢？"

"我没偷钱。那都是谣言。"

"那么，您愿意交出账目咯？"

"如果你们需要，今天中午就可以。"

这句回答让他暂时得以喘口气。三个男人交换了一下眼神，最后，副经理耸了耸肩，在他父亲的默认下，说道：

"不用……您的时限到明天下午三点。把账簿和收据都带来……您可以走了。"

这个决定太让他惊讶了。他悲哀地呆立在那儿，看着他们三人。是的，看着他们三人。他看着自称社会主义者但却对他无尽羞辱的瓜尔迪先生，看着傲慢地盯着他褴褛的领带的副经理，也看着僵硬野猪头的经理从半闭着的眼睑之间向他发出愤世嫉俗且猥亵的灰色目光。

然而，埃尔多萨因站在那里，一动不动……他想对他们说些什么，但不知道该怎么说，他想让他们明白压在他生活上的巨大不幸；他呆在那里，悲哀地立着，黑色的保险箱在他眼前，时间一分一分地过去，他感到自己的背越来越弯曲，同时手指紧张地卷起黑色遮阳帽的帽檐，目光愈发鬼祟，愈发哀伤。接着，他突然问道：

"那么，我可以走了吗?"

"可以……"

"我的意思是，我今天可以领工资吗……"

"不可以……把所有的收据都交给苏亚雷斯，明天下午三点带着所有东西来这里，不要忘了。"

"好的……所有的……"然后他转身，没有告辞就走了出去。

他从智利街一直走到科隆大道。他感到被逼入无形的绝境。阳光将倾斜街道内部的污秽暴露无遗。各种各样的念头在他的脑袋里翻腾，要想把这些念头理清楚也许要花上好几个钟头的时间。

后来，他想起自己竟然没问问他们，究竟是谁告发了他。

心理状态

他知道自己是个小偷。但他不太在意自己被贴上什么标签。也许小偷这个词并不能体现他的内心状态。是另一种感受，是一个形成了回路的沉默，像一根钢柱般插入他的脑颅，让他对与自己的苦难无关的事物毫无知觉。

这个沉默且黑暗的回路打断了埃尔多萨因思维的连贯性，在推理能力退化的情况下，他无法将叫作家的地方与那个被称为监狱的机构联系起来。

他像发电报那样思考，省去介词，这让他精疲力竭。在那些死气沉沉的时光里，他完全可以不露痕迹地犯下任何一种罪行。当然，法官是无法理解这个现象的。但他的内心已被掏空，他不过是一具空壳，在惯性的作用下机械地移动。

他继续去糖厂上班并不是为了偷更多的钱，而是因为他在等待着某件不寻常的——非常不寻常的——事情的发生，让他的生活发生意料之外的大转变，把他从即将来临的灾难中解救出来。

他日复一日地像梦行者一样游走在这梦境般让人忧虑的氛围中。埃尔多萨因将它称之为"痛苦区"。

在埃尔多萨因的想象中，这个区域位于城市上空两米的地方，其图示类似于地图上的盐田或沙漠，是由许多黑点形成的椭圆，黑点如鲱鱼鱼子般密密麻麻。

这个痛苦区是人们受苦受难的结果。它像一朵有毒的云，缓缓地从一点滑到另一点，穿过墙壁，越过建筑，却能保持它扁薄且水平的形状；二维的苦痛将喉咙割断后，留下抽噎的余味。

当埃尔多萨因第一次因绝望而感到恶心时，他就是这样向自己解释的。

"我想要什么样的生活？"他问自己，也许是想要弄清自己焦虑的源头，那焦虑让他渴望明天不再只是今天在时间上的延续，而是某种完全不同、出乎意料的东西，就如同北美电影的情节发展一样——在那里，昨天的乞丐在今天突然变成某个秘密社会的老大，而昨天普通的打字女孩在今天则是隐姓埋名的百万富翁。

这种无法被满足的对奇迹的需求——因为他是一个失败的发明者，一个即将被关进监狱的罪犯——为他随后的担忧带来一丝挫败的酸楚，像嚼过柠檬的牙齿一般刺涩。

在这种情况下，荒诞的想法也随之而来。他甚至想象到，有钱人在厌倦了不幸者的诉苦后，建起由马车拉着的大铁笼。精心挑选的强壮的刽子手用捕狗的绳套套住不幸的人，埃尔多萨因清晰看见这一幕场景：一位身材高大、披头散发的母亲，追着笼子奔跑，她独眼的儿子在铁栏后面冲她大喊，直到"看狗人"听烦了叫声，用套头狠狠打她的头，将她打昏过去。

在噩梦褪去后，被自己吓坏了的埃尔多萨因自言自语道：

"但这是什么样的灵魂啊？我拥有的是什么样的灵魂啊？"他的想象力依然被造成刚刚那个噩梦的马达推动着，他继续说道，"我应该生来就是当仆人的命，那种喷着香水的卑贱的仆人，他们为有钱的妓女扣上乳罩的扣环，而妓女的情人则懒洋洋躺在沙发上抽烟。"

他的思维再一次跳跃，这一次跳到了一栋豪宅地下室的厨房里。在桌边有两个女佣、一个司机，以及一个卖吊袜带和香水的阿拉伯人。在这一场景中，埃尔多萨因穿着一件短到遮不住屁股的黑色西装，系着白色的领带。突然，"主人"叫他——那个男人的外貌是他的翻版，唯一的区别是前者没剃胡子，并戴着眼镜。他不知道主人想要他做什么，却永远不会忘记离开房间时男人看他的奇怪眼神。他回到厨房，当着开心的女佣和沉默的阿拉伯鸡奸者的面，和司机说着下流话。司机在讲述自己如何勾引了一位贵妇的女儿，一位非常年轻的姑娘。

他再一次对自己说道：

"是呀，我是一个仆人。我打骨子里就是一个仆人。"他咬紧牙齿，从作践自己、侮辱自己中获得满足感。

另一次，他看见自己从一个虔诚的老处女家里走出来，逢迎地提着沉重的夜壶，恰巧在那一刻碰见了常来家里的神父。神父微笑着，不动声色地对他说：

"埃内斯托，宗教作业完成得怎么样了啊？"无论是他、埃内斯托、安波罗修或何塞，都将卑微地过着淫秽伪善的仆人生活。

当他想到这一点时，一阵疯狂的痉挛让他全身颤抖。

啊，他早就知道！他在无缘无故地侮辱亵渎自己的灵魂。他故意让自己一点点陷入泥沼，那恐惧感就好比梦见自己坠入深渊但却知道自己其实并不会死去。

有的时候，他渴望着受羞辱，犹如圣徒亲吻瘟疫患者的溃疡；那么做并非出自同情，而是为了更能配得上上帝的慈悲——尽管上帝十分厌恶如此令人作呕的寻求天堂的方式。

当那些画面从他的脑海消失，他的意识里只剩下"寻求生命的意义的渴望"，他对自己说：

"不，我不是仆人……绝对不是……"他多么想去请求妻子同情他，理解他如此可怕卑微的想法。然而，当他想起自己为了她一次又一次地自我牺牲，他的内心充满说不出的怨怒，恨不得杀死她。

况且，他也清楚地明白，某一天她会将自己交付给另一个人，而那将会是组成他的痛苦的又一因素。

于是，在他第一次偷窃二十比索的时候，他为完成"那件事"如此简单而惊讶。也许是因为他以为就他当时的状况而言，自己是无法应对偷窃所需要考虑的一系列问题的。他在后来对自己说：

"只不过需要下定决心，然后去完成它罢了。"

"那件事"减轻了他生活的负担，通过"那件事"赚钱带给他奇怪的感受，因为钱来得太容易了。让埃尔多萨因感到不安的并非偷窃本身，而是担心小偷这一身份会被写在他的脸上。他不得不偷窃，因为他的工资太微薄了。八十，一百，或一百二十比索，取决于他收取的金额，因为工资是从他所收取的金额中提成。

于是，在某些日子，身上揣着四五千比索，饥肠辘辘的他却要忍受人造革钱包的臭味，钱包里是钞票、支票、汇款单和持票人票据堆积起来的幸福。

尽管他家从很早起就被贫穷腐蚀，但他在很长一段时间里从未想过偷公司的钱。

他的妻子因生活的窘迫而责怪他；他沉默地听她指责，然后在一个人的时候，对自己说：

"我又能怎么办呢？"

当那个念头滋生，当他想到可以偷老板的钱的时候，他感受到发明家一般的快乐。偷窃？他怎么之前从没想到过？

埃尔多萨因惊讶于自己的无能，甚至谴责自己缺乏主动性，因为在那个时候（叙述发生的三个月前）他太需要钱了，尽管他每天经手的金额与日俱增。

而他的计划之所以轻松实现，还得要归功于糖厂的管理混乱。

街上的恐怖

毫无疑问，他的生活是奇怪的，因为有的时候，一个突如其来的希望就会将他抛上街道。

于是，他会搭乘公共汽车，在巴勒莫或贝尔格拉诺下车。他在寂静的大道上沉思，自言自语道：

"一个少女将会看见我，一个身材高挑、脸色苍白的女孩，全神贯注地驾驶着她的劳斯莱斯。她悲伤地驾着车。突然，她看见了我，明白我将是她生命中唯一的爱人，她的目光（在此之前，那目光是对所有不幸者的侮辱）落在我的身上，双眼饱含泪水。"

幻想在痴妄中展开，与此同时，他缓缓走在高墙和绿色芭蕉树的阴影中，三角形的影子落在人行道的白色马赛克上。

"也许她是个百万富翁，但我会对她说：'女士，我不能碰您。即使您想要把自己交付给我，我也不能碰您。'她会惊讶地看着我，然后我会说，'一切都是徒劳，知道吗？都是徒劳，因为我已经结婚了。'但她会给艾尔莎一笔钱，让她和我离婚，接着她就会和我结婚，我们会开着她的游艇去巴西。"

"巴西"这个名字让单调的幻想变得生动起来，气候炎热且恶劣的巴西浮现在他的眼前，岩石峭壁从粉色和白色的海岸线坠入温柔的蓝色海洋。此刻，少女早已脱去悲伤的外表，在她白色丝裙下是一个女学生的模样，一个微笑着、害羞又大胆的女孩。

埃尔多萨因心想：

"我和她永远都不会有性生活。为了让爱更持久，我们将遏制住欲望。我甚至不会亲她的嘴，而只会吻她的手。"

他想象着，如果这件似乎不可能发生的事成为现实，幸福将会净化他的生活。然而，他也知道，让这个荒诞的想法成为现实比让地球停止转动还要困难。于是，他带着淡淡的怨恨忧伤地对自己说：

"好吧，我会成为一个'龟公'。"突然，一种超乎寻常的恐惧让他失去了理智。他感到自己仿佛被架在车床的钻头下，血液从灵魂所有的裂缝中涌出来，理智被麻痹了，痛苦也变得迟钝了，他发疯似的寻找妓院。在那一刻，他体会到了欺骗的恐惧，那恐惧是如此明亮，仿若硝石矿在阳光下强烈的聚光。

他被一股外力推动着前行，那股盲目的力量紧紧抓住那些第一次意识到监狱近在咫尺的倒霉蛋，引诱他们去玩牌，或者玩女人。也许他们想要在纸牌或女人那里找到一剂残忍且悲伤的安慰，又或许是想在最卑微堕落的事物中寻找一丝纯洁，将自己彻底救赎。

在炎热午后的黄日下，他走在人行道发烫的马赛克上，寻找最污秽的妓院。

他专门挑选那些门厅散落着橘子皮和烟灰、加了铁丝网的玻璃窗用红布和绿布遮起来的妓院。

他带着死去的灵魂走了进去。在内院的方形蓝天下，通常摆着一张黄褐色的长凳。他疲惫地躺在长凳上，忍受着老鸨冰冷的目光，等待妓女出来——那些女人要么瘦得可怕，要么胖得惊人。

妓女从门半开着的房间里冲他喊叫，能听见房间里男人穿衣服的声音。

"亲爱的，进来吧？"埃尔多萨因走进另一间房，耳朵嗡嗡作响，一团雾气在他的眼前旋转。

随后，他斜靠在被漆成猪肝色的床头，坐在罩着床单的毯子上。毯子被短靴弄得肮脏不堪。

他突然想要哭泣，想要问问那个难看的荡妇究竟什么是爱，那个天使合唱团在上帝神位的脚下歌颂的神圣的爱。然而，痛苦塞住了他的喉咙，恶心让他的胃一阵痉挛。

当妓女不停摸索的手终于在他的衣服上停下来时，埃尔多萨因在心里对自己说：

"我这一生都做了些什么啊？"

一束阳光从布满蜘蛛网的气窗斜裁进来，妓女的脸贴着枕头，一条腿放在他的腿上，手指慢慢移动。与此同时，他悲哀地自语道：

"我这一生到底都做了些什么啊?"

突然,他感到良心不安,想起即使生病也不得不坚持洗衣挣钱的妻子。于是,他为自己感到恶心,从床上跳了起来,把钱给了妓女,连碰也没碰她就逃向了另一个地狱,花掉了那不属于他的钱,在从未停止咆哮的疯狂中越坠越深。

一个奇怪的男人

早上十点,埃尔多萨因来到秘鲁街和五月大道的交会处。他明白监狱是自己唯一的出路,因为巴尔素特绝对不会借钱给他。突然,他整个人惊住了。

在咖啡馆的一张桌子边坐着药剂师埃尔格塔。

他的帽子遮住了耳朵,拇指摸着肥胖的肚子,低垂着头,蜡黄的脸上呈现出尖酸傲慢的表情。

他凸起的双眼发出呆滞的目光,粗大的鹰钩鼻,松弛的脸颊,下垂的嘴唇,看起来像个白痴。

他时不时地将下颌靠在拐杖的象牙手柄上,结实的身体把桂皮色的西装塞得满满的。

他那副漠不关心、百无聊赖的流氓表情让他看起来像拐卖妇女的人贩子。突然,他的目光意外地遇见了埃尔多萨因的目光,药剂师满脸放光,露出天真的笑容。在与埃尔多萨因握手时,笑容依然挂在他的脸上。埃尔多萨因心想:

"不知有多少女人因为这笑容而爱过他!"

埃尔多萨因不由自主地提出了第一个问题:

"你真的和伊波丽塔结婚了吗?……"

"是的,但你绝对想不到结婚这件事在家里引起的纠纷……"

"难道……他们知道了她以前是干'那一行'的?"

"不知道……她后来才告诉他们的。你知道伊波丽塔在做'那一行'以前做过女仆吗?……"

"然后呢?……"

"我们结婚后不久,妈妈、我、姐姐和伊波丽塔一起去某个人家做客。你不知道人的记忆有多么好?!他们在十年后依然认出了曾经在他们家做过女仆的伊波丽塔。真是撞了鬼了!我和她从一条路回家,妈妈和胡安娜走了另一条路。我预先准备好的关于结婚的说辞全都无济于事了。"

"那她为什么又承认自己做过妓女?"

"在一气之下。但她难道有错吗?她不是已经重新做人了吗?她不也在容忍我吗——那个从来只会带给别人痛苦的我?"

"你怎么样?"

"我很好……药店每天能赚七十比索。在皮科①没人比我对《圣经》更烂熟于心了。我曾向一位神父挑战辩论,但被他拒绝了。"

埃尔多萨因突然满怀希望地看着他那奇怪的朋友。接着,他问道:

---

① General Pico,皮科将军镇,阿根廷中部城市。——译者注

"你还经常赌博吗？"

"赌啊，而且因为我单纯，耶稣向我揭示了轮盘的奥秘。"

"什么意思？"

"你不懂……是个大秘密……静态同步定律……我去了蒙得维的亚两回，赢了好多钱，今晚我将和伊波丽塔一起去把庄家的钱赢光。"

接着，他做出了复杂的解释：

"你看呐，前三个球可以随便假定一个金额下注，每个球下注在一个不同的 12 个数字组合区。如果这三个球没有落在三个不同的 12 个数字组合区，那么结果必定不均衡。因此，你给出现过的 12 个数字组合区记上一分。接下来的三个球你在有标记的 12 个数字组合区下同样的注。当然，0 没有被考虑进去，你要三个球一组地玩儿。然后，你在没有任何标记的 12 个数字组合区多下一注，而在有三个标记的 12 个数字组合区少下一注，不，最好两注。这样你就可以推断出不同 12 个数字区的概率大小，把所有筹码都压在那个区。"

埃尔多萨因一个字也没听明白。随着希望的剧增，他忍着没有笑出声来，因为埃尔格塔明显是疯掉了。于是，他回答道：

"耶稣的奥秘只揭示给虔诚的灵魂。"

"也揭示给白痴，"埃尔格塔挤了挤左眼，嘲弄地盯着他，"自从接触到这些奥秘，我做了许多蠢事，比如和那个荡妇结婚……"

"你和她生活幸福吗？"

"……在全世界都想计你堕落并宣称你疯掉了的时候，你却想要相信人心的善良……"

埃尔多萨因不耐烦地皱了皱眉头，然后说道：

"人们怎么可能不认为你是个疯子呢？你自己亲口说过，你是一个罪孽深重的人。接着你突然开始信教，并按照《圣经》上写的，和一个妓女结了婚；你跟人讲《启示录》里面的第四印和黄马……当然咯……人们当然以为你疯了，因为他们根本不明白你说的那些东西。当我建议开一个专门给小狗的洗染店，建议生产金属衬衫袖口的时候，人们不也以为我是个疯子吗？……但我不认为你疯了。不，我不这么认为。你不过是精力旺盛，比普通人更仁慈、更关爱他人罢了。然而，你刚刚说的耶稣向你揭示了轮盘的奥秘这件事，我确实觉得有点儿荒谬……"

"我那两回都赢了五千比索……"

"就算你说的是真的，但拯救你的并不是轮盘的奥秘，而是因为你拥有一颗善良的灵魂。你是个乐于行善的人，不会对一个即将迈入监狱大门的人无动于衷……"

"这倒是真的，"埃尔格塔打断他，"我跟你说，村子里有另一个药剂师，老骨头是个吝啬鬼。他儿子偷了他五千比索……然后来问我应该怎么办。你知道我给他出了个什么主意吗？我让他威胁老头子，要是敢告他，就检举他贩卖可卡因。"

"你瞧，我就说我懂你吧。你是想通过让儿子负罪来拯救老头儿的灵魂，但儿子却会为此内疚一辈子。难道不是吗？"

"是的，正如《圣经》里说的：'父亲反对儿子，儿子反对父亲……'"

"看吧，我很能理解你。我不知道你的宿命是什么……没有人能知道他的宿命是什么。但我觉得你的前途非常光明。知道吗？一条奇怪的前路……"

"我将成为世界之王。你没意识到吗？我将把所有轮盘的钱都赢光。我将前往巴勒斯坦，前往耶路撒冷，重建所罗门圣殿……"

"而且，你还会将许多善良的人们从痛苦中拯救出来。有多少人出于无奈偷雇主的钱，偷走委托给他们的钱。你明白那种痛苦吗……痛苦得不知道自己在做什么……今天偷一比索，明天五比索，后天二十，当他反应过来时已经偷了几百比索了。他想，还不错……但某一天，他突然发现消失了五百比索，不，是六百比索零七分。你明白吗？那才是应该被拯救的人……那些痛苦的人，那些小偷。"

药剂师沉思了一刻。严肃的表情在他肿胀的脸上融开来；接着，他平静地补充道：

"你说的没错……这个世界充满了'白痴'，充满了不幸的人……但是，该怎样拯救他们呢？这是我担心的问题。应该以什么方式来让那些没有信仰的人重新认识神圣的真理呢？……"

"人们需要的是钱……不是神圣的真理。"

"不，那是因为人们忘了《圣经》。一个铭记着神圣真理的人不会偷他老板的钱，不会偷他雇主的钱，不会把自己置于监狱的门口。"

药剂师若有所思地挠了挠鼻子，接着说：

"况且，谁说这不是一件好事呢？靠谁来发起社会革命？当然是靠骗子、倒霉蛋、杀人犯和小偷，那些绝望且痛苦的歹徒们。难道说，你觉得文员和店员会发起革命？"

"好吧，好吧……但是，在社会革命还没到来的时候，不幸的人该怎么办？我该怎么办？"

埃尔多萨因拉着埃尔格塔的胳膊，叫喊道：

"因为我马上就要被关进监狱了。你知道吗？我偷了六百比索零七分。"

药剂师缓缓地挤了挤左眼，接着说道：

"你别担心。《圣经》里的'大灾难'已经到来。我不是和那个'瘸子'、那个'破鞋'结婚了吗？父子不是反目成仇了吗？革命比人们期待的更迫在眉睫。你不就是那个小偷，那个杀死羊群的狼吗？……"

"但是，你难道不能借我六百比索吗？"

埃尔格塔缓慢地摇了摇头：

"你以为我读《圣经》，所以我就是个傻瓜？"

"我对天发誓我欠了这笔钱。"

接着，发生了一件意想不到的事。

药剂师站起身来，伸出手臂，弹着指头，无视惊讶地看着这一幕的跑堂，大声喊道：

"滚！白痴，滚！"

埃尔多萨因羞红了脸，离开了咖啡馆。在走到街角时，他转过头，看见埃尔格塔挥舞着胳膊在跟服务生说话。

憎恶

　　埃尔多萨因的生命正在被耗尽。他释放出的所有痛苦都向着在有轨电车的电缆和受电杆之间模糊可见的地平线扩散开去。突然间，他感到自己正踩在由他的痛苦形成的地毯之上，仿佛被牛撕裂的马匹缠绕在自己的内脏之中，每走一步，肺脏都失去更多的血。他的呼吸越来越缓慢，绝望地以为自己永远都无法抵达。抵达什么地方？他也不知道。

　　在皮埃德拉斯街，他坐在一座荒废小屋的门槛边。他坐了几分钟，接着站起身开始快步前行，三伏天的汗水顺着他的脸庞流下来。

　　他来到塞利托街和拉瓦耶街的交会处。

　　他把手伸进衣兜，摸到了一把钞票，于是他走进一间日本酒馆。马车夫和皮条客在桌边玩轮盘。一个穿着小尖领衬衫和黑色草鞋的黑人在扒胳肢窝的虱子，而三个戴着黄金宽戒的波兰"鸡头"则在用行话讨论妓院和鸨母。在另一个角落，几个计程车司机在玩儿纸牌。捉虱子的黑人看向周围，仿佛用眼神邀请众人关注他的进展，然而谁也没搭理他。

　　埃尔多萨因要了一杯咖啡，用手撑着前额，盯着大理石。

　　"我去哪儿找六百比索啊?!"

　　随后，他想到了他妻子的表弟，葛利高里欧·巴尔素特。

于是他不再为埃尔格塔的态度而烦恼了。葛利高里欧·巴尔素特忧郁的形象出现在他的眼前：剃光的头，猛禽般瘦骨嶙峋的鼻子，绿眼睛，像狼一样的尖耳朵。他的出现让埃尔多萨因双手颤抖，口干舌燥。当天晚上，他将再次问他借钱。在九点半的时候，他一定会像通常一样来到他家。埃尔多萨因再次想象他站在那里，用一堆冗长且无意义的谈话作为来他家的借口，用言语风暴将埃尔多萨因吞噬。

他想起巴尔素特如何滔滔不绝地谈话，兴奋机敏地从一个话题跳到另一个话题，用邪恶的目光看着埃尔多萨因——埃尔多萨因口干舌燥，双手颤抖，却不敢将他赶出家门。

葛利高里欧·巴尔素特一定知道埃尔多萨因对他的反感，因为他不止一次对埃尔多萨因说过：

"你不喜欢听我谈话吧？"但那并没能阻止他频繁来访埃尔多萨因的家。

埃尔多萨因急忙予以否认，并特意表现出对他的谈话很感兴趣的样子。巴尔素特连续几个小时漫无目的地讲话，眼睛总是窥探着房间的东南角。他这样做的目的是什么？在这种不愉快的时刻，唯一让埃尔多萨因感到安慰的是想到也许对方生活在来由不明但却难以忍受的嫉妒和痛苦之中。

某天晚上，埃尔多萨因的妻子也在场（这场景很罕见，因为她通常将自己关在另一个房间里，不参加他们的谈话），葛利高里欧说：

"假如我疯掉，把你们俩杀死，然后再自杀，那将是多么美妙的事啊！"

他的双眼死死斜视着房间的东南角，微笑着露出尖牙，仿佛他刚说的那句话只不过是个笑话。但艾尔莎却严肃地看着他，说道：

"这将是你最后一次以这种方式在我家里说话。否则，你将永远都不能再来这里。"

葛利高里欧请她原谅自己。但她离开了房间，整个晚上都没再出现。

两个男人继续谈话，埃尔多萨因脸色苍白，狭窄的前额皱纹重重，时不时用大手抚摸铜色的头发。

埃尔多萨因无法解释自己对巴尔素特的憎恶。埃尔多萨因觉得他粗俗不堪，尽管那与梦里的葛利高里欧相矛盾：梦里的他带着某种模糊、奇怪且敏感的气质，容易被难以言表的情感所左右。

有时候，他的粗鲁（无论是表面的还是真正的粗鲁）演变成反感，在他对面的埃尔多萨因抑制住内心的愤怒，咬紧苍白的嘴唇，而巴尔素特则继续滔滔不绝讲着难以描述的下流话，只为获得伤及对方的感受而带来的快感。

那是一场看不见的对决，让人厌恶，又没完没了。每当巴尔素特离开，愤怒的埃尔多萨因都发誓第二天绝不再接待他。然而，到了第二天黄昏时分，埃尔多萨因又开始想着他。

很多时候，巴尔素特还没坐下就开始说话：

"你知道吗？……昨晚我做了一个奇怪的梦。"

接着，他的目光死死盯着房间的东南角，笑也不笑，邋遢的脸上甚至带着些许痛苦的表情，留着三天没刮的胡须，缓缓讲述起一个二十七岁男人的恐惧，一条朝他挤眼的独眼鱼带给他的畏怯。他将独眼鱼与老鸨好管闲事的眼神联系起来，老鸨想让他与自己从事招魂的女儿结婚。谈话就这样变得荒谬起来。随即，埃尔多萨因忘掉了怨恨，在心里揣测对方是不是疯了。对什么都无动于衷的艾尔莎在隔壁房间做针线活，突然，一股强烈的不适将埃尔多萨因的身体麻痹。

他感到一阵焦躁的颤抖，不停敲着手指头，竭力掩饰颤抖，并因此而感到疲惫不已。他带着极大的困难说出了几个词，嘴唇仿佛被胶水粘起来了似的。

有的时候，巴尔素特一只手肘撑在桌上，另一只手摆弄着裤子的皱褶，嘴里抱怨着没人爱他。说这话的时候，他意味深长地盯着埃尔多萨因。另一些时候，他嘲笑自己的恐惧，以及他在公寓厕所的一角看见的幽灵，幽灵是一个女巨人，手握扫帚，有着纤细的胳膊和女巫般的目光。有时候，他承认自己即使现在没病，最终也会病倒。埃尔多萨因装作关心他健康的模样，询问他的症状，建议他卧床静养，并反复强调最后一点。巴尔素特有一次心怀恶意地问他：

"你真的这么不欢迎我来你家吗？"

有时候，巴尔素特异常高兴地来访，像在加油站纵火的醉鬼一般欢乐，劈开腿坐在饭厅，惹人厌地长时间拍着埃尔多萨因的背，问他：

"你好吗？怎么样？你好不好？"

巴尔素特两眼放光，而埃尔多萨因则悲哀地缩作一团，在心里琢磨着自己到底为什么蔑视那个总是坐在椅子边、窥视着饭厅一角的男人。

他们避免直视对方的眼睛。

他们之间的关系模糊且黑暗。两个相互瞧不起的男人不由衷地容忍着对方。

埃尔多萨因憎恶巴尔素特，但那是一种灰色的、怯懦的憎恶，由噩梦和更可怕的可能性组成。而让那憎恶越来越强烈的原因正是它的毫无来由。

有时候他在心里想象着凶猛的复仇，皱着眉毛计划着大灾难的来临。然而到了第二天，当巴尔素特敲门的时候，埃尔多萨因竟全身颤抖，仿若被丈夫捉奸在床的淫妇。甚至有一次他还因艾尔莎给巴尔素特开门太慢而生她的气，埃尔多萨因为了掩饰自己的胆怯，补充道：

"不然他得认为我们不欢迎他了。要真是这样，还不如直接叫他不要再来了。"

这个没有明确来由的被隐藏起来的怨恨在他体内犹如癌症一般蔓延开来。巴尔素特的任何一个举止都能激怒埃尔多萨因，恨不得对方就地暴毙。而巴尔素特仿佛察觉到他的感受似的，故意表现出最让人厌恶的粗鲁。埃尔多萨因永远不会忘记下面这件事：

那是某天傍晚，他俩去酒吧喝苦艾酒。侍者送了一盘加了芥末酱的土豆沙拉。巴尔素特如饥似渴地拿牙签戳了一块土豆，把整盘沙拉打翻在肮脏的（被无数只手和烟灰弄脏的）大理石吧台上。埃尔多萨因气恼地看着他。而巴尔素特则一边自嘲着，一边将土豆一块一块地捡起来，并用最后一块土豆蘸了蘸洒在大理石上的芥末酱，带着讽刺的笑容直接把它喂进嘴里。

"你不如把台面都舔一舔吧。"埃尔多萨因恶心地看着他。

巴尔素特用奇怪的、甚至有些挑衅的目光看着他。接着，他埋下头，用舌头把大理石台面舔得干干净净。

"你满意了吧?"

埃尔多萨因脸色变得苍白。

"你疯了吧?"

"怎么了? 没必要大惊小怪吧?"

突然，巴尔素特笑了起来，变得随和亲切，伴随他整个下午的疯劲儿不见了，他站起身来，继续聊着无关紧要的话。

埃尔多萨因永远也不会忘记那个场景：铜色的光头弯在大理石上方，舌头与黏稠的黄色台面黏在一起。

他常想，巴尔素特在未来回忆起那些日子时，一定非常憎恶他——那是因向对方吐露了太多秘密而产生的憎恶。但巴尔素特控制不了自己，他一走进埃尔多萨因的家，就忍不住向他倾诉自己的苦难，尽管他知道埃尔多萨因会因此而幸灾乐祸。

那是因为雷莫让巴尔素特产生倾诉的欲望，雷莫会给他转瞬即逝但却真真实实的怜悯，于是当雷莫正儿八经地给他提建议时，巴尔素特感到自己对对方的怨恨渐渐消失。然而，当他瞥见埃尔多萨因短暂且鬼祟的目光，发现对方对他的怜悯被对他苦难生活的幸灾乐祸所取代时，强烈的憎恶在巴尔素特的心中再次升起。因为尽管他还有钱，可以不用出去工作，但他非常害怕自己会像父亲或长兄那样疯掉。

突然，埃尔多萨因抬起头来。穿小尖领的黑人已经扒完了虱子，而三个"鸡头"此刻正在分一把钱，坐在另一张桌子的司机斜着眼贪婪地看着他们。黑人仿佛受到钞票的刺激，想要打喷嚏，可怜地看着皮条客们。

埃尔多萨因站起身来，付了钱。他一边走出酒馆，一边自言自语道："如果葛利高里欧不借钱给我，那我就去找'占星家'。"

发明家的梦

如果有人预先告知埃尔多萨因，他将在几小时后暗中策划谋杀巴尔素特，并且将无动于衷地看着妻子离开自己，他绝不会相信。

他一整个下午都在街上游荡。他需要一个人待着，需要忘记人声，需要将自己从周围的事物中抽离出来，仿佛一个在车站误了火车的外地人。

他走在阿雷纳莱斯街与塔尔卡瓦诺街孤独的街角，在恰尔卡斯街和罗德里格斯·佩尼亚街的拐角，蒙得维的亚街和金塔纳大道的十字路口，欣赏着这些拥有壮观建筑、从不向穷人开放的街道。他双脚走在白色的人行道上，踩得芭蕉树的落叶沙沙作响。他的目光紧盯着大窗户上的圆玻璃，玻璃在屋内白窗帘的衬托下呈银色。那是他熟悉的堕落城市中的另一个世界，此刻他的心脏缓慢沉重地跳动着，向往着那个世界。

他停下脚步，凝视着一尘不染的奢华车库以及花园里柏树形成的绿色树冠。花园或围着带齿状飞檐的围墙，或围着粗大的铁栅栏，能阻挡哪怕是猛狮的入侵。红色的碎石子路在椭圆形的草坪之间蜿蜒。戴灰色头巾的女佣偶尔出现在小径上。

而他却欠了六百比索零七分！

他长时间地看着黑色阳台上发出金色光芒的扶手，被漆成珠光灰或奶咖啡色的窗户，以及让路人以为自己走在水底世界的厚玻璃。蕾丝窗帘是如此轻盈，就连它的名字大概也与遥远的国度同样美丽吧。在那遮蔽阳光、减弱噪声的薄纱的阴影中，爱将会是多么不一样啊！……

然而，他却欠了六百比索零七分。此刻，药剂师的声音在他耳边回响：

"你说的没错……这个世界充满了'白痴'，充满了不幸的人……但是，该怎样拯救他们呢？这是我担心的问题。应该以什么方式来让那些没有信仰的人重新认识神圣的真理呢？……"

痛苦像某种在电流作用下加速生长的灌木一样，从胸腔深处延伸到喉咙。

他站住脚，心想着每一记悲伤都是一只猫头鹰，从苦难的一个枝头跳到另一个枝头。他欠了六百比索零七分，尽管他将希望寄托在巴尔素特或"占星家"的身上，但他的思绪却向着黑暗的街道奔去。屋檐下挂着一排灯。在那下面，尘埃形成的薄雾弥漫在整个街道。但他却大步走向快乐国度，将 Limited

Azucarer Company① 抛在了脑后。他这辈子都做了些什么？此刻是问自己这个问题的时候吗？他重达七十公斤的身体是怎么行走的呢？还是说，他不过是个幽灵，正在回忆生前在地球上经历过的事情？

他的心里想着多少事啊！药剂师怎么会和妓女结了婚？巴尔素特深受独眼鱼以及招魂师长女的困扰？而从不屈服于他的艾尔莎却威胁着要将他赶出家门？他是不是疯了？

他对自己提出这些问题，是因为有些时候他会突然奇怪地感到一线希望。

他想象着，在某幢豪宅的百叶窗后面，一位"忧郁沉默的百万富翁"（这是埃尔多萨因的原话）正拿着剧院望远镜通过小孔观察他。

有趣的是，当他想到那位"忧郁沉默的百万富翁"可能正在观察他时，他的脸上露出难过且若有所思的表情，双眼不再盯着女佣的臀部，而是假装因内心正在进行一场剧烈的斗争而动弹不得。因为他想到，假如"忧郁沉默的百万富翁"看见自己盯着女佣的臀部，会认为他的境况还没有糟糕到需要他的怜悯。

于是，埃尔多萨因期望着"忧郁沉默的百万富翁"在看见

---

① 此处保留原文"Limited Azucarer Company"，意为"糖厂"，将西语名词（Azucarer，"糖"）混入英文名（Limited Company，"有限公司"），旨在影射英国对所谓"自由贸易"的"黄金时代"的极大兴趣，以及阿根廷在经济上对英国的依赖。——原编者注（1992 年 Cátedra 出版社西文版，编者 Flora Guzmán 之注）

他积累了多年苦难的僵硬面孔后，随时可能召见他。

这个念头在那天下午越来越强烈，他突然看见酒店门口一个穿着红黄条纹马甲的门童正肆无忌惮地注视着他，他以为那是"忧郁沉默的百万富翁"派来的间谍。

门童叫住了他。他跟着他走。他们穿过满是仙人掌的花园，进入一个大厅，他一个人在那儿等了几分钟。整栋建筑一片黑暗。大厅一角亮着一盏灯。钢琴架上的几张乐谱散发出女人的香味。一座大理石女人头像被闲置在挂着紫色亚麻窗帘的窗台上。安乐椅上抱枕套的图案看起来像立体派的绘画，写字台上摆着黑铜色的烟灰缸和五颜六色的木偶。

他在什么时候曾去过此刻出现在他想象中的大厅？他想不起来了。但他看见一个巨大的乌木画框，画面向晴朗无云的白色天空延伸，石膏的光芒照耀着海岸线：一座令人生畏的木桥，巨大的桥墩下面挤满了模糊的人影，点缀着微红的阴影，他们正在血红色的大海前搬运着庞大的包裹，在远处的海边隐约可见石头砌成的码头，锻炉、铁轨和吊车在那里交织。

当艾尔莎还是他女朋友的时候，她曾到过那个大厅。也许是的，可是，为什么要去想它呢？他是小偷，是穿着破鞋、领带散乱、外套肮脏的男人；他在街上挣钱，但他生病的妻子却在家里洗脏衣服。那即是他的全部，再无其他。正因如此，"忧郁沉默的百万富翁"才会召见他。

埃尔多萨因沉浸在梦境中。由他那伟大且看不见的恩主出资兴建的场景和画面让梦境看起来像真的一样。埃尔多萨因不愿再把时间浪费在与"忧郁沉默的百万富翁"的会面上（"忧郁沉默的百万富翁"愿意出钱让他进行发明创造），而是像侦探小说的读者那样，跳过书中的"死点"，只为快点看到大结局。埃尔多萨因略过想象中的无聊段落，返回到街上——尽管他一直在街上。

于是，他走过恰尔卡斯街和塔尔卡瓦诺街的交界处，抑或是阿雷纳莱斯街和罗德里格斯·佩尼亚街的路口，突然加快了步伐。

绝望被狂热的希望所取代。

他会成功的，是的，他一定会成功！他将用"忧郁沉默的百万富翁"的钱建起一个电气实验室，专门研究贝塔射线、能量的无线传输和电磁波，以及长生不老术（像某部英国小说里的奇怪人物那样①）；唯一的变化是他的脸色将逐渐变白，直到像大理石那样苍白，而他那魔法般的瞳孔闪闪发光，将捕获全世界所有少女的心。

天色渐渐暗了下来，他突然想起，唯一能将他从这可怕的情形中拯救出来的人是"占星家"。这个念头将他脑子里其他所有想法一举清空。也许"占星家"有钱。埃尔多萨因甚至怀疑他是被派来这里进行共产主义宣传的布尔什维克代表，因为他正在筹划一个非凡的社会革命。他不再犹豫，叫了辆车，让司机送他到宪法车站。他在那里买了一张前往坦珀利②的车票。

---

① 此处作者指的是奥斯卡·王尔德在 19 世纪 90 年代深受欢迎的小说《道林·格雷的画像》。——原编者注

② Temperley，阿根廷城市，由布宜诺斯艾利斯负责管辖。——译者注

"占星家"

"占星家"住的屋子位于一座树木繁茂的庄园中央。建筑很矮，越过茂密的树林，老远就能看见泛红的屋顶。在树干之间的空地里，在草地与藤蔓植物的波浪中，屁股黝黑的肥大昆虫不停歇地游走于野草和枝蔓之间。磨坊在离屋子不远的地方，风车上的三片叶片颠簸地围着生了锈的中轴旋转。再远一点，可以看见马厩生了锈的红蓝色玻璃门。在磨坊和屋子后面，越过围墙，深绿色的桉树山脉渐渐变暗，将轮廓投映在海蓝色的天空中。

埃尔多萨因嘴里含着一朵金银花，穿过田野，走向屋子。他感到自己身处乡间，远离城市，看见屋子让他格外开心。尽管屋子很矮，但有两层楼，二楼围着一圈摇摇欲坠的阳台，而门厅则矗立着一组荒谬的希腊石柱，一直延伸到由棕榈树驻守的露台。

红色的屋顶斜斜地砌着，屋檐庇护着阁楼的天窗和气窗；在栗树好看的枝叶之间、石榴树点缀着绯红色星型的树冠之上，有一只锌制的公鸡，其尾巴随着风向而转动。花园如小树林一般，狡黠地出现在埃尔多萨因身边。在黄昏的恬静中，阳光为花园铺上一层珍珠般的光泽，蔷薇浓郁的香味倾溢而出，仿佛一切都被渲染成红色，清新如高山中的溪流。

埃尔多萨因心想：

"即使我拥有一只带金帆和象牙桨的银船，即使大海泛起七色光芒，即使某位百万富婆从月球上冲我飞吻，也依然无法抹去我的悲哀……但我为什么要想这些？不过，住在这里要好过住在城里。在这里我至少可以拥有一间实验室。"

一个没关好的水龙头在往桶里滴水。一只狗在凉亭的柱子旁打盹儿。当他在石阶前停下来正准备敲门时，"占星家"巨大的身躯出现在门口。他穿着一件黄色的防尘罩衣，额头的帽子压得很低，半遮住他长菱形的宽脸。几撮鬈发从太阳穴露出来，中部被折断的鼻子非常明显地歪向左边。粗眉毛下黑色的圆眼睛炯炯有神，满是粗糙皱纹的僵硬的脸颊看起来像是用铅雕刻而成的。那个头该有多重啊！

"啊！是您？……请进。我来介绍您认识'忧郁的皮条客'。"

他们穿过因潮湿而发臭的黑暗的前厅，走进一间书房，房间里印着花枝图案的绿色墙纸有些褪色。

房间看起来很阴森：高高的吊顶上布满了蜘蛛网，狭窄的窗户装着密集的铁栅。在房间一角，一个旧柜子的金属板将泛蓝的氛围折射成黑白的阴影。在一把破旧的绿丝绒扶手椅里坐着一个穿灰衣服的男人，乌黑的头发荡漾在他的前额，脚上穿着浅色的靴子。当"占星家"走近陌生人时，他的黄色罩衣随风飘动。

"埃尔多萨因，这位是阿图罗·哈夫纳。"

换作在平常，小偷会与这个被"占星家"私下里称为"忧郁的皮条客"的人愉快地聊上几句。哈夫纳同埃尔多萨因握了握手，在扶手椅上跷起二郎腿，用三根指甲闪烁的手指头支撑着泛蓝的脸颊。埃尔多萨因仔细观察男人几乎呈圆形的脸，表情平静，只有从他双眼深处流露出的嘲弄且易变的目光，以及在聆听他人说话时一条眉毛比另一条翘得更高的神情，才暴露了他实干家的本性。埃尔多萨因在"皮条客"身体的一侧，在他外套和丝绸衬衫之间，发现了一把左轮手枪的黑色手柄。毫无疑问，在真实生活中，面孔充满了欺骗性。

接着，"皮条客"再次将头转向一幅美国地图，"占星家"也走向地图，手里握着一根指棍。他在地图前停了下来，黄色的胳膊切断了蓝色的加勒比海，大声说道：

"三K党在芝加哥只有十五万成员……在密苏里州有十万成员。据说在阿肯色州有超过两百个'巢穴'。在小石城①，'看不见的帝国'声称所有的新教牧师都是兄弟会的成员。在得克萨斯州，达拉斯、沃斯堡、休斯敦和博蒙特都在他们的掌控之中。在伟大的龙骑士史密斯的故乡宾汉姆顿有七万五千名拥护者。他们在俄克拉荷马州让议会判决传票，使迫害他们的州长瓦顿停职，因此，那个州直到不久以前都由三K党统治。"

"占星家"的黄色罩衣看起来像佛教僧侣的法衣。

"占星家"继续说道：

"您知道他们活活烧死了许多人吗？……"

"我知道，""皮条客"说，"我读了电报。"

---

① Little Rock，位于阿肯色州中部，是该州首府和最大城市。——译者注

埃尔多萨因仔细观察着"忧郁的皮条客"。"占星家"之所以这样称呼他，是因为他在很多年前曾试图自杀。那是一件被埋葬的黑暗往事。某一天，长期剥削妓女的哈夫纳突然对着自己的胸口、对着心脏的位置开了一枪。子弹穿过器官时引起的收缩救了他的命。后来，他继续他的生活，也许是因为那个他的同僚们无法理解的举止而享有更高的声望。"占星家"继续说：

"三 K 党凝聚了几百万人……"

"皮条客"伸了个懒腰，回答说：

"是的，那条'龙'……那的确是一条'龙'！他因诈骗而被指控……"

"占星家"假装没听见他说的话：

"为什么阿根廷反对建立一个与三 K 党类似的拥有无上权力的秘密社会？我坦白跟您说吧。我不知道我们的社会究竟会是布尔什维克还是法西斯主义的社会。有时候，我觉得也许最好的选择是做一道连上帝也搞不明白的俄式沙拉①。此刻的我对您完完全全地坦诚。您看，我现在想要做的无非是创建一个能够巩固人类所有希望的集体。我的计划是面向年轻的布尔什维克、学生和无产阶级知识分子。此外，我们也欢迎所有拥有改造宇宙计划的人，所有想成为百万富翁的员工，所有失败的发明者——埃尔多萨因，这并不是针对您，所有失业者，所有正在

---

① Ensalada rusa，俄罗斯菜中的传统沙拉，食材通常包括熟马铃薯丁、胡萝卜丁、腌黄瓜丁、豌豆、洋葱、鸡蛋、鸡肉丁或火腿丁，与蛋黄酱、盐、胡椒粉和黄芥末拌匀。——译者注

痛苦之中、不知该怎么办的人……"

埃尔多萨因想起了来"占星家"家里的任务，于是说道：

"我需要和您谈一谈……"

"稍等一下……马上，""占星家"然后接着说，"这个社会的势力并非依赖于组成它的成员，而是来自附属于每个支部的妓院的收入。我所谓的秘密社会与传统社会不一样，它将是一个非常现代的社会，该社会的每个成员和拥护者都有自身的利益，并拥有收入，因为只有这样才能使他们越来越紧密地依赖于只有少数人知道的最终目的。这是商业方面的事宜。妓院的收入将被用于维持不断扩张的支部。我们将在山里建立一个革命基地。在那里，新成员将学习无政府主义策略、革命宣传、军事工程和工业设施建设，当他们从基地结业后，可以去到任何地方创建一个社会支部……明白吗？这个秘密社会将自设学校——'革命学院'。"

挂在墙上的钟敲了五下。埃尔多萨因明白自己不能再浪费时间，他喊道：

"不好意思打断您。我是因为有很重要的事才来这里的。您有六百比索吗？"

"占星家"放下指棍，双手交叉在胸前：

"怎么回事？"

"如果明天不能还给糖厂六百比索，我就会被关进监狱。"

两个男人好奇地看着埃尔多萨因。他应该非常痛苦，才会以这种方式提出请求。埃尔多萨因继续说道：

"您一定得帮帮我。我在过去几个月偷了六百比索。有人写匿名信告发了我。如果明天我不能把钱还回去，就会被关进监狱。"

"您怎么偷的这笔钱？"

"一点儿一点儿地……"

"占星家"忧心忡忡地摸了摸胡须。

"怎么偷的？"

埃尔多萨因不得不再次作出解释。店主在收到商品后会签一张单据，上面会写上所欠的款额。在每个月底，埃尔多萨因和其他两位同事会收到所有单据，并在接下来的三十天负责收款。

那些他们声称还未付款的单据会一直被他们保存着，直到店主把所亏欠的款额付清为止。埃尔多萨因继续说：

"要知道那个出纳员有多么粗心，他完全不知道每张单据到底有没有收到付款，于是我们盗用已付款的账目，并用后来在另一个账目中收到的款额抵用。听明白了吗？"

埃尔多萨因是三个坐着的男人形成的三角形的顶点。"忧郁的皮条客"和"占星家"时不时地交换眼神。哈夫纳抖了抖烟灰，接着，他一条眉毛翘得比另一条眉毛更高，继续从头到脚打量着埃尔多萨因。最后，他问了一个奇怪的问题：

"您从偷窃中得到快感吗？……"

"一点儿也不……"

"那么您的短靴怎么这么破烂呢？……"

"因为我的工资很少。"

"但您偷的钱呢？"

"我从没想过用偷来的钱买靴子。"

他说的没错。最初体验到的偷窃的快感很快就蒸发掉了。埃尔多萨因某天突然发现阳光明媚的天空在他眼中被煤烟熏黑了，这只有悲伤的灵魂才能看见的景象让他焦虑不安。

当他发现自己已经欠了四百比索的时候，惊恐让他差点失去理智。于是，他以愚蠢且疯狂的方式花掉了那笔钱。他买了很多糖果（他以前从不喜欢吃的糖果），他去吃螃蟹、团鱼汤和炸蛙腿，在那些需要花很多钱才有资格与穿着讲究的人一起用餐的餐厅，喝昂贵的烈酒以及他迟钝的味觉难以品味的葡萄酒，然而他却缺乏日常生活的必需品，比如内衣、鞋子、领带……

他对乞讨者慷慨施舍，给服务他的侍者留许多小费，这一切都是为了尽快花掉口袋里偷来的钱——过两天可以再次偷来的钱。

"但您却从没想过给自己买双靴子？"

"没有，您提起这一点，我才觉得有点奇怪，但我确实从没想过可以用偷来的钱买那些东西。"

"所以您的钱都花在哪儿了呢？"

"我给了朋友埃斯皮拉一家两百比索，用于购买蓄电池，建立一个小型电铸实验室，生产铜铸的玫瑰花，那是……"

"我知道那个……"

"我跟他讲过。""占星家"解释道。

"另外那四百比索呢？"

"我不知道……被我花在了奇奇怪怪的地方……"

"现在您打算怎么办？……"

"我不知道。"

"没人能借钱给您？……"

"没有。十天前我问巴尔素特借钱，他是我妻子的一个亲戚。但他说没办法借钱给我……"

"所以您会被关进监狱？"

"是的……"

"占星家"转向皮条客，说道：

"您知道我有一千比索。那是我项目经费的全部。埃尔多萨因，我可以给您三百比索。但我的朋友，您怎么会做这种事啊？！……"

埃尔多萨因突然转向哈夫纳，大声喊道：

"是因为痛苦啊，您知道吗？……该死的痛苦把人拖下深渊……"

"什么意思？"“皮条客"打断他道。

"我是说痛苦。一个人偷窃、做蠢事，都是源自痛苦。您走在金色太阳照耀下的街道，那太阳像瘟疫一般……当然。您一定有过那样的感受。钱包里装着五千比索，却依然感到悲哀。突然，一个小小的念头让您想到偷窃。当天晚上您因为兴奋而无法入眠。过了几天，您颤颤巍巍地实施了偷窃的方案，一切都很顺利，于是您不得不继续……和您想要自杀时的情形一模一样。"

当他说出最后这句话时，哈夫纳陷进扶手椅里，用双手抚摸着膝盖。"占星家"想要让埃尔多萨因住口，但却没能成功，他继续说道：

"是的，和您想要自杀时的情形一样。我想象过许多次。您一定是做皮条客做得厌倦了。啊！您不知道我多么想要认识您！我对自己说：他一定是个与众不同的皮条客。在成千上万个以女人为生的男人中，当然会有一个像您这样的人。您问我是否感到偷窃的快感。而您呢？您感到做皮条客的快感吗？告诉我：您从中获得快感吗？……啊，这都是什么鬼！我来这儿的目的不是为自己辩解，知道吗？我需要的是钱，不是言语。"

埃尔多萨因站了起来，此刻他全身颤抖，手指紧紧捏着帽檐。他愤怒地看着"占星家"，"占星家"的帽子遮住了地图上的堪萨斯州。他又看向"皮条客"。"皮条客"将双手插进裤腰里，再次在绿丝绒的扶手椅里调整了一番坐姿，用圆润的手撑着脸颊，露出狡黠的微笑，平静地说道：

"朋友，坐下来，我会给您六百比索。"

埃尔多萨因的双臂颤抖起来。接着，他站在原地，意味深长地看着"皮条客"。"皮条客"重复他刚刚说的话。

"朋友，您要相信我，坐下来吧。我会给您六百比索。男人的存在不就是为了解决这些问题吗?!"

埃尔多萨因不知道该说什么。当野猪头经理在书桌旁对他说他可以离开了的时候，他感到一阵悲哀，此刻，同样的悲哀再次将他包围。这样看来，生活并没那么糟糕！

"这样吧，""占星家"说，"我给他三百比索，您给他另外三百比索。"

"不，"哈夫纳说，"您需要那笔钱。而我则不需要。我有三个女人为我挣钱，"他转向埃尔多萨因，继续说，"朋友，您看到了吧，事情这么容易就解决了。您满意吗？"

他带着嘲讽冷静地说道，犹如一个精通大自然规律的农夫，知道即使在最复杂麻烦的情形下也能找到解决办法。埃尔多萨因突然闻到蔷薇浓郁的香味，听见从半开着的窗户传来的水龙头滴在桶里的声音。窗外，小径在晚霞中蜿蜒，鸟儿压弯了石榴树点缀着绯红色星型的枝干。

"皮条客"的目光中再次闪烁着居心叵测的火花。他一边眉毛翘得比另一边更高，等待着埃尔多萨因狂喜的爆发。然而他的期望落了空，接着，他问道：

"您这样生活了很长时间了？……"

"是的，很久了。"

"您记得我曾经告诉过您——尽管您什么也没对我说过——不能继续这样生活吗？""占星家"打断道。

"记得，但我不想谈这件事。我不知道……人们不会对最信任的人讲述那些连他们自己也搞不明白的事。"

"您什么时候需要还那笔钱？"

"明天。"

"好，那我给您一张支票。您明天早上去把支票兑现。"

哈夫纳走向书桌，从口袋里拿出支票簿，果断地写下数目，然后签字。

在那一分钟的时间里，埃尔多萨因一动不动，仿佛在梦境里一样失去了知觉。后来，他记起这件事，更加确定在某些情况下，生命中浸满了预知的宿命。

"拿着，朋友。"

埃尔多萨因接过支票，看也没看就对折了两下，装进衣兜里。这一切不过是一分钟的事。整件事比小说还要荒谬，尽管站在那里的他是一个有血有肉的人。他不知道该说些什么。一分钟前，他还欠着六百比索零七分。现在他一分钱也不欠了，而这件怪事由"皮条客"的一个动作就完成了。这件事与日常逻辑完全不同，然而，事情却自然发生了。他想要说什么。他再次打量那个蜷在破旧的丝绒扶手椅里的男人的面孔。此刻，左轮手枪在灰色外套下面凸起，哈夫纳用三根指甲闪烁的手指头支撑着泛蓝的脸颊。他想要向"皮条客"道谢，但却找不到合适的言语。"皮条客"明白了他的意图，转向坐在书桌旁一张凳子上的"占星家"，说道：

"因此，您要创建的社会的基准之一是顺从？……"

"以及工业化。我们需要黄金来捕获人们的心。宗教和骑士神秘主义都是这样的，我们也必须得建立工业神秘主义。要让人们觉得管理高炉是与在过去发现新大陆同样美妙的事。在那个社会中，我培养的政治家将会通过工业来获得幸福。革命者既精通印布机系统，又懂得为钢铁消磁。正因如此，我在认识埃尔多萨因时，就非常看重他。他和我关注同样的问题。您记得我们俩多少次聊起共同的想法吗？创造一个伟大的、高尚的、坚强的人，他能统治民众，向民众展示基于科学的未来。否则，还有别的方式可以实现社会革命吗？今天的领袖必须是精通一切的人。我们将创造这个智慧的原则。我们的社会将需要创造传奇，并将它传播。与一个政客相比，福特或爱迪生发起革命的可能性要大得多得多。您认为未来的独裁者将会是军人吗？

当然不是。在工业家面前，军人一毛不值。他也许会成为工业家的工具，但仅此而已。仅此而已。未来的独裁者将会是石油大王、钢铁大王、小麦大王。我们将通过我们的社会为之做准备。我们需要让民众熟悉掌握我们的理论。正是出于这个原因，才需要细致地研究宣传。利用学生们。美化科学，将科学带到人们身边，然后……"

"我要走了。"埃尔多萨因说。

他正准备跟哈夫纳告别，哈夫纳却对他说道：

"我跟您一起走。"

"稍等一下，我有句话跟您说。"

"占星家"和皮条客出去了一会儿，然后走回来。在面朝田野的门口告辞时，埃尔多萨因转头看向那个巨大的男人，男人挥着手臂，冲他们告别。

"忧郁的皮条客"的看法

当他们走到庄园的拐角处时，埃尔多萨因说：

"我不知道该怎么感谢您帮了我这么大一个忙。您为什么给我钱？"

哈夫纳一边前行，一边抽动着肩膀，冷冷说道：

"我也不知道。您撞上了我心情好的时刻。假如要我每天都做这样的善事……但是这样……况且，您想一想，我一个星期就能挣回来……"

埃尔多萨因脱口而出：

"为什么您这么有钱还要继续过那种'生活'①？"

哈夫纳颇具攻击性地转过头，说道：

"您看，朋友，不是每个人都可以过上那种'生活'的。知道吗？我为什么要抛弃三个每个月交给我两千比索的女人？假如我抛弃了她们，她们也就没了工作。换作是您，您会抛弃她们吗？肯定不会。所以呢？"

"您不爱她们吗？她们三人中没有您特别倾心的吗？"

在提出这个问题后，埃尔多萨因马上意识到自己说了蠢话。皮条客看了他一秒钟，回答道：

"您好好听着。假如明天一位医生来到我跟前，对我说：'无论你继续让她在妓院工作，还是让她休息，那个巴斯克女人都熬不过一个星期了。'要知道，那个巴斯克女人在四年的时间里为我挣了三万比索，我一定会让她工作六天，然后在第七天死去。"

皮条客的声音变得刺耳。在他的话语里有一种难以言喻的愤愤不平的苦味，那种苦味埃尔多萨因后来在每个寡言的懒鬼或无聊的匪徒身上都会见到。

"怜悯？"他继续说道，"朋友啊，千万不要怜悯妓女。没有比妓女更下贱、更坚韧、更具报复心的女人。别太惊讶，我很

---

① 此处"生活"是婉辞，指代犯罪的、偷窃的、卖淫的生活。"堕落的生活"。——原编者注

了解她们。她们吃硬不吃软。您和百分之九十的人一样，以为皮条客是剥削者，而妓女是受害者。但请您告诉我：一个女人为什么需要她挣来的所有钱？小说家没有写出来的事实是，那些没有男人的妓女会不顾一切地寻找男人，寻找一个会欺骗她、时不时伤透她的心、夺去她全部收入的男人，因为她就是那么贱。有人说男女平等。天大的谎话。女人比男人低级。您看看那些原始部落。做饭、劳作、操心一切事情的是女人，而男人则去捕猎或打仗。现代生活也一样。除了挣钱，男人不做别的事。而且您要相信我，妓女会鄙视那些不向她要钱的男人。是的，先生，在她刚对您有了一点儿感情的时候，就会希望您向她伸手要钱……当某天您对她说'Ma Chérie①，你可以借我一百比索吗？'时，她会有多么高兴！于是，她的情感将爆发，她会感到心满意足。那些肮脏的钱终归还是派上了用场，它们能使她的男人幸福。当然，这些是不会被写进小说里的。然而，人们却把我们看作是恶魔、是奇怪的动物——剧作家就是那么描写的。假如您走进我们的世界，了解了我们的生活，就会发现它与资产阶级、与贵族阶级的生活是一样的。姘头看不起舞女，舞女看不起站街女，站街女看不起妓院里的女人。有意思的是，妓院里的女人通常选择一个粗人来做她的靠山，而舞女则通常养着小白脸或二流子医生并受其剥削。您想知道妓女的心里是怎么想的？听听一个被我朋友抛弃了的小女人哭着对我

---

① 法语，意为"亲爱的"。——译者注

说的话吧：'Encoré avec mon cul je peu soutenir un homme.'①
这些都不为普通人或小说家所知。一句法国谚语道出真相：
'Gueuse seule ne peut pas mener son cul.'②"

埃尔多萨因目瞪口呆地看着他。哈夫纳继续说道：

"有谁会像皮条客那样照顾她？她生病、被关进监狱的时候，是谁照顾她？人们知道些什么？如果您在某个礼拜六的早晨听见一个女人对她的'鸡头'说：'Ma Chérie, 我比上个星期多赚了五十个春币③.'那么您也会想当皮条客，知道吗？因为那女人说'多赚了五十个春币'的语气与一个体面的女人对其丈夫说'亲爱的，这个月我因为没买衣服而且自己洗了衣服，省下了三十比索'的语气一模一样。朋友，记住我说的话：女人无论体不体面，都是自我牺牲的动物。天生如此。为什么教堂的神父都那么鄙视女人？他们中大多数都曾拥有过阔绰的生活，深知女人是什么样的动物。妓女就更糟糕了。她们像小孩一样需要悉心教导。'从这边走，千万别越过这个拐角，不要跟某某皮条客搅在一起，别跟那个女人发生争执。'一切都得从头教起。"

他们在柔和的黄昏中沿着篱笆前行，皮条客的一席话让埃尔多萨因深感震惊。他意识到对方的生活从本质上异于他的生

---

① 法语，意为"至少靠屁股我还能养活一个男人"。——译者注
② 法语，意为"妓女是无法独自一人用屁股过活的"。——译者注
③ "春币"为妓院使用的铜币筹码，嫖客进入妓院付钱后获得"春币"，用于嫖娼，在完事后将此币付给妓女，妓女以获得的"春币"向妓院领取相应的报酬。——译者注

活。于是，他问道：

"您是怎么开始过上那种'生活'的呢？"

"那时候我还年轻。我二十三岁，教数学。因为教师是我的职业，"哈夫纳自豪地补充道，"数学教授。我以教书为生。某天晚上，我在林孔街的一间妓院里认识了一个年轻的法国女人，我很喜欢她。那是十年前的事了。那时候我刚好从一个亲戚那里继承了一笔五千比索的遗产。我非常喜欢露西安娜，于是邀请她搬来和我一起住。她那时候有一个皮条客，一个粗鲁高大的马赛人，她时不时和他见面……不知道是因为我的口才，还是因为我长得俊俏，那个女人爱上了我，于是，在一个暴风雨的夜晚，我带她逃出了妓院。就像小说一样！我们跑去科尔多瓦山脉，后来又去了马德普拉塔。当我们用光了那五千比索，我对她说：'好了，美好的田园生活结束了。再见了。'她却对我说：'不，亲爱的，我们将永不分离。'"

此刻他们走在由枝条和藤蔓交织而成的绿色拱顶下面。

"我为此而嫉妒。您知道为一个和所有男人上床的女人吃醋的感受吗？您知道她第一次用从'老爹'那儿赚来的钱请我吃饭时我的激动吗？您能想象我们一边吃饭、身后的服务生一边注视着我们并知道我们是谁的满足吗？或是挽着她的手臂走在街头、被便衣警察偷偷监视的愉悦吗？让他们看见和那么多男人睡过的她最爱的竟然是我，她唯一爱的是我？朋友，我可以告诉您，进入这一行非常美妙。是她主动提出您需要多一个女人来为您挣钱，也是她将另一个女人带到您的跟前，并对您说'我们会成为好姐妹'，她负责教导训练新手，让她只为您'跑腿儿'，您越是腼腆害羞，她就越是享受打破您的顾忌，享受您与她同流合污，然后……在不经意之间，您会发现自己已陷入了深渊……那是游戏真正开始的时候。只要女人还粘着您，就得好好利用她，因为不知道哪天她就会犯傻，为另一个男人而疯狂，像之前痴迷您那样再次为另一个男人做出牺牲。您也许会问，女人为什么需要男人？我可以直接告诉您：妓院的老板从不会与女人打交道。他们只会与女人的'龟公'打交道。皮条客带给卖身女人的是安全感。便衣警察不会找她麻烦。如果被关进监狱，皮条客会把她救出来；如果生病了，皮条客会带她去疗养院、照顾她；他会为她省去许多麻烦，带来数不尽的好处。您看，独自谋生的妓女总是会遭受残暴的攻击、被抢劫，或是惹上其他麻烦。与之相反，有男人罩着的女人可以更安心地工作，没有烦恼，并且受人尊重。因为无论出于什么原因，是她自己选择了做这一行，于是用她挣来的钱换取所需要的幸福也就无可厚非了。

"当然，我说的这些您之前肯定闻所未闻。但慢慢您就会明白的。否则，您来告诉我，为什么有的'龟公'拥有多达七个女人？意大利佬雷波罗在巅峰期手下有十一个女人。加利西亚人胡里奥有八个。几乎每个法国皮条客都有三个女人。她们之间相互认识，不仅仅是认识，她们还生活在一起，相互竞争看谁挣得更多，因为谁都想成为男人（那个只需一个眼神就能保护她们不受侦查和突袭的男人）的最爱。可怜的人儿啊，她们那么痴狂，叫人不知道到底该怜悯她们，还是该一棒将她们的头颅劈开。"

　　埃尔多萨因为面前这个男人对妓女的极度蔑视而惊愕。他想起"占星家"曾对他说过："'忧郁的皮条客'看见一个女人时产生的第一个念头是：这个女人在街上能赚五比索、十比索还是二十比索。再没有其他念头。"

　　此刻，这个男人让埃尔多萨因感到恶心。他不想继续刚才的话题，于是说道：

　　"我想问问您……您觉得'占星家'的计划会成功吗？"

　　"不会。"

　　"他知道您的看法吗？"

　　"知道。"

　　"那您为什么还要参与？"

　　"我的参与只是相对意义上的，因为一切都让我感到无聊。生活本来就没什么意义，做什么都差不多。"

　　"您觉得生活没有意义？"

　　"毫无意义。我们出生，生活，死亡，天上的星星不会因此而停止转动，蚂蚁也不会因此而中断工作。"

　　"您那么无聊吗？"

　　"就那样吧。我把我的生活安排得跟实业家的生活一样。我每天晚上十二点上床，早上九点起床。我运动一个小时，然后洗澡，看报纸，吃午饭，睡个午觉，六点的时候喝杯酒，之后去理发店，八点吃晚餐，然后去咖啡馆。两年后，当我赚够二十万比索的时候，我就不干了，靠存的钱生活。"

　　"您在'占星家'的秘密社会中将扮演什么角色？"

　　"如果'占星家'能筹到钱，我将帮助他召集女人，建立妓院。"

"但您打内心深处是怎么看待'占星家'的?"

"他是个疯子,能不能成功说不一定。"

"但他的想法……"

"其中一些令人困惑,另一些比较清晰。坦白说,我不知道他到底想要做什么。有时候您会觉得在听一位反动派讲话,另一些时候又会觉得他是左派。说实话,我觉得连他也不知道自己到底想要什么。"

"那万一成功了呢?……"

"那么连上帝也不知道接下来会发生什么。啊,对了,是您跟他提起培育亚洲霍乱杆菌的吧?"

"是的……那将是对抗军队的绝妙方式。您想,要是在每一个军营散播一个培育的细菌,只需三十或四十个人就能同时摧毁整个军队,让无产阶级群众来发起革命……"

"'占星家'对您赞誉有加。他常跟我说,您是一个非常有前途的人。"

埃尔多萨因恭维地笑了笑。

"是的,学习不就是为了摧毁这个社会吗?回到刚才的话题:我还是没弄明白您在这个计划中的角色是……"

哈夫纳飞快地转过身,上下打量着埃尔多萨因,仿佛因为对方的措辞而惊讶,接着,他嘲弄地笑了起来,说道:

"我没有任何角色。您要明白,帮助'占星家'对我并没有害处。况且,我把他的那些理论都当作耳边风罢了。对我而言,他是一个想要做一笔合法生意的朋友。仅此而已。他从那笔生意中赚来的钱，无论他是想要投资创立一个秘密社会，还是建一座修女院，一点儿也不关我的事。您看到了吧，我在这个著名社会中的角色单纯得不能再单纯了。"

"您觉得一个革命社会的根基建立在对堕落女性的剥削之上，说得通吗？"

"皮条客"扁了扁嘴。接着，他斜眼看着埃尔多萨因，解释道：

"您这样说不对。当下社会的根基是建立在对男人、女人和小孩的剥削之上的。如果您想要弄明白资本主义的剥削，去阿韦利亚内达①铸铁厂、冷冻厂、玻璃厂、火柴厂和烟厂看看吧，"他一边说，一边不愉快地笑了笑，"干我们这一行的，每个人有一个或两个女人；而他们，那些工业家们，则拥有大量的工人。应该如何称呼那些人？妓院老板和公司股东，谁更残忍？我们不用扯远了，就说您吧，您不是一个月只赚一百比索、钱包里装着公司的一万比索、而公司却要求您诚实吗？"

"您说的有道理……那么，您为什么给我钱？"

"那是另一回事。"

"但我心里不安。"

"好了，再见。"

埃尔多萨因还没来得及回答，"皮条客"就向对角那条林荫道走去了。他步伐急促。埃尔多萨因盯着他看了一阵子，然后快步朝他走去，在下一个路口追上了他。哈夫纳愤怒地转过身，

---

① Avellaneda，阿根廷东北布宜诺斯艾利斯省的一座港口城市。——译者注

尖声叫道：

"您到底想要从我这儿得到什么？……"

"我想要得到什么？……我想对您说：我一点儿也不感激您给我的钱。你想要回支票吗？拿去吧。"

于是，他把支票递给"皮条客"，但"皮条客"此刻却轻蔑地看着他：

"别装模作样了。拿去把钱还了。"

铁丝网在埃尔多萨因的眼前弯曲起来。他的脸色发黄，很明显，他身体不太舒服。埃尔多萨因倚在电线杆上，想要呕吐。哈夫纳在他面前停下来，屈尊地问道：

"头晕好点儿了吗？"

"嗯……好一点儿了……"

"您身体不太好……应该去看医生……"

他们俩沉默地走了一会儿。强烈的阳光让埃尔多萨因感到难受，于是他们穿过人行道，走到阴凉的那一侧。他们一直走到了火车站。哈夫纳在站台上踱步。突然，他转向埃尔多萨因：

"您有没有对他人起过残酷的念头？"

"有时候有过……"

"真奇怪……我此刻竟然想起自己曾经想要引诱一位失明的少女来妓院工作……"

"她还活着吗？……"

"还活着。她是一个裁缝的女儿，只有十七岁。不知道为什么，她能把我心里最残酷的念头都挖出来。"

"她还在为您工作吗？"

"是的,她现在怀有身孕。一个怀孕的瞎女人,您可以想象吗?改天我带她来见见您。让您认识她。我可以向您保证,那将是非常有趣的场景。您意识到了吗?失明且有孕在身。她人很坏,手里总是拿着一根针⋯⋯而且像猪一样,贪吃无比。您一定会觉得她很有意思。"

"您想要⋯⋯"

"是的,当'占星家'的妓院建好了,她将是我带来的第一个人。我们会把她隐藏起来:她将是一道奇观⋯⋯"

"知道吗,您比她还要奇怪。"

"为什么?⋯⋯"

"因为没人能读懂您的想法。在您跟我讲述瞎女人的时候,我想起了'占星家'跟我讲过的一件关于您的事。他说您曾经和一个诚实的女人好过,她在机缘巧合下来到您的家里,您很尊敬她。而且——让我说完——那个女人很爱您,她是个处女,您为什么尊敬她?"

"那不重要。一点自控力罢了。"

"那项链的故事又是怎么回事呢?"

"占星家"跟埃尔多萨因讲起过,"皮条客"曾向一名舞女索要定情物,舞女当着其他女人的面,将脖子上那条精美的项链取了下来。那条项链是她的情人——一个做进口纺织品生意的老头——送给她的。有意思的是,那个老头当时也在场。在众人的惊讶之下,哈夫纳接过项链,掂量了一番,算计着宝石有多少克拉,然后嘲弄地笑着,将项链还给了她。

"项链那件事很简单,"哈夫纳回答道,"那天我喝得有点儿多。但即便那样，我也知道那个举动为我在歌舞厅的那群无赖中赢得了巨大威望，尤其在女人中，女人都有点爱慕虚荣。有趣的是，半小时后，那个送给蕾妮项链的老头找到我，谦恭地感谢我没有收下礼物。您知道吗？他全身颤抖着从另一桌观看了事情的整个过程，他是因为害怕闹出丑闻才没有干预。但他却因为那条项链的命运而颤抖不已……您瞧瞧，一切是多么肮脏……噢，开往拉普拉塔①的火车来了。亲爱的朋友，再见了……对了，星期三请来参加在'占星家'家里举行的会议。您会认识比我更有趣的人。"

埃尔多萨因若有所思地穿过站台，走到开往布宜诺斯艾利斯的列车站台。毫无疑问，哈夫纳是个怪物。

受辱者

晚上八点的时候，他回到了家。

"饭厅的灯亮着……不，让我解释解释，"埃尔多萨因后来说道，"我和妻子生活十分艰苦，我们所谓的饭厅不过是一间没有家具的房间。另一个房间则是作卧室用。您一定会说，既然这么穷，为什么要租一整套房子呢？那是因为妻子的坚持，她

---

① La Plata，布宜诺斯艾利斯省的首府，位于阿根廷东部大西洋沿岸。——译者注

念着过去的好时光，受不了没有家的'保护'。

"在饭厅里，除了一张松木桌，再没有别的家具。饭厅一角挂着一根电线，上面搭着我们的衣物。另一角有一个带铁扣的衣箱，给人一种游牧生活的印象——而那游牧生活将在最后一次旅行后终结。我在后来许多次想起那个被置于角落的廉价衣箱为我的悲伤（这是一只脚已迈进监狱的人的悲伤啊）造成的'旅行的印象'。

"正如前面跟您提到的，饭厅的灯亮着。一打开门，我就站住了脚。妻子穿着要出门的衣服，坐在桌边等我。黑色的薄纱一直遮住她红润的下巴。在她的右脚边，放着一个手提箱，而在桌子的另一侧，一个男人在我走进屋的时候（更确切地说，是在我因惊讶而在门框处站住了脚的时候）站了起来。

"在那一秒钟，我们三人一动不动……上尉站立着，一手撑在桌面，另一手握着剑柄；妻子低垂着头；我站在他们俩的对面，手指依然停留在门缘上。那一秒足以让我永远不会忘记那个男人。他身材高大，魁梧强壮的身体装在制服里。他的目光在从妻子身上移开后，再次变得冷酷无比。说他带着傲慢、像对待下级一般审视我一点儿也不夸张。我继续看着他。他庞大的身躯与椭圆形的小脸、精致的鼻子以及朴素的薄嘴唇形成鲜明的对比。他的胸前佩戴着飞行员徽章。

"我说的第一句话是：

"'怎么回事？'

"'这位先生……'她愈加羞愧，改了口，'雷莫，'她直呼我的名字，'雷莫，我无法再和你一起生活了。'"

埃尔多萨因连颤抖都来不及。上尉接着说道：

"您的妻子，我认识她有一段时间了……"

"您在哪儿认识她的？"

"你问这些干什么？"艾尔莎打断道。

"的确，"上尉反对道，"您得知道，有些事是不应该问的……"

埃尔多萨因脸红了起来。

"也许您说的没错……抱歉……"

"由于您挣的钱不够养活她……"

埃尔多萨因一边看着上尉，一边紧紧握着裤兜里左轮手枪的手柄。随后，他想到自己没什么好怕的，大不了一枪打死他，于是不由自主地微笑起来。

"我不认为自己刚刚说的话会让您觉得好笑。"

"不，我笑是因为一个愚蠢的念头……所以，她也跟您说了那些事？"

"是的，而且她跟我说您是一个倒霉的天才……"

"我跟他提起你的发明……"

"对……您制造金属花的项目……"

"那你为什么要走？"

"雷莫，我很累。"

埃尔多萨因感到异常愤怒，脏话堆积在他的嘴边。若不是想到那个男人会用拳头砸扁他的脸，他早就用脏话辱骂她了。他回答道：

"你总是很累。在你父母家里……在这儿……在那儿……在山上……你在哪儿都很累……你记得吗？"

艾尔莎不知该怎么回答，垂下了头。

"累……你为什么累？……所有女人都累，我不明白为什么……但她们都很累……上尉，您是不是也很累？"

那个闯入者意味深长地看着他。

"对您而言，累是什么？"

"是无聊，是痛苦……您没发现，这情况与《圣经》里的'大灾难'很像吗？我一个娶了个瘸女人的朋友这样说道。瘸女人是福音书里的娼妓……"

"我从没想到过这一点。"

"但我有想过。您一定奇怪我会在这种场合下与您聊痛苦……但事情就是这样……人们太过悲哀，他们需要受到他人的侮辱。"

"我不这样认为。"

"当然了，您挣那么多钱……您一个月的工资多少？五百？"

"差不多吧。"

"当然了，有那么高的工资，当然……"

"当然什么？"

"无法体会这种困境。"

上尉严厉地看着埃尔多萨因。

"赫尔曼，别理他，"艾尔莎打断道，"雷莫总是喜欢谈论痛苦。"

"是吗？"

"是的……而她则相信幸福，相信所谓的'永恒的幸福'，每天沉浸于享乐之中……"

"我痛恨穷苦。"

"当然咯，因为你不相信穷苦……我们正身处的可怕的穷苦，它深深扎根于我们体内……在灵魂里，像梅毒一般腐蚀我们的骨头。"

他们沉默了。很明显，上尉感到无聊，他正在仔细查看自己精心抛光的指甲。

艾尔莎透过面纱的菱形死死盯着她曾经如此深爱的丈夫憔悴的面庞。与此同时，埃尔多萨因在苦苦思索，为什么自己体内会有那么庞大的空虚，那空虚将他的意识吞没，让他无法用言语将永恒的痛苦咆哮而出。

突然，上尉抬起了头。

"您打算怎样制造金属花？"

"很简单……比如，拿一朵玫瑰花，把它浸泡在溶于酒精的硝酸银溶液中。然后，把花放在阳光下，硝酸盐转化为金属银，玫瑰花将被一层作为导体的金属薄膜包裹。接着，对它施以正常的铜电铸法……自然而然地，您就能得到一朵铜铸的玫瑰花。它的应用很广泛。"

"这个想法很有创意。"

"赫尔曼，我不是跟您说过吗，雷莫很有天赋。"

"是啊。"

"也许我的确有天赋，但我缺乏活力……热情……类似一个非凡的梦想……一个巨大的谎言来推动我实现它……不过，我们换个话题吧，你们觉得你们俩的生活会幸福吗？"

"会。"

沉默再次降临。在昏黄的灯光下，三个人的面孔看起来像三张蜡制的面具。埃尔多萨因意识到，所有的一切将在几分钟后结束。他被自身的痛苦折磨，对上尉说道：

"您为什么来我家?"

对方犹豫了一阵，接着说：

"我想要认识您。"

"您觉得这样好玩儿吗?"

"不……我对您发誓，我没这样想过。"

"所以呢?"

"我只是好奇地想要认识您。最近一段时间，您妻子跟我讲了不少关于您的事情。况且，我从未想过会经历这样的情形……事实上，我也无法说清自己为什么会来。"

"您发现了吧? 有些事是无法解释的。就拿我来说吧，我也在试图弄明白为什么我明明口袋里有一把左轮手枪，却没有一枪把您打死。"

艾尔莎抬起头看向埃尔多萨因，他坐在餐桌的主位……上尉问道：

"是什么阻止了您?"

"事实上我也不知道……或者……是的，我确定是因为这个原因。我相信在每个人的心里都有一条宿命线。犹如通过神秘的直觉获得的预言。此刻发生在我身上的一切事情都早已在那条宿命线上标注好了……仿佛我亲眼见过似的……但我不知道是在哪里……"

"什么?"

"你们说什么?"

"并非你给了我动机……不……我确定……来自远方的确定。"

"我不明白。"

"我却明白了自己。瞧,就是这样。一个人会突然意识到某些事一定会发生……它发生的目的是改变生活,为了拥抱新生活。"

"那你呢?"

"您认为您的生活会?……"

埃尔多萨因避开那个问题,继续说道:

"对于此刻发生的事,我一点儿也不感到奇怪。如果您叫我去买一包香烟,对了,您有烟吗?"

"拿去……然后呢?"

"我不知道。最近我的生活支离破碎……痛苦让我不知所措。但您可以看见,我是怎样心平气和地在与您交谈。"

"是的,他总是期待发生什么非凡的事。"

"你也一样。"

"什么?艾尔莎,您也一样?"

"是的。"

"他说的不对,是吧,艾尔莎?"

"你觉得呢?"

"说实话吧,你所期待的非凡的事并非这件事,对吗?"

"我不知道。"

"上尉，您看见了吗？那即是我们一直以来的生活。我们俩沉默地坐在这张桌边……"

"住口!"

"为什么？我们俩坐在这里，不用言语就能明白我们是谁，两个不幸的人，拥有迥异的愿望。当我们上床睡觉时……"

"雷莫!"

"埃尔多萨因先生!"

"别假装正经了……你们难道不会上床吗？"

"再这样下去，我们就没法继续交谈了。"

"好吧，当我们分开时，我们拥有相似的感受：生活和爱的愉悦就是这样？……我们无须交流，就知道我们在想着同一件事……不如换个话题吧……你们打算留在城里吗？"

"我们会去西班牙待一阵子。"

突然间，旅行的念头让埃尔多萨因打了个寒战。

他仿佛看见艾尔莎靠在一排玻璃舷窗下的扶杆边，眺望着远方的蓝色地平线。阳光落在黄色的前桅和黑色的吊臂上。太阳渐渐落山，但他们俩依旧在那里，倚靠着白色的舷梯，专注地想着别处。含碘的风随着海浪而起，艾尔莎看着海水，她的影子在水面多变的纹路中忽隐忽现。

时不时地，她转过苍白的脸，两个人仿佛都听见从海底深处传来的责备声。

埃尔多萨因想象着那个声音对他们说：

"你们对那个可怜的男孩做了什么？"（"因为尽管我年龄不小了，但我依旧是个孩子，"后来雷莫这样对我说道，"您明白吗？一个被人当面夺走了妻子的男人……他很可怜……就像个孩子一样，您明白吗?"）

埃尔多萨因从幻觉中走了出来。接下来那个问题发自他的内心深处，违背了他的意愿。

"你会写信给我吗?"

"为什么写信?"

"是啊，当然，为什么写信?"他闭上眼睛重复道，感到自己掉入了无人企及的深渊。

"好了，埃尔多萨因先生，"上尉站起身来，"我们要走了。"

"啊，你们要走了……你们这么快就要走了?"

艾尔莎向他伸出戴着手套的手。

"你要走了吗?"

"嗯……我要走了……你要明白……"

"好……我明白。"

"雷莫，那是不可能的。"

"对啊，当然……那是不可能的……当然……"

上尉在桌旁绕了一圈，拿起手提箱——那是艾尔莎在结婚那天带来的手提箱。

"埃尔多萨因先生，再见。"

"上尉，乐意效劳……但是有件事……你们要走了……你，艾尔莎……你要走了?"

"是的，我们要走了。"

"请允许我坐下。上尉，请给我一点时间……几分钟就好。"

闯入者压制住暴躁的言语。他非常想冲那个丈夫大吼："站直了，蠢货！"但看在艾尔莎的面子上，他忍住了。

突然，埃尔多萨因从椅子上站了起来，缓慢地走到房间的一角。接着，他飞快来到上尉面前，没能抑制住尖叫的欲望，用清晰的声音对他说：

"您知道我为什么没像杀一条狗那样将您杀死吗？"

另外两个人警惕地看了看对方。

"因为此刻我很冷静。"

说完，埃尔多萨因双手背在身后，在房间里来回踱步。他们俩看着他，等待着。

终于，丈夫带着苍白的轻蔑微笑起来，轻声继续说（他的声音因压抑着抽噎的绝望而失去活力）：

"是的，因为我刚才很冷静……我此刻很冷静。"此刻，他的目光再次模糊起来，但却依然保持着那个奇怪的、幻觉般的微笑，"听我说……这件事你们也许无法明白，但我却想明白了。"

他的双眼放出异样的光芒，声音由于努力说话而变得嘶哑。

"你们瞧……我的生活受到了巨大的凌辱……可怕的创伤。"

他不再说话，在房间的一角停了下来。他的脸上依旧带着那个奇怪的微笑，仿佛正在做着危险的梦。艾尔莎突然愤怒起来，紧紧咬住手帕的一端。上尉站立着等待。

突然，埃尔多萨因从口袋里拿出左轮手枪，把它抛向一个角落。"勃朗宁"将墙面的漆打掉后，重重落在地上。

"没用的废物！"他喃喃道。接着，他一手插在衣兜里，太阳穴靠在墙上，缓缓说道："是的，我的生活受到了巨大的侮辱……被凌辱了。上尉，您要相信我。别不耐烦。我要告诉您一件事。最初开始这项残忍的凌辱工作的人，是我父亲。在我十岁的时候，每当我犯错，他就会对我说：'我明天来收拾你。'他总是这样说，明天……明白吗？明天……于是那天晚上我尽管可以睡觉，但却睡不好，睡眠很浅，我会在半夜醒来，惊惶地趴在窗边看天是不是已经亮了，但当我看见月光穿过窗条，我闭上眼，对自己说：还早着呢。之后不久，我听见公鸡打鸣，再一次醒来。月亮已经不见了，一道蓝色的光从玻璃照了进来，于是我拿床单遮住脑袋，试图不去看它，尽管我知道它就在那里……尽管我知道人的力量是无法将那道光驱赶出去的。当我终于沉沉睡过去，却有一只手在枕头上摇晃我的脑袋。是他，用刺耳的声音对我说：'快点儿……时间到了。'我一边缓慢地穿衣服，一边听见那个男人在院子里搬弄椅子。当我走到门外时，他像士兵似的一动不动地站在椅子旁边。'快点儿。'他再次冲我喊道，还在半梦半醒中的我径直走向他；我想说话，但在他令人畏惧的目光下我什么也说不出来。他的手压在我的肩上，逼我跪下，我将胸口靠在椅面，头放在他的膝盖之间，无情的鞭子随即落在我的屁股上。待他放开我，我便哭着跑回房间。莫大的羞辱将我的灵魂埋入黑暗之中。尽管您不相信，但那黑暗却是真实存在的。"

艾尔莎吃惊地看着她的丈夫。上尉双手抱在胸前，百无聊赖地听着。埃尔多萨因含糊地笑了笑，接着说：

"我知道学校里大多数同学都不曾挨过父母的打，每当我听见别的同学聊他们家的事，都会被一股巨大的痛苦击倒。如果恰巧在课堂上，老师叫我回答问题，我会木然地看着他，根本不知道他提的问题是什么，直到他冲我大喊：'埃尔多萨因，你怎么了？难道你是个傻瓜吗？'全班哄堂大笑，从那以后，大家就都叫我'傻瓜埃尔多萨因'。而我则越发悲伤，越发受屈辱，却因为害怕父亲的鞭子而不敢反击，对那些侮辱我的人微笑……胆怯地微笑。上尉，您明白吗？人们侮辱您……但您却还要胆怯地冲他们微笑，仿佛侮辱是对您的恩典似的。"

闯入者皱了皱眉头。

"后来，——上尉，请让我说下去——后来人们常常叫我'傻瓜'。每当被叫作'傻瓜'时，我的灵魂就会突然在神经里萎缩，而灵魂羞愧地躲进肉体中的感受则会将我的勇气全部歼灭；我感到自己越陷越深，我盯着那些侮辱我的人的双眼，并没有一拳将他们打倒在地，而是对自己说：'这些人明白对我的侮辱是多么过分吗？'但很快我就释然了；我意识到，这些人所做的不过是完成我父亲开创的工作罢了。"

"而现在，"上尉打断道，"我也让您陷得更深了？"

"不，您并没有。我受了这么多苦，我的勇气自然也就缩了起来、躲了起来。我是自己的观众，我问自己：'我的勇气什么时候会出来露面？'那即是我期待发生的事。某一天，会有个可怕的东西在我的体内爆炸，让我变成另一个人。在那个时候，如果您还活着，那么我将会找到您，往您的脸上吐口水。"

闯入者平静地看着他。

"但那并不是出于憎恶，而是为了测试测试我的勇气，因为对我而言，它将是崭新的东西……好了，您可以走了。"

闯入者犹豫了一刻。埃尔多萨因瞪大双眼，死死盯着他。上尉提起手提箱，走了出去。

艾尔莎颤抖地站在她丈夫面前。

"好了，雷莫，我走了……一切得做个了断了。"

"但是，你？……你？"

"你还想要我做什么？"

"我不知道。"

"那你又是何苦？我求求你，冷静一下。我已经把干净衣服给你准备好了。把衣领换了。你总是让人感到羞愧。"

"但是，艾尔莎你……你？我们的计划呢？"

"幻想，雷莫……光辉灿烂。"

"是呀，光辉灿烂……但你是从哪儿学来这么美的修辞语的？光辉灿烂。"

"我不知道。"

"那我们共同的生活就到此为止了？"

"你还想怎么样？在一开始的时候，我对你很好。直到后来我才开始对你产生厌恶……但你为什么和从前不一样了呢？……"

"啊！对啊……一样……一样……"

痛苦像热带的烈日一般，让他精神恍惚。他的眼睑止不住往下沉。他想睡觉。那些话语的含义缓慢地沉入他的意识之中，仿佛一颗在沼泽里缓缓沉落的石子。当话语抵达他意识的底部，一股黑暗的力量再次拧紧了他的痛苦。有那么一刻，苦难的野草像泥潭一般在他胸口的最深处漂浮晃动。艾尔莎抑制住情绪，继续用平静的语调说道：

"现在说什么都没用了……我要走了。你当初为什么不对我好一点儿呢？你为什么从来不为之努力呢？"

埃尔多萨因非常确定，在那一刻，艾尔莎和他一样不幸，巨大的怜悯让他瘫坐在椅子上，他把头压在搁在桌面的胳膊上。

"所以你要走了？你真的要走了？"

"是的，我想要看看我们的生活是否会有所好转。看看我的手。"说着，她摘下右手的手套，向他展示被寒冷冻裂、被碱水腐蚀、被针眼啄烂、被锅底的烟垢熏黑的手。

埃尔多萨因站起身来，幻觉使他全身僵硬。

他看见自己不幸的妻子在巨大的钢筋水泥城市里，穿梭于摩天大楼投下的斜影之中，高压电线网充满威胁地架在她的头顶。一群商务人士打着伞经过她的身边，她的脸比以往更加苍白，但当陌生人口中呼出的气拂过她的脸庞时，她却想起了他。

"我的男孩在哪儿呢？"

埃尔多萨因从未来的幻想中清醒过来：

"艾尔莎……你知道的……你想来的时候就来……你可以来的……但你实话告诉我，你曾经爱过我吗？"

她缓慢地抬起眼睑，瞳孔放大。她的声音回荡在温暖的房间里。埃尔多萨因觉得自己又活过来了。

"我从来都很爱你……此刻我也爱着你……为什么你从来没像今晚这样和我说话呢？我觉得我会永远爱着你……在你身旁，他只不过是一个男人的影子……"

"灵魂，我可怜的灵魂……我们的生活啊……这是什么样的生活啊……"

艾尔莎的嘴边泛起一丝苦笑。她饱含热情地看了他一会儿。接着，她认真地承诺道：

"你看……你一定要等着我。如果生活和你曾经描述的一样，我就回来。知道吗？在那时候，如果你愿意，我们就一起去死……你满意了吗？"

一股热血冲上了男人的太阳穴。

"灵魂，你对我多么好啊，灵魂……把那只手给我，"依旧处于惊恐之中的她胆怯地微笑起来，与此同时，埃尔多萨因吻了吻她的手，"灵魂，你不生气了吧？"

她抬起因幸福而变沉的头。

"雷莫，你看……我会回来的，知道吗？如果你所说的关于生活的事是真的……是的，我会回来……我会回来的。"

"你会回来？"

"是的，带着我的家当回来。"

"即使你很富有？"

"即使拥有全世界的财富，我也会回来。我发誓！"

"灵魂，可怜的灵魂！你的灵魂多么高尚啊！然而，你却不曾了解我……没关系……啊，我们的生活啊！"

"我们的生活……是呀，我们的生活！但那不重要了。我很高兴。雷莫，你意识到你将会感到多么惊喜吗？你一个人，在晚上。你独自一人……突然，咯噔……门开了……是我……是我回来了！"

"你穿着礼服……白色的鞋子，戴着珍珠项链。"

"我一个人来，走过黑暗的街道，来找你……但你却看不见我，你一个人……你的头……"

"你说……说呀……说呀……"

"你用手托着头，手肘在桌上……你看着我……突然……"

"我认出了你，对你说：'艾尔莎，是你吗，艾尔莎？'"

"然后我回答道：'雷莫，我来了，你记得那一晚吗？'那一晚即是今晚，尽管外面刮着大风，而我们既不冷，也不痛苦。雷莫，你高兴吗？"

"我高兴，我对你发誓我很高兴。"

"好了，我要走了。"

"你要走了？"

"对……"

突如其来的痛苦让男人的面孔扭曲。

"好吧，你走吧。"

"再见了，我的丈夫。"

"你说什么？"

"雷莫，我对你说，等着我。即使拥有了全世界的财富，我也会回来。"

"好吧……那么，再见了……但给我一个吻。"

"不，等我回来的时候……再见了，我的丈夫。"

突然，一股莫名的痉挛侵袭了埃尔多萨因，他残暴地抓起她的手腕。

"告诉我：你和他上过床了吗？"

"雷莫，放开我……我无法相信你……"

"坦白告诉我，你有没有和他上过床?"

"没有。"

上尉站在门口。一阵强烈的虚弱让埃尔多萨因的手指松懈下来。他感到自己倒了下去，什么也看不见了。

层层黑暗

他不知道自己是如何爬到床上去的。

对埃尔多萨因而言，时间的概念不再存在。内脏的疼痛让他不得不闭上眼睛睡觉。要是有力气的话，他一定会把自己抛到一口井里面去。绝望的气泡在喉咙里沸腾，让他感到窒息，双眼对黑暗的敏感度远胜过溃疡对盐的敏感度。他时不时地磨牙，借此缓和体内绷紧的神经发出的刺耳声，而海绵般柔软的肉体却已让位给大脑散发出的黑暗海浪。

他感到自己掉进了一个无底深渊，于是紧闭着眼睑。他往下坠啊坠啊，谁知道他体内隐形的高度究竟有多少里①！他在被绝望盘踞的意识里不停歇地坠落！一层层更浓稠的黑暗从他的眼睑脱落。

他的疼痛中心在无谓地挣扎着。在他的灵魂里找不到任何一个可以逃脱的裂缝。埃尔多萨因的体内装着全世界的痛苦与

_____

① 里，西班牙里程单位，一里合 5572.7 米。——译者注

全世界的否定。地球上还有谁比他的皮肤布满更多痛苦的皱褶？他感到自己不再是一个人，而是一块溃疡，随着每一次血管的跳动而扭曲、尖叫。然而，他还活着。活着的他与身体的距离既遥远，又令人恐惧地靠近。他不再是一个装满痛苦的生物体，而变成了一个缺乏人性的东西……也许是的……一个蜷在房间黑暗腹部的怪物。从他眼睑脱落的每一层黑暗都是一个胎盘，让他越来越远离人类的世界。城墙上的砖块越砌越高，源源不断的黑暗瀑布从洞口飞流直下，他蜷在洞底，瑟瑟发抖，仿若一只躺在海底的贝壳。他连自己也认不出了……他不确定自己是不是奥古斯托·雷莫·埃尔多萨因。他用手指按了按额头，指头的质感让他感到奇怪，而且他也认不出自己额头的皮肤了，仿佛他的身体是由两种不同的材料制造而成。谁会知道他体内已经死去的部分？他体内仅存的知觉是一个存在于所有发生在他身上的事情之外的意识、一个比刀片还要薄的灵魂，像生活在烂泥里的鳗鱼一样蜿蜒爬行。这个知觉在他体内只占据一平方厘米的面积。其余部分都消散在黑暗之中。是的，他是一个一平方厘米的人，一个一平方厘米的存在，用他有知觉的面积维持着支离破碎的幽灵生活。他体内的其他部分都已经死去，已经被将他置于这可怕现实的黑暗胎盘吸收。

他越来越确信自己正身处一座水泥大厦的底部。像在另一个世界一样！暴雨天的一道看不见的橘色阳光持续地照射在墙上。一只孤独飞行的鸟儿的翅膀斜穿过方墙上空的蓝天，而他则将永远待在那个沉闷的洞底，被暴雨天的橘色阳光照耀着。

他的生活被局限在那一平方厘米的知觉里。他甚至可以"看见"自己心脏的跳动，他也无法推开那个将他压在深渊底部的庞然大物——它一会儿呈黑色，一会儿呈橘色。他只要稍稍放松警惕，体内的现实就会冲他咆哮。埃尔多萨因不想看，又想看……但一点儿用也没有……他的妻子在那儿，在一间蓝色房间的远端。上尉在一角忙活着。尽管没人告诉他，埃尔多萨因也知道那是一间六边形的狭小卧室，一张宽大的矮床几乎占据了房间的全部空间。他不想看艾尔莎……不……他不想，然而，即使有人拿性命威胁他，他也不会将视线从那个在她面前脱衣服的男人身上移开……在他的合法妻子的面前，虽然此刻她不在他身边……却和另一个男人在一起。比他的害怕更强烈的是他对更多恐惧、更多痛苦的需求，突然，之前一直用手指遮住双眼的艾尔莎跑向大腿结实的裸体男人，紧紧抱住他，不再躲避他在蓝色背景中高高耸起的紫色男子气概。

埃尔多萨因感到自己完完全全被恐惧压扁了。即使将他放在一架滚轧机上，他的生活也不可能比现在更平。马路上被车轮压过后的蟾蜍不也是那副压扁且灼热的模样吗？但他不想看，他异常坚定地不想看，于是只模糊看见艾尔莎的手支撑在男人肌肉发达且多毛的胸部，与此同时，男人用手捧起女人的下颌，将她的面孔抬到他的嘴边。

突然，艾尔莎尖叫着："我也是，亲爱的……我也是。"她的面孔因绝望而变红，裙子堆在奶白色的大腿根部，着迷地盯着正在颤抖的男人坚硬的肌肉，露出她阴部的卷毛、挺拔的乳房……啊！……他为什么要看？

艾尔莎徒劳地……是的，艾尔莎，他的法定妻子，试图用小手将他的男子气概整个握住。男人发出欲望的呻吟，紧按太阳穴，用手臂遮住双眼；她斜靠在男人的身上，将炙热的烙铁死死焊进他的耳朵里："你比我的丈夫更英俊！天呐，你太英俊了！"

假如有人为了让那残忍的场景深深拧入他的灵魂而把他的头缓缓从脖子上扭曲，他也无法承受更多痛苦。那痛苦是如此之深，假若将它截断，他的灵魂将会像弹片一般爆炸。灵魂怎么能承受这么多痛苦呢？然而，他却想要遭受更多的痛苦。想要一把斧头把剁板上的他砍成几块……即使把他大卸八块扔在垃圾箱里，他也还会继续遭受痛苦。他体内的每一平方厘米都在忍受着极度可怕的痛苦。

在庞大车床的高压下，所有的线都被绷断了，突然间，一阵宁静的感觉延伸到他的四肢。

他什么也不想要了。他的生活在静静地走下坡路，仿佛堤坝塌陷后的湖泊。他没有睡着，只是将眼睑闭起来了，清醒的昏厥比氯仿导致的昏迷更能麻醉痛苦。

埃尔多萨因的心脏剧烈地跳动。他艰难地移动了一下脑袋，把头皮从过热的枕头上挪开，他毫无知觉，只感到后颈的凉爽和心脏的开合；心脏犹如一只巨大的眼睛，将昏昏欲睡的眼睑撑开，让他看见黑暗，仅此而已。仅仅只有黑暗吗？

艾尔莎在他的回忆中越来越遥远，在那短暂的催眠中，他不敢相信自己曾与她相好过。他甚至怀疑艾尔莎是否真实存在过！从前他可以看见她，而如今，他却需要费好大力气才能认出她……而且还差点没把她认出来。事实上，她不再是从前的她，而他也不再是从前的自己。此刻，他的生活在静静地走下坡路，他仿佛变回多年前的那个小孩，盯着绿荫下从泛红的石头间不断消失的河流。如今，他自己就是黑暗中的肉体瀑布。谁知道他的血什么时候才会流干！他只能感觉到心脏的半开半合，犹如一只巨大的眼睛，将他昏昏欲睡的眼睑撑开，让他看见黑暗。从马路对面的路灯发出的一道银光穿过裂缝，落在蚊帐上。他痛苦地渐渐恢复了意识。

他是埃尔多萨因。此刻，他认出了自己。他费力地弓起腰，看见一束黄色的光线从通向饭厅的门下方照进来。他忘记了关灯。他欠了……啊，不！不，艾尔莎已经走了……他欠了糖厂六百比索零七分……不，他已经不欠钱了，他有一张支票……

啊，现实啊，现实！

路灯的银光落在蚊帐上形成的斜边形证明他的生活还和从前、和昨天、和十年以前一模一样。

他不想再看那道光，如同小时候不想"看就在那里的那道光亮，尽管他知道人的力量是无法将那道光驱赶出去的"。是的，和他父亲对他说第二天要收拾他的情景相似。不，此刻不一样了。小时候的光是蓝色的，而这道光则是银色的，但它却与过去的那道光同样刺眼、同样预示着真实的世界。汗水浸湿了他太阳穴周围的发根。艾尔莎已经走了，她不会回来了吗？巴尔素特知道了会说什么？

耳光

突然，有人在街门外停下了脚步。埃尔多萨因知道是他，从床上跳了起来。巴尔素特习惯性地轻声敲门。

埃尔多萨因嗓音嘶哑地喊道：

"进来，你怎么不进来？"

巴尔素特迈着沉重的步子走了进来。

在巴尔素特走进饭厅的同时，雷莫喊道："我马上就来。"

当他走进饭厅时，巴尔素特已经坐了下来，跷着二郎腿，像通常一样，背朝门，面向房间的东南角。

"你在干吗？"

"你怎么样？"

他将肘部支在桌子的边缘，手撑着脸颊的胡须，灯光在他长满赘肉的白手上呈现出红铜的色彩。一对绿眼睛从眉毛下方延伸到太阳穴，充满疑问的凝视让尖锐的目光变得稍微柔和了一些。

埃尔多萨因好似在闪烁的薄雾中观看对方的脸庞：前额与太阳穴向尖尖的耳朵倾斜，猛禽般瘦骨嶙峋的鼻子，可以承受强烈撞击的扁平的下巴，黑领带繁复的领结仿佛要把僵硬的衣领连根拔起似的。

巴尔素特用紧张的声音问道：

"艾尔莎呢?"

"她出去了。"

他们陷入了沉默。埃尔多萨因出神地看着巴尔素特外衣的灰色袖子在白色桌边形成的直角,看着灯光把他鼻梁一侧的半边脸照得呈红铜色,而另一半脸却从发根到下巴窝都处于黑暗之中,黑眼圈更是将这阴影加剧。巴尔素特不自在地动了动跷起的二郎腿。

"啊!"埃尔多萨因听见他问道:"你说什么?"

"没什么!……"

埃尔多萨因此刻才听见对方在几秒前发出的那声"啊"。

"艾尔莎出去了?……"

"不是……她走了。"

巴尔素特挺直了脑袋,抬起眉毛,让更多光线进入眼睑,微张着嘴,轻声问道:

"她走了?"

埃尔多萨因皱了皱眉,瞥了一眼对方的鞋子,半闭着眼,通过眼睫毛偷窥巴尔素特的痛苦,缓缓说道:

"对……她……和……一个……男人……走了……"

他学药剂师埃尔格塔的模样,挤了挤左眼,把头偏向一侧,抬起额头的皮肤,与此同时,另一只眼睛明目张胆地嘲笑着巴尔素特。巴尔素特狠狠低下头,下巴压凹了僵硬的衣领。瞳孔在他铜色的眉毛下面凶猛地闪烁着。

埃尔多萨因接着说道:

"你看见了吗?手枪就在那儿。我完全可以杀死他们,但我却没有。人类是多么奇怪的动物啊，不是吗？"

"而你就让那个人当着你的面把你妻子带走了？"

刚过去不久的侮辱激怒了埃尔多萨因心中的旧恨，在他心里变成了一道残忍的欢愉，他的声音在喉咙里颤抖，嘴巴因怨恨而变干，大声叫道：

"关你什么事啊？"

一记重重的耳光让他跌跌撞撞倒在椅子上。后来他记起巴尔素特的手臂像揉面团一样对他来回揉搓。他用双手遮住脸，想要躲避那个仿佛从森林里逃出来的庞然大物。他的脑袋重重撞向墙壁，然后倒在了地上。

当他恢复意识时，巴尔素特正跪在他的身边。他发现自己的衣领散开了，少许液体流进他的喉咙。他感到鼻梁一阵阵刺痛，觉得自己随时都想要打喷嚏。牙龈缓慢地流着血，舌头在肿胀的嘴唇下能触碰到牙齿。

埃尔多萨因费力地站了起来，随即倒进一把椅子里；巴尔素特脸色苍白，眼睛里仿佛射出两道火焰。肌肉从他的颧骨到耳朵，画出两道颤抖的弧线。埃尔多萨因以为自己蹒跚于一场无止境的梦中，直到对方握住他的手臂，对他说：

"听着，如果你愿意，可以往我脸上吐口水，但请听我说。我必须把一切都告诉你。坐好……这样，对，这样。"埃尔多萨因不自觉地挺直了身子，巴尔素特说："我求求你，听我说。你看见了吧？我可以用拳头打死你……刚才是我失手了……我对你发誓……你愿意的话我可以跪下来向你道歉。我没能控制住自己，我就是这样一个人。你看……啊……啊……天知道啊！"

埃尔多萨因吐了口血。一股热流从太阳穴进入，灼烧他的前额，刺痛他的后颈。他的后背完全直不起来了，于是他把头放在桌缘。巴尔素特看他这副模样，问道：

"你想要洗把脸吗？这样会好受一点儿。等一下，别动。"于是他跑进厨房，端了满满一盆水回来。"洗把脸，这样你会好受一点儿。要我帮你搓脸吗？听着，我错了，是我太冲动了。你也是。你为什么要冲我挤眼睛、摆出一副嘲笑我的模样？洗一下脸吧，我求你了。"

埃尔多萨因一言不发地洗脸，好几次将头埋进脸盆里，直到憋不住气了才把头从水里抬起来。接着，他坐下来，感受到太阳穴周围的湿头发在蒸发。他多么疲惫啊！哎，要是艾尔莎看见他这副模样！她会多么同情他啊！他闭上了双眼。巴尔素特搬了一把椅子坐在他身边，对他说：

"我必须要把一切都告诉你。不然，我会觉得自己是个混蛋。听着，我冷静地告诉你。要是你不相信我说的话，把手放在我的胸口，摸摸我的心跳。我跟你说的都是实话。嗯，我……我把……是我去糖厂告发的你……是我寄的匿名信。"

埃尔多萨因头也没抬。是他或是别人，又有什么区别呢？！

巴尔素特看着他，等着他说点儿什么。接着，他说道：

"你为什么一言不发？是的，是我把你告了。你明白了吗？是我告发的你。我想让你坐牢，这样我就能和艾尔莎在一起，我就能侮辱她了。你无法想象我是如何日日夜夜想着让你入狱的！你没办法凑到钱，他们就不得不把你告上法院。但你为什么一句话也不说啊？"

埃尔多萨因抬起眼皮。巴尔素特在他面前,是的,是他,是他说了那番话。从颧骨到耳朵,肌肉的反应在皮肤下让人难以察觉地颤抖着。

巴尔素特看向地面,手肘撑在膝盖上,仿佛坐在炉边,缓慢地继续说道:

"我必须得把一切都告诉你。除了你,我还能对谁说这些让人心痛的事呢?人们说(而且是真的)心并不会痛,但相信我,我有时会对自己说:'我为什么活着?既然我是这样一个人,生活还有什么意义吗?'你知道吗?你不知道这些事我在脑子里反复思索过多少次。你看,我本不应该告诉你。一个人怎么能够对另一个人做了卑鄙的事,然后又跑去跟他把秘密全盘托出,却丝毫不感到内疚?我许多次问自己:'我为什么不感到内疚?做了恶事却麻木不仁,这算是什么生活啊?'你明白吗?在学校里,老师教导我们说,犯下罪行迟早都会让罪犯发疯。但在现实生活中,为什么你犯了罪但却心安理得得很呢?"

埃尔多萨因依旧盯着巴尔素特,此刻,巴尔素特的形象在他意识的最深处沉淀。他使出所有的力量,用网丝将苍白的轮廓紧紧缠捆起来,让那一刻的印象永远不会被抹去。

"你瞧,"巴尔素特接着说,"我早就知道你憎恶我,假如有机会你一定会杀死我。这既让我高兴,又让我悲哀。有多少个夜晚我是思索着如何绑架你入眠的啊!我甚至想过寄给你一个炸弹,或是寄给你一个装着蟒蛇的纸箱。抑或收买一个司机,让他开车把你撞死。我闭上眼睛,连续几个小时想着你们俩。你以为我爱她吗?"埃尔多萨因后来注意到,在那天晚上的交谈中，巴尔素特一直回避直呼艾尔莎的名字，"不，我从来没爱过她。但我想要侮辱她。知道吗？毫无来由地就是想要侮辱她：看着你堕落，她就不得不来跪着求我帮忙。你明白吗？我从来没爱过。我告发你也正是出于这个原因：为了侮辱她，因为她总是对我摆出一副傲慢的样子。于是，当你告诉我你偷了糖厂的钱的时候，一股巨大的喜悦让我心潮澎湃。你还没说完，我就在心里对自己说：'好了，让我们走着瞧，看她的傲慢还能坚持多久。'"

埃尔多萨因情不自禁地问道：

"但你爱她吗？……"

"不，我从未爱过她。要是你知道她带给我的痛苦！要我去爱她，爱那个从来没跟我握过手的人?！她每一次看我，都让我觉得她在朝我脸上吐口水。啊，虽然你是她的丈夫，但你却一点儿也不了解她！你知道她是怎样一个女人吗？你看，她可以看着你死去却一点儿也不难过。你明白吗？我记得，当阿斯特拉迪破产后，你们流落在街头，要是她那时候求我帮忙，我一定会竭尽全力。仅仅为了听她对我说一句'谢谢'，我会把我的全部家当都给她。只要一句'谢谢'。为了听她说一句'谢谢'我可以倾家荡产。有一天，我试图提起这件事，她却回答我说：'雷莫挣的钱足够养活我们两个人。'哎，你不了解她！她可以看着你死去却无动于衷。我思索着（天呐，一个人的脑袋里有多少念头啊!），我躺在床上，开始想象……你杀死了一个人……她为了救你来求我帮忙，我会二话不说，竭尽全力帮助你。雷莫，她是怎样的一个女人啊！怎样的一个女人啊！我记起她做针线活儿的时候。我多么想陪在她身边，替她捧着针线盒。我知道她和你在一起并不幸福。从她的脸上就能看出来，从她的疲惫，从她的笑容里。"

埃尔多萨因想起了艾尔莎一个小时前说过的话：

"但那不重要了……我很高兴。雷莫，你意识到你将会感到多么惊喜吗？你一个人，在晚上。你独自一人……突然，咯噔……门开了……是我……是我回来了！"

巴尔素特继续说：

"当然了，我常常问自己，到底是什么让她留在你身边，留在你这样一个男人的身边……"

"我一个人来，走过黑暗的街道，来找你，但你却看不见我，你一个人，你的头……"

埃尔多萨因感到所有这些念头像涡流一样，在他大脑的表层打漩儿。巨大的螺旋钻入他肢体的根部。旋涡轻微的摩擦在他的灵魂中激起一阵疼痛且崭新的温柔。艾尔莎的话语是多么美妙，多么非凡啊！

"我从来都很爱你。此刻我也爱着你……为什么你从来没像今晚这样和我说话呢？我觉得我会永远爱着你，在你身旁，他只不过是一个男人的影子。"

此刻，埃尔多萨因坚信这些话会永远拯救他的灵魂。与此同时，巴尔素特继续倾诉他妒忌的痛苦：

"我多想问问她究竟看上了你哪一点，多想在她面前把你的胸膛剖开，让她亲眼看看，直到她厌烦为止，让她看到你不过是个疯子，是个无赖，是个懦夫……我对你发誓，我说这些话的时候，一点儿也不愤怒。"

"我相信你。"埃尔多萨因回答道。

"此时此刻，我看着你，问自己：'女人眼中的男人是什么样的？'这个问题的答案我们永远都不会知道。不是吗？对我而言，你不过是个可怜的倒霉蛋，任何人一拳就能将你打倒。但对她而言，你是什么呢？那是个黑洞。你知道这个问题的答案吗？实话告诉我：你曾经弄明白过自己在妻子眼中到底是个什么样的男人吗？她到底看上了你哪一点，让她即使跟着你受了这么多苦也不肯离开？"

巴尔素特是多么严肃啊！他嘶哑的提问需要得到回答。埃尔多萨因感到坐在他身旁的不再是巴尔素特本人，而是他的替身，一个长着瘦骨嶙峋的鼻子和铜色头发的幽灵，那幽灵很快变成了其意识的一部分，因为巴尔素特在过去曾向他提出过同样的问题。是的，为了能够安宁地生活，他不得不将他除掉——那个"念头"冰冷地出现在他的脑里。

"犹如一把刺入棉花里的剑。"埃尔多萨因后来形容道。

巴尔素特根本不会想到，雷莫在那一刻下了要杀死他的决心。后来，埃尔多萨因对我解释了那个念头是怎么形成的：

"您见过在战场上作战的将军吗？……但我觉得用发明家来解释我的想法更确切：设想您在好长一段时间里苦苦寻找某个问题的解决方案。您确信问题的关键（那个秘密）就在您身上，但您一直找不到它，因为那个秘密被层层神秘覆盖。某一天，在最意想不到的时刻，那个计划及其整个蓝图，就出现在了您的眼前，并且完美得让您目瞪口呆。多么神奇啊！想象一位在

战场上作战的将军……眼看就要全军覆没，突然间，一个他从
未想到过的方案清晰准确地出现在他眼前，然而，那个方案其
实一直在他唾手可得的地方，就在他的体内。在那一刻，我知
道我必须得杀死巴尔素特，而他却在我面前，碎碎念着毫无意
义的话，根本想不到我（鼻青脸肿的我）正抑制着内心的狂喜，
如同在发现某件事如数学定律般不证自明时的狂喜。抑或确实
存在着一种精神上的数学，只不过精神数学里的定律并不像数
字和线条的关系那般不可侵犯。① 因为太奇怪了。那一记让我牙
龈还在流血的耳光仿若是一台液压冲床的冲模，将一项谋杀计
划的决定性步骤死死印在我的意识里。您明白吗？一项计划包
含三条粗线，三条可采纳的直线，仅此而已。我的喜悦激动地
堆积在那三条冰冷的线条上，它们是：绑架巴尔素特，杀死他，
用他的钱筹建'占星家'想要建立的秘密社会。您明白了吗？
犯罪的计划在我心里自发形成，与此同时，那个男人却在悲哀
地谈论我们这两个该死的灵魂。那个计划仿佛被上千磅高压的
熨斗牢牢印在了我的心里。

"哎！我该如何向您解释呢？突然之间，我忘记了一切，冷
冷地注视着他，心里充满了快意，仿佛夜猫子在经历了极度疲
惫的夜晚后发现曙光时的轻松感。您明白吗？为了一个急切需

① 埃尔多萨因在这一章的坦白让我在后来想到，他犯罪的念头是否早已存
在于他的潜意识里了。假如是那样，就可以解释为什么他在巴尔素特的
进攻面前表现得如此被动。——评论者注（小说以评论者的口吻写就，
是评论者在事后与主人公交谈，根据后者的叙述写成。"评论者注"即评
论者加入的注释和解读。）

要钱来完成一项伟大计划的人而杀死巴尔素特。这道在我体内跳动的新曙光与我的身体如此和谐，以致后来我多次问自己，一个人的灵魂里需要装有什么样的秘密，才能不断出现类似的曙光，层层剥开那些原本看起来不合逻辑但却让人惊愕的感受？"

在讲述这件事的时候，我忘了提到，每当埃尔多萨因说到激动之处，就会用很多词语围绕着那个"念头"累述。他沉浸在某种徐缓的狂热中，试图用所有可能的表达方式来叙述，仿佛那些言语能让他从倒霉蛋变成伟人。我毫不怀疑他说的都是实话。但常常让我困惑的是我对自己提出的那个问题：这个男人哪儿来的那么多精力，能让他的演出持续那么长的时间？仿佛审视自己、分析发生在自己身上的事是他唯一的使命，仿佛将细节汇总在一起能让他确定自己还活着。我再重复一遍：为了证明他看起来还活着，他比一个能说话的死人说的话都要多。

巴尔素特根本没有留意埃尔多萨因，继续说道：

"哎！你不了解她……你从来都不曾了解她。你好好听着我接下来要跟你讲的事。某天下午，我来看你，我知道你不在家，事实上我想见的人是她，只是想要见见她而已。走到你家时我汗流浃背，不知道在太阳下走了多少个街区，我才攒足了勇气。"

"和我一样，在太阳下。"埃尔多萨因心想。

"你知道的，我不缺坐车的钱。而当我询问你是否在家时，她站在门槛一动不动，回答道：'对不起，我不能让您进来，因为我丈夫不在家。'你意识到她有多贱了吗？"

埃尔多萨因心想：

"还来得及赶上最后一班开往坦珀利的火车。"

巴尔素特继续说：

"在我眼里，你是那么地可怜卑微，我问自己：'艾尔莎到底看上了这个傻瓜哪一点，这么爱他？'"

埃尔多萨因用异常平静的声音问他：

"从我的脸上就能看出我是个傻瓜吗？"

巴尔素特好奇地抬起了头。他那透明的绿色瞳孔在他的交谈者身上停留了好一会儿。落在他和埃尔多萨因身上的光幕营造出梦境般的疏离感。巴尔素特似乎意识到自己和对方都是幽灵，因为他一边艰难地摇了摇头（仿佛脖子的肌肉在一瞬间僵硬了起来似的），一边回答道：

"不，此刻我仔细看了看你，发现你是个心里揣着一个坚定的念头的人……谁知道是什么念头呢。"

埃尔多萨因回答道：

"你真是个心理学家。当然，我也还不知道那个坚定的念头是什么，然而，有意思的是，我从未想过你想要夺走我的妻子……并且你对我讲述这些事情时是多么地平静啊……"

"你不能否认，我对你说的都是实话……"

"当然不……"

"而且，我想要侮辱她……而并不想要夺走她，为什么要夺走她？我早就知道她从来都不喜欢我。"

"你怎么知道？"

"就是知道。从眼神就能看出她像木头一样冷漠……"

"那你为什么还要来？"

"这我就不知道了。因为人们的某些行为是无法解释的。因为我坚持来看你，你坚持接待我，尽管我们俩都无法'容忍'对方。我来你家是因为我的到来让你难受，也让我难受。我每天都对自己说：'我再也不去了……再也不去了……'但当时间一到，我就紧张起来。仿佛有人在远方召唤我似的，于是我匆匆换好衣服……来了……"

埃尔多萨因突然想到一个非凡的主意，说道：

"我们换个话题吧……你知不知道，今天早上糖厂跟我说了匿名信的事。如果明天我不能把钱还回去，他们就会把我送进监狱。我想你不会否认，唯一需要为这件事负责的人是你，因此，你得借钱给我。不然的话，我去哪儿找那么多钱？"

巴尔素特惊讶地坐直了身子。

"怎么？在我被戴了绿帽子、被打了之后，在艾尔莎走了、我名声扫地之后，难道你还认为应该由我来还这笔钱吗？你疯了吗？我凭什么要给你六百比索？……"

"零七分……"

埃尔多萨因站了起来。

"你没别的话要说吗？"

"但是，你要明白，我怎么？……"

"好了，'孩子'……等着瞧吧。现在，请你离开，我想睡觉了。"

"你不想和我出去走走吗？"

"我累了。让我休息吧。"

巴尔素特犹豫了几秒。然后，他站起身，抓起帽子的一翼，笨拙地走出了房间。

埃尔多萨因听见关门的声音，皱着眉思考了几秒钟，从衣兜里翻出火车小册子，看了看班次表，然后又洗了一次脸，在镜子面前梳了梳头。他的嘴唇呈青紫色，鼻子边有一块红斑，太阳穴旁发根的地方有另一块红斑。

他看了看周围，瞧见那把落在地上的左轮手枪，把枪捡了起来，走出家门。但他忘了关灯，于是倒回来，把灯关上。此刻，一切都沉浸在黑暗中，最后一缕光在他眼中闪过，他出了门。那是他当天第二次前往"占星家"的家。

因罪而"生"

电报室的灯光微弱地照亮着坦珀利车站的一小段站台。埃尔多萨因坐在黑暗中靠近道岔转辙处的长凳上。他很冷，也许还有点发烧。他感到那个犯罪的念头是他身体的延伸，仿佛灯光投下的阴影。一个红色的圆盘在隐形的交通灯横杆顶端闪烁着；在更远的地方，还有一些红色和绿色的圆盘在黑暗中亮着，它们的反射与轨道的弧线融合在一起，在黑暗中发出黛青或洋红的光。有时候红灯或绿灯会变暗。接着，滑轮链条的吱嘎声渐渐弱下来，电缆的摩擦也停下来，一切都安静下来了。

他感到昏昏欲睡。

"我在这儿干什么？我为什么在这儿？我真的想要杀死他吗？还是说，我只是想要感受杀他的决心？一定要这么做吗？此刻，她正在与他翻云覆雨。但那又关我什么事呢？从前，当我在咖啡馆时，想到她一个人在家，我会觉得对不起她，因为我无法给她幸福……而此刻……当然，她一定已经睡着了，头枕在他的胸口。上帝啊！这就是生活吗？一无所有，从来都一无所有！但我真的是我自己吗？抑或是另一个人？奇怪的疏离感！带着疏离感生活！我的生活就是如此。和他一样。当他不在身边时，我想象中的他就是那个样子，流氓，倒霉蛋。他差点把我的鼻子打破。多么可怕呀！然而，最后那个被戴绿帽子、被打的人竟然变成了他，而不是我！我！……生活真是个荒谬的玩笑！然而，其中一定也有一些严肃的东西。为什么他在我身边时会让我感到如此恶心？"

影子在电报室的晕黄玻璃窗前摇曳。

"杀不杀他？这关我什么事呢？杀死他关我什么事吗？我们实话实说吧，杀他关我什么事吗？还是说，我一点儿也不在乎？他是死是活我一点儿也不在乎？然而，我却想要拥有杀死他的决心。假如此时一位神仙来到我的面前，问我：你想拥有摧毁人类的能力吗？我会把人类摧毁吗？我会摧毁吗？不，我不会。因为一旦知道自己拥有这个能力，就会失去使用它的兴趣。况且，我一个人留在地球上干什么呢？眼睁睁看着作坊的发电机生锈，看着跨在熔炉上的支架瓦解？是的，他的确打了我一记耳光，但是，这对我来说重要吗？他们是怎样的人啊！这是怎样的一群人啊！上尉、艾尔莎、巴尔素特、野猪头的男人、'占星家'、'皮条客'、埃尔格塔。这是怎样的一群人啊！从哪儿跑来这么多恶魔啊？我也脱离了我的身体，我不是我自己，但我必须得做点儿什么，才能意识到我的存在，才能确认我的存在。是的，为了确认我的存在。因为我像个死人一样。无论是对上尉、对艾尔莎还是对巴尔素特而言，我都不存在。他们完全可以把我关进监狱，巴尔素特可以再打我一次，艾尔莎可以再当着我的面跟着另一个男人离开，上尉可以再次将她带走。对所有人而言，我是生命的否定。我是'生'的对立面。一个人不会像一个行为那样，过一会儿就不存在了。或者说，一个人可以不'生'但却存在吗？答案是肯定的，又是否定的。看看那些人。他们一定都有妻子、儿女和家庭。也许他们生活贫困。但假如有人试图闯入他们的家、哪怕是抢走一分钱、碰一下他们的妻子，他们也会像猛兽一般暴怒。我为什么没有奋起反抗？谁能替我回答这个问题？我自己肯定回答不了。我知道自己的存在就是这样，是一个否定。当我讲述这一切的时候，我并不悲哀，反而我的灵魂变得十分安静，大脑一片空白。于是，在安静和空白之后，杀人的好奇从心底升起。是的，就是那样。我没有发疯，因为我会思考，会推理。我的内心升起杀人的好奇，那好奇是我最后的悲哀，好奇的悲哀。抑或是好奇的恶魔。看看我在犯罪之后会是什么模样。是的，就是那样。看看我的意识和感觉在犯罪过程中会如何表现。

"然而，这些话并没带给我犯罪的感觉，就像一条关于中国灾情的电报无法带给我灾难的感觉一样。仿佛想要杀人的并不是我，而是另一个人。另一个像我一样朴实无华的人，如同电影里的人影。它是立体的，会动，似乎真实存在，并饱受痛苦，尽管如此，它也不过是个影子罢了。它没有生命。我向上天发誓，这番推理是讲得通的。那么，那个影子男人将会做什么？影子男人将会了解所发生的事，但却无法感受那件事的重量，因为它没有体积来承载那个重量。它不过是个影子。我也可以看见所发生的事，但却无法承载它。这一定是个全新的理论。法官会怎么判定？他会明白我是多么坦诚吗？像法官那样的人会相信坦诚吗？事物在我的周围、在我的身体之外运动着，但对于它们而言我的生活像同时住在地球和月球上那般难以理解。对所有人而言，我什么都不是。然而，假如明天我扔一枚炸弹，或杀死巴尔素特，我将变成一切事物，变成一个存在的人，一个让好几代律师为他的判罚、监禁和理论劳碌的人。我，我这个什么都不是的人，在一夜之间让警察、秘书、记者、律师、检察官、狱警和警车为我奔波。人们不再把我当作倒霉蛋，而是一个反社会的人，一个应该被隔离起来的敌人。真奇怪啊！然而，只有罪行才能确认我的存在，如同只有罪恶才能确认人类在地球上的存在。我将成为那个可预见且让人害怕的、被刑法制约的埃尔多萨因，而在世界上成千上万个匿名的埃尔多萨因之中，我是另一个埃尔多萨因，我是（并且一直都会是）那个真正的埃尔多萨因。事实上，这一切太奇怪了。但尽管如此，黑暗确实存在，而那个男人的灵魂也非常悲哀，无限悲哀。但生活不应该是那样。内心的感受告诉我生活不应该是那样。假如我发现了生活为什么不应该是那样的原因，那么我将扎破自己，像气球一样，让谎言的空气都泄掉，我将成为一个崭新的人，像最初创造世界的上帝那般强壮有力。这让我想到另一个问题：到底要不要去见'占星家'？他看到我又来了会说什么？也许他在等待着我。和我自己一样，他对我而言也是个谜。的确是那样。他和我一样，知道该往哪儿去。秘密社会。对他而言，整个社会都可以被概括为这四个字：秘密社会。另一个恶魔。这是怎样的一群人啊！巴尔素特、埃尔格塔、'皮条客'和我……刻意想要把这些人都聚在一起也不是件容易的事啊。况且，还有那个怀孕的瞎女人。见了鬼了！"

车站的保安第二次从埃尔多萨因面前走过。雷莫明白自己引起了对方的注意，于是，他站起来，朝"占星家"的家走去。那是个没有月亮的夜晚。电弧照亮着路口繁茂的枝叶。从某栋屋子传出钢琴的乐声，他越往前走，心越来越紧缩，每栋屋子门前的车库都停着一辆小轿车，透过在阴影中冷却下来的屋墙瞥见的幸福景象让他感到痛苦不已。

提议

"占星家"正准备上床，听见屋外小道上传来脚步声。由于狗没有发出叫声，因此他将侧门微微打开。一道平行四边形的光照到石榴树的树冠，通过那片晕黄的光他看见埃尔多萨因朝屋子走来，光线照亮了他的面孔。

"真是奇怪！""占星家"心想，"我之前怎么没注意到这孩子戴着草帽呢?！他来做什么?"

他摸了摸腰间的左轮手枪（这个动作出自本能），把门锁解开，埃尔多萨因走进了屋里。

"我以为您都睡了。"

"请进。"

埃尔多萨因走进书房。美国地图依然摊开着，三K党的领土上插着黑色的旗帜。罗盘的盒子敞开在桌子上，"占星家"刚才一定在占星。微风穿过窗栏，吹动着桌上的纸张，埃尔多萨因待"占星家"把文件收进柜子里后，背对着花园坐了下来。

他坐在那里，凝视着面前那张宽大的面孔，歪鼻子从纷乱的额头斜下来，菜花耳，宽大的胸膛被紧紧裹在褪了色的黑色上衣里，铜链从马甲的一侧穿到另一侧，粗糙沧桑的手指上戴着一枚镶有紫色石头的钢戒。此刻的"占星家"不再戴着帽子，可以看见他短短的鬈发异常凌乱。他伸了伸腿，把整个身体的重量都压在扶手椅的椅臂上。毫无光泽的靴子让他看起来更像个山里人了，又像个淘金者。"巴塔哥尼亚①的淘金者应该就是那副模样吧?"埃尔多萨因心想。他什么也没说，看着桌上那张美国地图，回想起当天下午"占星家"一边指着地图上的联邦州一边对"皮条客"说过的话。

"三K党在得克萨斯州、俄亥俄州、印第安纳波利斯州、俄克拉荷马州和俄勒冈州的势力很大……"

---

① Patagonia，指南美洲安第斯山脉以东，科罗拉多河以南的地区；主要位于阿根廷境内，小部分属于智利。——译者注

"朋友，您在说什么……怎么……"

"啊，对了！……我专门来找您……"

"我正要上床睡觉。整晚都在给一个白痴占星……"

"如果打扰到您了，那我马上就走。"

"没有，别走。您打架了？发生了什么？"

"发生了很多事，要是您能够……不知道这个问题会不会吓到您……假如说，为了能够建立您的秘密社会，也就是说，为了得到您所需要的两万比索，为了这两万比索您需要杀死一个人，您会怎么做?"

"占星家"调整了一番坐姿，此刻，他的身体因受到惊吓而与椅面垂直……他的脑袋尽管因为埃尔多萨因的那席话所激起的思绪而挺直，但看起来却仿佛沉沉搭在肩上似的。他搓了搓双手，审视着雷莫的面庞。

"您为什么会问我这个问题?"

"因为我找到了一个拥有两万比索的人。我们可以绑架他，如果他拒绝在支票上签字，那我们就严刑拷打他。"

"占星家"皱了皱眉头。在了解了提议的细节后他反而感到更加困惑，开始用左手手指转动戴在右手无名指上的钢戒。紫色石头一次次地反射在铜链上。尽管他依旧埋着头，双眼却从眉毛下方死死盯着埃尔多萨因的脸。那姿势让他的歪鼻子看起来像是一个拱壁，悬在陷入黑领结里的下巴之上。

"您得把整件事跟我解释清楚，我简直一头雾水。"

他坐直了身体，面孔看起来仿佛能够招架住一阵乱拳似的。

"整件事很简单，也很妙。我妻子今天晚上跟另一个男人走了。于是他……"

"他是谁？……"

"巴尔素特，我妻子的表弟……葛利高里欧·巴尔素特，他来看我，向我坦白去糖厂告发我的人是他。"

"啊！……是他告发的您？……"

"是的，况且……"

"但他为什么要告发您啊？……"

"我怎么知道?!……为了侮辱我……总之，他有点儿疯癫。不太能控制自己。他有两万比索。他的父亲死在精神病院。他早晚也会走到那一步。那两万是他从一个姑姑那里继承过来的。"

"占星家"摸了摸额头。他从来没这么困惑过。他对事情很感兴趣，但却不太明白整件事的来龙去脉。他重复道：

"请您按照顺序，把所有细节都告诉我。"

埃尔多萨因再次开始讲述。他把我们知道的事情又讲了一遍。他仔细地徐徐道来，之前向"占星家"提出那个提议时的紧张已消失不见。

此刻，他坐在椅子的边缘，弓着背，手肘撑在膝盖上，双手握着脸颊，眼睛盯着地面。黄色的皮肤绷紧在扁平的面骨上，看起来像一个肺结核病人。[1] 邪恶源源不断地从他的喉咙里流出来，无声无息地，仿佛在背诵一篇被死死印在心底的课文。"占星家"用手指按住嘴唇，一边听他讲述，一边目瞪口呆地看着

---

[1] 作者多次在文章中提到肺结核，在那个年代由于无法医治而被称为"痨病"，直到抗生素的发明。——译者注

他。那些事远远超出了他的想象。

为了避免讲错，埃尔多萨因额外用心，缓慢地将所有的恐惧、侮辱、记忆、痛苦、无法入眠的夜和可怕的争执娓娓道来。他说道：

"您一定无法相信我来到这里，向您提出杀人的建议，对您讲述我的无辜，仿佛自己还是个二十岁的孩子似的。您知道把一个个夜晚浪费在肮脏的酒吧里的愚蠢对话和廉价烧酒之间是怎样一种悲哀吗？您知道在妓院里极力压抑住想要哭泣的冲动是怎么一回事吗？您惊愕地看着我，也许您会觉得我是个怪人，但您却不知道那怪异是来自藏在我体内的痛苦呀。您瞧，甚至连我自己都无法相信此刻能这般理智地与您说话。我是谁？我要去哪儿？我不知道。但我觉得您和我一样，所以我才来找您，向您提出杀死巴尔素特的建议。用他的钱我们可以建立起秘密社会，从而推翻当下的社会。"

"占星家"打断了他：

"但是，您为什么一直这样呢？……"

"那我就不知道了。您为什么想要建立秘密社会？'皮条客'为什么那么有钱却依然剥削女人、也依然坚持自己擦皮鞋？埃尔格塔为什么抛弃了百万富婆而选择和一个妓女结婚？您难道以为我愿意忍受巴尔素特的耳光和上尉的出现吗？表面上来看，我是个懦夫，埃尔格塔是个疯子，'皮条客'是个吝啬鬼，您是个走火入魔的人。表面上来看，我们是这样的人，但事实上，在内心深处，在我们意识和思想的下面，藏着另一个更强大、更广阔的生命……我们之所以忍受一切是因为我们相信，只要继续忍受下去，终有一天我们能抵达真相……也就是说，关于我们自身的真相。"

"占星家"站起身来，走向埃尔多萨因，将手放在他的头上，沉思着说道：

"我的孩子啊，您说的有道理。我们本身即是神秘的（尽管我们对此一无所知）。'忧郁的皮条客'很神秘，埃尔格塔很神秘，您、我、她、他们都很神秘……宗教的缺席是这个世纪的不幸，它毁掉了我们的理智，导致我们在体外寻找事实上藏在潜意识的神秘之中的东西。我们需要一门宗教来将我们从降临的灾难中拯救出来。您会觉得，我说的话毫无新意。我对此表示赞同；但您要记得，在地球上唯一可以被改变的是风格和方式，但本质永远都是一样的。假如您相信上帝，您就不会过着这魔鬼般的生活了；假如我相信上帝，我也就不会在这里听您讲述杀那个家伙的提议了。更糟糕的是，我们都已经过了相信一门宗教、一个信仰的年纪了。就算我们去找牧师，他也无法理解我们的问题，只会叫我们背诵《主祷文》，并且每周来教堂忏悔。"

"我们常常问自己，到底应该做什么……"

"是呀，到底应该做什么。在过去，我们至少可以躲进修道院，或者去美丽的远方旅行。如今，您可以早上在巴塔哥尼亚吃冰激凌，下午在巴西吃香蕉。一个人到底应该做什么？我读了很多书，相信我，在所有欧洲的书籍里都能看到您所描述的那种痛苦和悲伤的生活。但您看看美国。艺术家们装置铂金的卵巢，杀人犯致力于打破最可怕罪行的纪录。您是过来人，您都明白。房子，更多的房子，不同的面孔，同样的心。人类已经失去了庆祝节日和感到快乐的能力。人类的不快乐让他们也失去了上帝！一辆三百马力的汽车只有当它被一个疯子开进壕沟粉身碎骨时才会引起人们的注意。人类是悲哀的牲畜，能让他们高兴起来的只有奇闻怪事。以及屠杀。既然这样，我们的秘密社会也一定要带给他们奇闻怪事、亚洲霍乱、神话传说，以及金矿和钻矿的发现。我在与您交谈的过程中观察到了这一点。您只在谈话中出现奇闻怪事的时候才会激动起来。所有人（无论是恶棍还是圣人）都是这样。"

"那么，我们要不要绑架巴尔素特？"

"要。现在我们来讨论一下该怎样搞定他的人和财。"

风吹动着树叶。埃尔多萨因凝视着透过半开着的窗户照在石榴树上的光。"占星家"将椅子移到柜子边，头靠在赭石色的柜板上，手指又开始转动那枚钢戒。

"我们怎样搞定他？很简单。我会告诉巴尔素特我查到了上尉和艾尔莎在什么地方……"

"嗯，这个办法不错。但是，您是如何查到他们的地址的呢？他一定会追问您……"

"我就说，我去了军事部的人事处。"

"好……很好……太好了……"

此刻，"占星家"热切地直起身子，饶有兴致地看着埃尔多萨因。

"我们以让他帮忙劝艾尔莎回到我身边为借口，把他捉住。"

"令人佩服。让我想一想。您所计划的这一切……当然……

非常好。啊……回答我一个问题，他有亲戚吗?"

"除了我妻子，没有别人。"

"他住在哪儿?"

"住在一间膳宿公寓。房东的女儿是对眼。"

"如果他们发现巴尔素特消失了，会说什么?"

"我们可以这样做（这个主意真妙!）：我们从罗萨里奥①发一封由巴尔素特签名的电报给他的房东，让她把巴尔素特的衣箱寄到某间旅馆，您将用葛利高里欧·巴尔素特的名字住进那间旅馆。"

"就这么办。知道吗，您研究得很透彻。这是个完美的计划。每一件事都对我们有利：上尉，军事部给的地址，他没有亲戚，住在膳宿公寓。比一盘棋局还要清晰明了啊。很好。"

说完，他开始在房间里来回踱步。他每次经过窗栏前，不是让花园的光线变暗，就是在屋顶的横梁照出一道影子。当埃尔多萨因说那个计划"如同被上千磅高压的熨斗牢牢印出般"那么清晰时，并非信口胡言。"占星家"的靴子在房间里发出一声又一声沉闷的回响，与此同时，埃尔多萨因却因"计划"太过简单、太过缺乏新意而开始感到遗憾。他喜欢少一些精确性、多一些冒险的方案。

"见鬼啊! 这一点儿也不好玩儿! 要是这样的话，任何人都可以成为杀人犯!"

---

① Rosario，位于阿根廷，是圣菲省巴拉那河西岸的一座港口城市，处于布宜诺斯艾利斯西北三百千米处，为阿根廷第三大城市。——译者注

"葛利高里欧和那个对眼女之间没什么关系吗？"

"没有。"

"那您为什么要提到她呢？"

"我不知道。"

"您不怕自己在做了'那件事'后会良心不安吗？"

"我觉得那只会发生在小说里。在现实生活中，我做过坏事，也做过好事，无论做什么，我既没感到过快乐，也没感到过一丁点儿内疚。我觉得问题在于，人们所谓的内疚实际上不过是害怕受惩罚罢了。这里不会绞死犯人，只有懦夫……"

"那您呢？……"

"让我说完。我不是懦夫。我是个冷漠的人，那不一样。您想想。既然我无动于衷地看着妻子跟别人走了，也无动于衷地挨了一个背叛我的人的耳光，那我为什么不能无动于衷地看着他死去呢？只要不是一场过于血腥的屠杀。"

"是的。很有道理。您说的一切都非常有道理。埃尔多萨因，知道吗，您是一个很有意思的人？"

"我妻子也说过同样的话。但即便如此，她还是跟另一个人走了。"

"您恨他吗？"

"有时候恨。不一定。也许我对他的感情不是憎恨，而是生理上的厌恶。事实上，我不恨他，因为我们不可能憎恨那些可以与我们同样行恶的人。"

"那么，您为什么想要杀死他？"

"您为什么想要建立秘密社会呢？"

"您觉得那件罪行会对您的生活有所影响吗?"

"那即是让我感到好奇的一点。想要知道他的死亡会不会让我的生活、我看待事物的方式以及我的感受发生改变。况且,我早就需要杀死一个人了。即使只是为了转移自己的注意力。明白吗?"

"所以您想让我帮您从火中取栗吗?"

"当然了! ……因为帮我从火中取栗也就意味着您可以获得用于建立秘密社会和妓院的两万比索……"

"您为什么选择让我来完成'那件事'呢?"

"为什么? 我观察您很长时间了。在一年前,当我在'神智社团'认识您的时候,我就十分确定您是能够完成这类冒险任务的人。"

"为什么这么说? ……"

"我对那场景记忆犹新。您的左侧有一位卖炭妇,她在与一位鞋匠聊'环灵体'。对了,您有没有注意到鞋匠们都非常着迷于黑暗科学?"

"然后呢?"

"然后您同一位能与索别斯基①通灵的波兰绅士聊了起来。"

"我不记得了……"

"我记得。您后来亲口告诉我,那位波兰绅士是一个泥瓦匠……您和那位波兰绅士从索别斯基聊到'鸽子的方向感',您

---

① Jan III Sobieski (1629—1696),扬三世,从 1674 年开始同时担任波兰国王及立陶宛大公,直到 1696 年离世。——译者注

说：'对我而言，鸽子的方向感的唯一重要性是作为敲诈的中间人。'于是，您开始解释……"

"啊，我想起来了。派一个同谋去敲诈很可能会被警察逮捕，与其这样，不如派一筐信鸽，让对方把钱绑在信鸽的脖子上……"

"当您讲完，在波兰人、卖炭妇和鞋匠的惊讶中，我对自己说：'这个男人是个勇敢的可用之才……'"

"哈哈！您真是有意思！"

"行了，说点儿认真的，您觉得我的计划如何？"

"完美。"

"您得注意到这一点：这个机制被分为三个分机制，尽管每一个分机制是独立的，但它们必须得以完美地执行。第一个机制是绑架。第二个，您前往罗萨里奥，并在那里用巴尔素特的名字索要和接收行李。第三个，则是谋杀及销毁尸体。"

"我们要把尸体销毁？"

"当然了。用硝酸，不然也可以用烤炉，要……如果是烤炉，温度必须高过五百度，才能把骨头也烧毁。"

"您是怎么了解到这些信息的？"

"不要忘了，我是个发明家。对了，我们可以从那两万比索里拿出一部分，用于大规模生产铜铸的玫瑰花。我已经让朋友埃斯皮拉一家开始生产了。也许可以让他们其中一个人加入秘密社会。前几天，我还想到了将电磁应用在斯蒂芬森①的蒸汽机车。我的方法要简单一百倍。您知道我需要什么吗？我需要出去待一段时间，到山里去，去休息和学习。"

"您可以到我们将要组建的营地去啊……"

"那么，您是同意这个计划了吗？"

"对了，有个问题。关于钱，巴尔素特的钱是从哪儿来的？"

"他三年前卖掉了继承的一栋房子。"

"他把钱存在了定期账户里……"

"不，在活期账户里。"

"那他就赚不了利息了？"

"对，他一点儿一点儿地花掉那笔钱。一个月大概花两百比索。他说，那笔钱到他去世的时候也花不完。"

"有意思。他是什么样的一个人？"

"强壮。残忍。我们得好好准备绑架的事，因为他一定会像野兽一样抵抗。"

"很好。"

"啊，对了！在我走之前还有一件事。您打算把这事儿告诉'皮条客'吗？"

"不会告诉他。这是我们俩之间的秘密。'皮条客'负责组建妓院，仅此而已。您明天去'糖厂'还钱？"

"是的。"

---

① Stephenson（1781—1848），英国机械工程师、发明家，被称为"铁道之父"。——译者注

"我突然想起来，我认识一个擅长造假的人。他可以帮我们伪造军事部的文件。"

埃尔多萨因在房间里来回走动了一阵子。

"绑架很简单。您去罗萨里奥，发电报索要行李。问题在于，当您即将犯下罪行时……"

"那不会是我们犯下的唯一的罪……"

"什么？……"

"当然不是。我关心的另一个问题是在那个社会里如何进行保密工作。我想到了这样一个方法：我们将在全国每个角落设立革命基层。中央委员会将位于首都，它将以下面这种方式建立：省会领导将是中央委员会成员，地区领导将是省会委员会成员，一线城镇领导将是一线地区委员会成员，以此类推。"

"您不觉得有点复杂吗？"

"我不知道，还得再研究研究。关于组织，我还想到了另一些细节：每个基层都将有一个无线电发射器和接收器。此外，每十个会员必须拥有一辆汽车、十把步枪和两把机关枪，而每一百个会员则需要购买一架战斗机、炸弹，等等。晋升将由中央委员会决定，而较低级别的选举则通过保密投票的方式进行。但现在我们该睡觉了。过一会儿有一班火车……还是说您想要在这里过夜？"

事实上，埃尔多萨因没什么要紧的事。时钟已经指向三点，"占星家"说的那些话模糊不清地掠过他的意识。他一点儿兴趣也没有。他想要离开，仅此而已。走得远远的。

他们握了握手；"占星家"站在台阶上与他告别，埃尔多萨因疲惫不堪地穿过庄园。当他在黑暗中转过头，亮着灯的窗户像一个黄色的矩形，挂在黑暗的中央。

在树上

黎明破晓。埃尔多萨因沿着庄园的一侧，在泥泞步道旁的小径上前行。清晨的凉意充满了他疲惫不已的肺部的每一个腔室。尽管天空依然黑暗，地平线的远方模糊不清，却让其他一切看起来更靠近了。在迷宫般蜿蜒的巷子远端，天空泛起一道道绿色的条纹。

埃尔多萨因一边走，一边心想：

"这简直和沙漠一样悲哀。此刻，她正和他睡在一起①。"

清晨水润的光很快填满了浸在白雾中的巷子。

埃尔多萨因对自己说：

"但是，我一定要坚强。我记起小的时候，想象自己看见巨人行走在云端，他们头发卷曲，四肢被镀上金光。事实上，他们是行走在我体内的快乐国度。啊！失去一个梦想宛如失去了一笔财富。我在说什么？失去梦想比失去财富糟糕多了。要坚强，那是唯一的真理。而且不要有怜悯心。就算再疲惫，也要

---

① 埃尔多萨因在后来才知道，那一刻，艾尔莎与一位仁爱会姐妹在一起。贝朗德上尉的一个欠考虑的举止让艾尔莎意识到自己所处的境遇，于是她从汽车里逃了出来。她跑去了一家医院，受到一位姐妹的照顾，那位姐妹觉察到痛苦让面前这个女人几乎失去了理智。——评论者注

对自己说：尽管我此刻很疲惫，尽管我此刻很懊悔，但明天就不会这样了。那即是真理：明天。"

埃尔多萨因闭上眼睛。一阵不知是晚香玉还是康乃馨的香味浸入这神秘嘉年华一般的氛围。

埃尔多萨因心想：

"无论怎样，都必须为生活注入快乐。不能这般生活。不应该这样。在我们所有的苦难之上应该漂浮着一层快乐，我也说不清那是什么，但它是比人丑陋的面孔、比人类可怕的真相更美丽的东西。'占星家'说的没错。我们应该创建由绝妙的谎言组成的'谎言帝国'。崇拜某个偶像。在这愚蠢的森林中挖出一条道路来。但是应该怎么实现呢？"

埃尔多萨因的颧骨被阳光着上粉色，他继续自言自语道：

"我是杀人犯还是个堕落者又有什么关系呢？重要吗？不重要。那是次要的。有一样东西比全人类所有的卑劣加起来都要重要，它即是快乐。假如我是快乐的，那么幸福将会赦免我的罪。快乐是最重要的东西。爱一个人也是……"

远方的天渐渐变绿，而树干依然被裹在低洼的黑暗中。埃尔多萨因皱了皱眉。回忆的蒸汽从他心里挥发出来，金色的薄雾，闪亮的轨道，在一个太阳笼罩的下午向远方延伸。一个女孩的面孔（苍白的小脸躲在布帽子下边，绿眼睛，黑鬈发）浮上他的心头。

那是两年前。不。三年。是的，三年前。她叫什么名字来着？玛利亚，玛利亚·艾斯特。是叫那个名字吗？她甜美的面孔温暖着他夜晚的梦境。他记得非常清楚！他坐在她身边，风

吹动着她黑色的鬃发，他突然伸出手，用手指触摸女孩炽热的
下巴。她此刻在哪里？在哪个屋檐下入睡？如果再见面，他还
能认出她吗？那是三年前的事了。他们是在火车上认识的，在
那十五天的时间里，他每天都和她聊上几分钟，然后她就消失
了。事情的全部就是这样，别无其他。她不知道他已经结婚了。
假若她知道了，会说什么呢？是的，现在他想起来了，她叫玛
利亚。但那重要吗？一点儿也不重要。整件事最美的部分，在
于她的眼睛散发出的甜蜜的温暖，一会儿绿，一会儿褐。还有
她的沉默。埃尔多萨因记得那些火车上的时光；他坐在女孩身
边，她的头落在他的肩上，他的手指绕着她的鬃发，而十五岁
的女孩在沉默中颤抖。假如她得知他正在计划杀死一个人，她
会说什么？也许她根本不懂那个词的含义。埃尔多萨因记起她
是如何带着女学生的腼腆抬起手臂，将手放在他长满胡须的粗
糙的面颊上；也许那份遗失的幸福正是他所需要的，用来抹去
人类面孔的丑陋痕迹。

　　此刻，埃尔多萨因开始自我反省。他为什么会有这么多想
法？是谁给他的权力？从什么时候起，预备杀人犯也开始思考
了？然而，他因体内的某个东西而感谢宇宙。是谦卑还是爱？
他不知道，但他明白，在支离破碎的生活中有一丝甜蜜，他认
为，当一个可怜的灵魂发疯时，它是带着感激之情离开地球上
的痛苦的。而在这份怜悯之下，一股无法遏制的、近乎讽刺的
力量将他的嘴唇轻蔑地噘起。

　　上帝是存在的。上帝隐居在某些人的皮囊之下，那些人记
得当地球还是处女地时的模样。他的体内也住着一个上帝。有

可能吗？他摸了摸鼻子（因巴尔素特的耳光而仍然疼痛不已的
鼻子），那股不可遏制的力量在他心里重复着：他疼痛的皮囊下
面隐藏着一个上帝。但刑法里有规定杀人的上帝会受到什么惩
罚吗？假如他对法官说："体内住着上帝也犯罪吗？"法官会怎
么回答？

难道不是吗？在清晨的黑暗中、在树木滴露的湿润中，流
淌过他体内的这份爱、这份力量，难道不是上帝的本性吗？那
个回忆再一次浮现在他的脑海里：椭圆形苍白的小脸，绿眼睛，
黑色的鬈发时不时地被微风轻拂过脖子。一切是多么简单啊！
他想得入了迷，什么话也不需要说。即使他完全有可能在滴露
湿润的树下想着那个女孩想到发疯。否则，又该如何解释为什
么此刻他的灵魂与夜间那个中魔的灵魂如此不同？因为夜晚只
能孕育阴暗的念头？就算是这样，也没关系。此刻的他变成了
另一个人。他在树下微笑。这一切难道不是惊人的荒谬吗？"忧
郁的皮条客"，堕落的瞎女人，埃尔格塔和他的救世主神话，
"占星家"，所有这些让人费解的幽灵，他们说着人话，他们的
话语中带着肉欲。与靠在常春藤边的柱子上、感到生命涌向胸
口的他相比，他们又是什么呢？

他变成了另一个人，而这仅仅是因为他想起了那个在火车
上将头落在他肩上的女孩。埃尔多萨因闭上了眼睛。土地刺鼻
的气味让他不寒而栗。他疲惫的肉体感到一阵眩晕。

有人朝他走来。从车站传来一阵刺耳的哨声。戴着棒球帽
或大檐帽的人们在远处行走。

他究竟在这儿做什么？埃尔多萨因眨了眨一只眼，知道自

己在欺骗上帝，在扮演一个无法逃脱上帝诅咒的小丑。然而，一道道黑暗时不时在他的眼前闪过，一阵迟钝的麻醉一点儿一点儿浸入他的意识。他想要违反什么。违反常规。假如那儿有一堆干草，他会纵火引燃它们……什么东西让他的脸肿了起来：是因疯狂而产生的凶恶表情；突然，他转向一棵树，跃身一跳，抓住一根枝干，紧紧握住它，用脚勾住树干，手肘用力，成功爬上了那棵刺槐的树丫。

他的鞋子在泛着光泽的树皮上滑落，树枝轻轻拂打他的面孔，他伸长手臂，抓住一根枝干，从湿润的树叶之间观察。下方的街道沿着斜坡，蜿蜒在树木的群岛之中。

他在树上。他违反了常规，只是为了违反常规而违反常规，没有其他缘由，如同一个人仅仅因为被路人撞了一下就将对方杀死，只是为了看看警察是否能够逮住他。在东方，阴郁的烟囱耸立在绿条纹的天空中；在更远的地方，绿色的山林犹如可怕的象群一般，充斥着班菲尔德的低地，而他却依旧那么悲哀。违背常规也不足以让他感到幸福。然而，他用尽力气，大声喊道：

"嘿！沉睡的野兽们：嘿！我发誓……但不……我想要违反常理，小动物们，不要惊慌……不。我想要宣扬的是勇气，是新生活。我在树上对你们说话，我并非'在桉树上'①，我是在刺槐上。嘿！沉睡的野兽们！"

_____

① 西语"en la palmera"（在桉树上）亦有"进退两难，处于窘境"的含义。——译者注

埃尔多萨因很快没了力气。他看了看四周，为自己所处的位置感到惊讶，接着，那个遥远女孩的面孔像一朵花儿一般在他心里绽放。他为自己出的丑①而大为羞愧，从树上爬了下来。他彻底被打败了。他是个失败者。

---

① 关于这一场景，埃尔多萨因对我做出了两种解释。第一种解释是他因模仿发疯的状态而感到无比愉悦，犹如一个"明明只喝了一杯酒，但为了戏弄朋友们而假装喝醉了"的人。他苦笑着对我解释，他还说，在从刺槐树下来后，他感到十分羞愧，仿佛一个在嘉年华乔装打扮的小丑，非但没有逗得观众开心，反而被众人辱骂。"我非常厌恶自己，甚至想要自杀，却遗憾没有随身携带手枪。直到后来回到家换衣服的时候，我才发现，之前在外面的时候手枪就一直装在我的裤兜里。"——评论者注

第二章

支离破碎

　　埃尔多萨因还清了欠糖厂的债，在绑架巴尔素特之前的那些日子，他把自己关在一间临时租来的房间里。他害怕出门上街。埃尔多萨因从没想过计划中的绑架巴尔素特一事，甚至也不再去拜访"占星家"。他整天整夜地躺在床上，拳头枕在枕头上，前额贴在拳头上。别的时候，他会几小时几小时地盯着墙壁，想象在那里漂浮着一层梦境般绝望的薄雾。

　　在那些日子里，他从未能够记起艾尔莎的面孔。

　　"她如此神秘地从我的心里消失，我要花上很大力气才能想起她的容颜。"

接着，他就会入睡，或者继续沉思①。他努力将注意力放在两项他认为很重要的项目上面：将蒸汽机车改为电磁发电，以及开一间狗狗洗染店，让大街小巷上出现电光蓝的小狗、绿色的牛头犬、紫色的灰狗、丁香色的猎狐犬、背部印着三色黄昏照片的小狗、染着波斯地毯般蔓藤花纹的小母狗。但根本无济于事，因为他十分焦虑；某天下午，他做了这样一个梦：

他知道自己是公主的心上人，同时他也是阿方索十三世国王的侍从。将军们都围在他的身边，想要探问出他身上的秘密，这让他十分开心。湖泊的倒影轻啄着常年开着白花的树干，身材高挑的公主挽着他的胳膊，用带口音的西班牙语问他：

"埃尔多萨因，你爱我吗?"

埃尔多萨因大笑起来，用辱骂回答了公主；此刻，许多把剑围成一个圈，在他眼前闪耀，他感到自己在下沉，一场又一场的灾难将大陆一一摧毁，但他早已在海底的小铅屋住了好几个世纪了。独眼鲨鱼在小屋的玻璃窗外游来游去，它们因长了痔疮而痛苦不已。这让埃尔多萨因感到好玩儿，他忍住不笑出

---

① 关于那段日子，埃尔多萨因对我说道："我曾以为，我之所以被赋予一个灵魂，是用来享受这世界的美好的，月光从橙色的云冠背后照了出来，露水滴在玫瑰花之上。在我小时候，我甚至以为生活专门为我准备了某个动人美丽的东西。然而，当我逐渐观察到别人的生活，发现每个人都活得很无聊，仿佛他们住在一个多雨的国度，雨水在他们的瞳孔中留下一道道水纹，影响了他们的视觉。于是我明白了，灵魂像被禁锢在鱼缸里的鱼儿那样游走在地球上。在草绿色玻璃墙的另一侧才是美妙的生活，洪亮且崇高的生活，在那里一切都不一样，活力四射，多姿多彩，那些拥有美丽身躯的更完美的新人类在充满弹性的大气层中跳跃。"然后，他对我说，"没用，我必须逃离这个世界。"——评论者注

声来，害怕被别人听见。如今，海里所有的鱼都变成了独眼，而他则成了"独眼鱼帝国的皇帝"。一望无际的城墙将沙漠与大海隔开，绿色的天空在墙顶上生锈，无数肥大的独眼鱼以及因海上麻风病而肚子肿大的怪物随海浪撞击在红色高塔的外墙上，而一个水肿的黑人正手握拳头恐吓一个盐做的雕像。

另一些时候，埃尔多萨因则回忆起过去的日子，想起那些他预料到接下来会发生什么事的时刻，就像他在那个晚上对上尉说的一样。他无声无息地饱受折磨，等待着事情的发生，这样他就可以对自己说：

"我早就知道，我不会错。"

他想起某天晚上和艾尔莎的聊天，她在某一刻真情流露，对他坦白道，假如自己现在还是单身，她将永远不会结婚，而只会拥有情人。

埃尔多萨因问道：

"你是认真的吗？"

艾尔莎从另一张床上严肃地回答道：

"当然是认真的，我将会有一个情人……结婚有什么意义？……"

出现了一个奇怪的现象：埃尔多萨因突然感到一阵死亡般的沉寂，犹如一副棺材平行于他横躺的身体旁。也许就在那一刻，一个男人对一个女人所有的无意识的爱都在他体内被摧毁，这让他能够应付之后将会遭遇的各种可怕的情形。他感到自己此刻仿佛躺在一座坟墓的底部，永远无法再见到阳光，而在那将整个房间填满的黑色沉寂中，被他妻子的声音唤醒的幽灵飘浮在他的眼前。

后来，在解释那个场景的时候，他记起自己正躺在床上，一动不动，害怕任何一个微小的举动都可能打翻他巨大的不幸，将他横躺的躯体死死压在残忍的痛苦之上。

他的心沉重地跳动着。心脏的每一次收缩，仿佛都需要使劲推动一块沉重的淤泥。他试图伸出双手去触摸屋子上方的阳光，但却无济于事。妻子的声音在他耳边回响：

"我永远都不会结婚。我将会有一个情人。"

那两句话，从口中说出来不过是两秒钟的时间，但却会跟随他一辈子，像肉瘤一样扎根于他的体内。他咬紧了牙齿。他想要受更多的苦，将自己耗尽在痛苦中，在缓慢的滴血中将痛苦流干。他双手紧贴着大腿，身体如棺材里的尸体一般僵硬，脑袋一动不动，屏住呼吸，用喑哑声问道：

"那你会爱他吗？"

"为什么要爱他？……谁知道呢！……会吧；如果他对我好，我就会爱他，不是吗？"

"你会在哪儿和他见面？因为你家里是不可能允许你做这种事的。"

"在旅馆吧。"

"啊！"

他们俩都不再说话，但埃尔多萨因却已在他牢固的不幸里瞧见了她的模样，她正走在鹅卵石铺就的人行道上。她在宽敞的人行道上快步前行。深色的面纱遮住了她的半边面容，她迈着坚定的步伐飞快地朝着欲望指引她的方向走去。为了耗尽他仅存的希望，埃尔多萨因继续和她的谈话，露出她在黑暗中无法辨识的虚伪的笑容，为了不让艾尔莎发现自己因暴怒而哆嗦的嘴唇，他轻声说道：

"你看，婚姻多么美好，我们可以像兄妹一样无所不谈，不是吗？那你告诉我，你会在他面前脱光衣服吗？"

"别说胡话！"

"不，我要你告诉我：你会脱光衣服吗？"

"会……当然会！难道我要穿着衣服吗？"

即使砍断他的脊柱，他的身体也不会比此刻更僵硬。他的喉咙像着了火一样干燥。心脏几乎停止了跳动；他感到脑袋里有一阵薄雾，那薄雾从眼睛里蹿了出来。他在寂静和黑暗中坠落，轻柔地沉入虚无之中，与此同时，他的肉体依旧瘫痪着，只为了让痛苦的印迹更加深刻。他什么也没说，尽管此刻他想要抽泣，想要在某人面前跪下，想要在那一刻站起来，穿上衣服，离开家，去另一栋屋子的门廊或某个陌生城市的郊区过夜。

埃尔多萨因终于失去了理智，大声喊道：

"但你意识到了吗……你意识到这有多可怕，你对我说的这些是多么可怕吗？我应该杀死你！你真是个贱人！我应该杀死你，是的，杀死你！你知道吗？"

"你怎么了？你疯了吗？"

"你毁了我的生活。我现在知道你为什么从来不把自己交给我了，知道你为什么逼我自慰了！是的，自慰！你让我变成了一个没用的男人。我应该杀死你。任何人都可以走到我面前来朝我脸上吐口水。你意识到了吗？在我偷窃诈骗的时候，在我为你受苦的时候，你……是的，你却在想着别的事。你却在想着把自己许给一个好男人！你意识到了吗？一个好男人！是的，一个好男人！"

"你疯了吗？"

埃尔多萨因很快穿好了衣服。

"你要去哪儿？"

他把大衣披在肩上，然后在他妻子的床边弯下腰，冲她喊道：

"你想知道我要去哪儿吗？我要去妓院，去感染梅毒。"

无邪与无知

这则故事的记录者之所以不敢为埃尔多萨因下定义，是因为他的生活充满了不幸，他后来与"占星家"一起造成的灾难可以用他在婚姻中遭受的心理创伤来解释。

直到今天，每当重新阅读埃尔多萨因的供词时，我都无法相信自己曾目睹他以如此可怕的方式解剖灵魂，因太过痛苦而全然不在乎羞耻。

我记得很清楚。他躲在我家里的那三天时间里，他把一切都坦白了。

我们在一间大屋子里交谈，屋子里没有家具，也没什么光线。

埃尔多萨因坐在椅子边缘，弓着腰，手肘撑在大腿上，脸颊藏在手掌背后，双眼凝视着地面。

他声音单调、不间断地叙述着，仿佛在背诵一则被高压死死印在他黑暗意识中的课文。无论他讲到哪段情节，他的声调都始终如时钟的摆动般整齐划一、有条不紊。

他在被我打断时也从不生气，只是再次从头开始叙述，把我追问的细节补充起来。他总是埋着头，凝视着地面，手肘撑在膝盖上，小心翼翼地缓慢叙述，生怕没能把事情讲清楚。

他冷漠地讲述着一件又一件可怕的事。他知道自己会死，知道司法机关会不惜一切代价寻找他，然而他却坐在那里，口袋里装着左轮手枪，手肘撑在膝盖上，脸颊藏在手掌背后，双眼死死盯着空房间地面的灰尘，冷漠地讲述着。

他在仅仅几天的时间里消瘦了许多。发黄的皮肤贴在扁平的面骨上，看起来像是得了肺结核似的。在后来的尸检中发现他早已病入膏肓。

他在来到我家的第二天下午对我说：

"在结婚以前，我对通奸非常恐惧。在我的观念里，一个男人和一个女人结婚是为了永远和她在一起，享受每时每刻看见她的愉悦；与她交谈，用眼神、话语和微笑去爱她。是的，那时候我确实很年轻，但当我成为艾尔莎的男朋友时，我感到自己必须得改变对这些事情的看法。"

他继续说着。

埃尔多萨因从未吻过艾尔莎，因为爱她的冲动在他喉咙留下的勒痕让他感到幸福，也因为他认为"不应该亲吻一位年轻的姑娘"。于是，他将肉欲转化成了精神上的东西。

"我们之间也不以'你'相称，因为对我而言，'您'字在我们之间产生的距离感十分美好。而且，我也认为不应该对一位'年轻姑娘'以'你'相称。请您别笑。在我的观念里，'年轻姑娘'是最纯洁、最完美、最无邪的表达。在她身旁，我不知欲望为何物，为她痴迷的激动让我的双眼饱含泪水。我因痛苦地爱着她而感到幸福，我置欲望于不顾，因为我深信那让我幸福地拜倒在她恬静的目光（她那干净的目光缓慢刺入我灵魂中最狂暴的底层）下的并非可怕的生理痉挛，而是某种精神上的爱。"

在埃尔多萨因讲述的同时，我看着他。他是个杀人犯，杀人犯，而他却在这里细述自己的荒谬感受！他继续说道：

"结婚的那天晚上，当我们俩回到酒店的房间，她很自然地站在灯光下把衣服脱掉了。我满脸通红，转过头去，害怕正视她，也害怕她发现我的羞怯。接着，我脱掉衣领、外衣和靴子，穿着裤子钻进了被窝里。她躺在枕头上，将黑色鬓发之间的面孔转向我，奇怪地笑着说：'你不怕把裤子弄皱了吗？傻瓜，快把裤子脱了吧。'"

后来，一股奇怪的疏离感将艾尔沙和埃尔多萨因之间的距离拉开。她把自己交付给他，但却总是带着反感，仿佛她感到自己上当受骗了似的。他跪在床头，请求她将自己交付给他（哪怕只是一小会儿），但她却强忍着不耐烦，几乎尖叫着回答他：

"别烦我！难道你没意识到你让我恶心吗？"

为了避免悲剧的发生，埃尔多萨因躺回到床上。

"我没有睡觉，而是坐着，背靠着枕头，看着黑暗。我知道黑暗中什么也看不见，但我希望她见我被遗弃在黑暗里会心生怜悯，会因同情而对我说：'好了，过来吧。'但是她从来没有、从来都没有对我说过那句话，直到某天晚上我对她绝望地吼道：

"'你到底在想什么？……你难道要我自慰一辈子吗?'

"于是，她平静地看着我，回答道：

"'这一切毫无意义：我当初就不应该嫁给你。'"

黑屋子

巨大的痛苦占据了埃尔多萨因，他突然用双手抱紧脑袋，仿佛因疼痛而失去理智似的。他感到脑髓从头颅脱离，每一个微小的想法都会让脑髓溅洒在头颅内壁。

他知道自己已无可挽回地失去了一切，永远不可能获得让脸颊浮现微笑的幸福；他意识到命运将他卷入了放逐者的旋涡，他们的生活沾染了所有堕落和痛苦的污秽。

他不抱任何希望了，当他死死盯着房间的一角，想到自己永远不会再有任何幻想时，对生活的恐惧变得愈加强烈。对他而言，在小饭馆洗碗或在妓院跑腿，都不重要了。

又有什么是重要的呢?! 痛苦将他抛入那堆沉默可怕的男人之中，他们在白天拽着苦难兜售小商品或《圣经》，日落后走进公共厕所，在那里将生殖器暴露在稚嫩的小青年面前（小青年是被与他们相似的苦难灵魂带来的）。

这样的念头让他在阴暗的沉思中昏昏欲睡。他感到自己仿佛被牢牢钉在一块木板上，永远无法逃脱。

痛苦深深扎根于他的体内，他突然为在城市里等待着他身体（重达七十公斤、他只有在镜子前才能看见的身体）的命运而悲哀。

在别的时候，他的思想被舒适和愉悦包围；非物质的愉悦不受时间和边界的限制。然而，他此刻的悲哀却被困在体内（一个受折磨的身体内）。有的时候，埃尔多萨因甚至觉得身体已不属于自己，但却又因未能让身体感到幸福而内疚。

那被困在他体内的悲哀，如同一个从未能够满足儿子心愿的母亲的痛苦那般深刻。

因为在他如此短暂的生命中，他从来没为他的肉体买过一件得体的西装，也没给过它与生活和解的快乐；他没有为身体的愉悦做过什么，但为了满足精神需求却什么都可以付出——甚至包括那些人类还无法抵达的国度。

他很多次地对自己说：

"我为自己可怜的身体的幸福到底做过些什么？"

因为他有时候感到自己与身体如此疏远，类似于葡萄酒与装酒的木桶之间的距离。

随后，他意识到，那具身体里装着他的疑惑和绝望，并用疲惫不堪的血液供养它们；没有女人屑于看一眼他可怜且衣着褴褛的身体，生活的轻蔑和负担让他的身体痛苦不堪，而这一切不过是因为他的思想从未索要过他一直羞怯地默默渴求的愉悦。

埃尔多萨因为身体的替身（那个对他而言几乎陌生的身体）感到同情，并且难过。

于是，就像绝望的人会从七楼跳下去一样，他把自己投入手淫的诱人恐惧之中，想要在一个没人能将他驱逐的世界里将他的内疚歼灭，沉浸在远离现实生活的快感和享之不尽用之不完的美好肉体之中。

那是一个充满了胶状想法的宇宙，它被切成许多条走廊，淫秽被丝绸、锦缎、丝绒及昂贵的花边伪装起来；一个沐浴在海绵般柔和的晨光中的世界。创世纪以来最美丽光润的女人经过他，把苹果般的胸部献给他，把芳香的嘴唇和淫荡的言语献给他那满口烟味的嘴。

有时候她们是高挑漂亮的少女，有时候她们又是误入歧途的女学生，那是一个多姿多彩的女人世界，没人会将他（是的，他，那个可怜的恶魔，连最破烂的妓院的老板也怀疑他会赖账）从那里驱逐。

他闭上双眼，进入炽热的黑暗，把一切都抛在脑后，仿若鸦片吸食者走进恶心的吸烟室，闻着中国老板身上的屎臭，却以为自己来到了天堂。

在某一刻，他偷偷滑向那秘密的快感，像第一次走进妓院的男孩那般害羞又激动。

欲望像一只牛虻，在他耳畔嗡嗡作响，但没有人能将他从情欲的黑暗中拉出来。

　　这黑暗如同一间熟悉的屋子，他会突然在那间屋子里失去日常生活的概念。在那里，在那间黑屋子里，可怕的愉悦是经常发生的事；要是他得知另一个男人也在享受着那愉悦，那么他将永远不会靠近他。

　　尽管这间黑屋子位于埃尔多萨因的体内，但他却竭尽全力地绕圈子、拐弯抹角地进入它；他知道自己一旦越过门槛就无法后退了，因为在黑屋子的走廊（一条总是布满阴影的秘密走廊），一位曾在某条小径、某趟电车或某个屋子里挑起过他的欲望的女人正轻手轻脚地前来赴约。

　　犹如一个人从钱包里取出通过不同渠道挣来的钱一样，埃尔多萨因从黑屋子的深处拽出一个既零碎又完整的女人，她由上百个女人的碎片组成，撕碎它们的是上百个相同的欲望，这些欲望在她们出现时又再度被点燃。

　　因为这个女人的膝盖是一位在等待公车时裙摆被风吹起来的少女的膝盖，大腿来自他记忆中的一张色情明信片，悲哀且暗淡的微笑是很久前在电车上某个女学生的脸上看见过的，绿眼睛则来自那个苍白的嘴唇周围长满痘痘的裁缝女工，她常在星期天的傍晚与女伴前往娱乐中心跳舞，舞池里的店员们总是将高耸的裤门襟往喜欢男人的姑娘们身上推。

　　这样一个幻想中的、将所有他在过去未能拥有的女人的肌肤糅合在一起的女人，对他很友好，犹如那些将手放在男朋友的胯间但却依然自认正派的谨慎女孩。她走向他。她的臀部绑着一条矫形带，乳房自由地微微下垂，她的仪态举止如一名受过教育、有思想的女性那般无可挑剔，但这却并不妨碍她允许男朋友把手伸进她因疏忽而半敞开的乳罩里。

接着，他掉进了黑屋子的深渊里。黑屋子！对埃尔多萨因而言，那些日子是可怕的回忆；他感到自己仿佛住在地狱之中，恐怖的画面一直伴随着他（甚至直到他临死前、受司法机关追捕的那些日子）。每当回想起那段时光，他总是在激动中带着一丝忧郁，眼中闪过一道红色的火焰，他的愤怒是如此痛苦，他多么希望能够一步跳到星辰之外，在燃烧的烈火中洗净他所有可怕、顽固且不可避免的过去。

黑屋子！仿佛那个阴沉的男人憔悴的面庞依然在我眼前似的，我看见他突然抬头看向屋顶，接着又低头与我的眼神对视，冷笑着补充说道：

"去吧，去告诉人们黑屋子是什么吧。也去告诉他们我是杀人犯。然而，我这个杀人犯却深爱过所有的美丽，也每时每刻地与体内不断涌现的可怕诱惑做过斗争。我为自己受过苦，也为别人受过苦。您明白吗？我也为别人受过苦……"

通告

绑架是在艾尔莎离家十天后进行的。在八月十四日那天，"占星家"去拜访了埃尔多萨因，但他却不在家，于是当他回到家时，发现门下躺着一个信封。信封里装着一则伪造的来自军事部的通告，告知埃尔多萨因贝朗德上尉的地址，以及一则有意思的附言：

"我将在八月二十日之前的每天上午十点至十一点等待您的到来，您得和巴尔素特一同前来。敲门后不必等待即可进门。请不要独自前来。"

埃尔多萨因看了"占星家"的信，陷入了沉思。

他早已把巴尔素特忘了。他先是下了要杀死他的决定，接着，那个决定被黑暗笼罩，在那段日子糊里糊涂地过去了，消失不见。"我必须得杀死巴尔素特。""必须得"这个词可以很好地解释埃尔多萨因的疯狂。当我就这一点向他询问时，他回答道："我必须得杀死他，否则我无法安宁地生活下去。杀死巴尔素特是我活下去的先决条件，就像呼吸纯净的空气是其他人活下去的先决条件一样。"

于是，他一收到信，就朝巴尔素特的家走去。巴尔素特住在乌拉圭街的一栋膳宿公寓。那栋阴暗肮脏的楼房里住着形形色色的人。房东沉迷于招魂术，她有一个对眼的女儿。房东对付房租一事毫不留情，如果有人拖欠了二十四小时房租，那么当天晚上他的衣箱和杂物肯定会被扔在内庭的中央。

他在傍晚抵达巴尔素特的家。当埃尔多萨因走进房间时，巴尔素特正在剃胡子。他脸色苍白地停了下来，刀片悬在脸颊上方，从脚到头打量了一番埃尔多萨因，大声叫道：

"你来这儿做什么？"

"要是换作别人，肯定早生气了，"埃尔多萨因后来对我说，"但我却微笑着'友好地'看着他，因为我在那一刻感到自己是他的朋友。我什么也没说，直接把军事部的信递给他。一种无法言喻的喜悦让我激动不已，我记得自己在他的床沿坐了一分钟，接着站起来紧张地在房间里踱步。"

"所以她在坦珀利啊。你想要我同你一起去找她吗？"

"是的，正是如此。我想要你去找她。"

巴尔素特嘟囔了一阵，埃尔多萨因听不懂他在说什么。接着，他用双手揉搓手臂，直到表皮微微发红。他准备剃胡须，握着刀片的手停在半空中，转过头来，说道：

"你知道吗？我以为你永远都不会有胆来我家。"

埃尔多萨因看着他绿色的目光；那个男人果真拥有一张老虎般的面庞。接着，他双臂抱在胸前，辩解道：

"是的，我曾经也这样以为。但是，你看到了，什么都会改变……"

"你害怕一个人去吗？"

"不，但我感兴趣的是让你掺和进来……"

巴尔素特咬了咬牙。他的下巴满是肥皂泡，额头紧皱，打量了一番埃尔多萨因，最后说道：

"你看，我以为自己已经够混蛋的了，但我觉得你……你比我更混蛋。算了，听天由命吧。"

"你为什么说听天由命？"

巴尔素特凝视着镜子，双手叉腰，他接下来说的话并没有让埃尔多萨因惊讶（埃尔多萨因面容平静地听他说出下面这句话）：

"谁知道这封通告不是伪造的、不是你为了杀我而设下的'温床'呢？"

"人的灵魂是多么奇怪啊！"埃尔多萨因后来说道，"我听着他说出那句话，脸上并没有显露出哪怕一丝惊惶。葛利高里欧是如何猜到真相的？我不知道。还是说他和我一样，都喜欢往坏处想？"

埃尔多萨因点燃一支烟，简短地回答道：

"随便你怎么想吧。"

然而，正在聊天兴头上的巴尔素特反驳道：

"这完全有可能呀！告诉我：我猜对了吗？你想要杀我有什么好奇怪的吗？这十分合乎逻辑。我想要抢走你的妻子，我告发了你，我狠狠打了你，天呐！你要是没有杀我的心，那你简直就是个圣人！"

"圣人？不，亲爱的，我才不是什么圣人。但我对你发誓，明天我不会杀你。也许某一天我会杀你，但明天不会。"

巴尔素特高兴地笑了起来。

"雷莫，你知道你很厉害吗？某一天你会杀我。真是有趣！你知道整件事最让我感兴趣的是什么吗？是你杀我时的表情。告诉我，你会很严肃还是会对我微笑？"

他提问的语气虽然严肃，但却没有敌意。

"也许我会很严肃。不知道。也许吧。毕竟你也知道，杀人并不是儿戏。"

"你不怕坐牢吗？"

"不怕，假如我真的要杀你，肯定会事先有所准备，我会用硫酸销毁你的尸体。"

"你真是残忍……对了，我记性不太好：你还了欠糖厂的钱了吗？"

"还了。"

"谁给你的钱?"

"一个皮条客。"

"你朋友不多,但都还不错……那明天早上你几点来找我?"

"那个男人八点去上班……那么……"

"你看,我还是不太相信这是真的,但假如艾尔莎真的在那里,我会狠狠给她几个耳光,让她一辈子都忘不了。"

埃尔多萨因离开他家后,走向邮局,发了一封电报给"占星家"。

痛苦的工作

那晚埃尔多萨因一夜未眠。他疲惫至极。大脑一片空白。他试图用下面的话向我解释当时的状态[1]:

"我的灵魂好似漂浮在身体之上半米的位置。仿佛所有的肌

---

[1] 也许某一天我会写下埃尔多萨因在那十天里的故事。我现在无法把它写下来,因为它的篇幅与这本书的篇幅一样长。要知道,这本书所叙述的只是故事中的人物在三天中发生的事,而且尽管我已经尽力,但这本书所反映的不过是几位主角的主观状态罢了。他们的故事将在该书的续集《喷火器》里继续。在续集中,埃尔多萨因向我提供了极其丰富的信息,孕育出"瞎妓女""艾尔莎的冒险""与耶稣同行的男人"和"毒气工厂"等精彩纷呈的章节。——评论者注

肉都被歼灭，仿佛一场永不停歇的忧虑。您闭上眼睛，感到身体溶解于虚无之中，突然，您记起了活过的成千上万个日子中的一个小细节：千万别犯罪，因为犯罪与其说是可怕，更是让人悲哀。您感到自己正在将您与文明社会之间的纽带一根根剪断，即将进入阴暗的野蛮世界，即将失去掌控。人们说（我也是这么跟'占星家'说的）这是因为缺乏对犯罪的训练，但并非如此。不，事实上，您想要和其他人一样生活，和其他人一样做一个正派的人，拥有一个家，娶一个妻子，在窗边观看经过的路人，然而，您体内每一个细胞都已被命运刻上了那句话：'我必须得杀死他。'您会说，我是在对我的怨恨进行辩解。我怎么能不对它进行辩解?! 我觉得自己活在梦里。我甚至意识到之所以说这么多话是为了让自己相信我还活着，不是因为所发生的事，而是那件事造成的后果。和烧伤后的皮肤一样。皮肤最终会痊愈，但您瞧见皮肤变成什么样了吗？褶皱、干燥、紧绷、发亮。人的灵魂也会变成那样。时不时反射的光亮会将眼睛闪瞎。皱纹会让您恶心。您知道自己体内住着一个怪兽，它随时可能奋起反抗，但您却不知道它会从哪里开始爆发。

"一个怪兽！我常常想着它。一个宁静、灵活且难以捉摸的怪兽，它猛烈的冲击力以及在生命的隐匿处揭露的邪恶扭伤能让您自己也大吃一惊，它也可以用同样的方式从任何角度揭露罪恶。多少次，我在自己的体内驻足，在我自身的神秘之中，嫉妒最卑微的人的生活！啊，您千万别犯罪。瞧瞧我这副模样。我对您坦白这一切，也许，也许是因为您能理解我……

"那天晚上？……那天我回到家已经很晚了。我衣服也没

脱，就躺上了床。我的心像赌徒的心脏那样剧烈跳动。事实上
我根本没在想犯罪之后的事，只是好奇地想知道我会如何表现，
巴尔素特会做什么，'占星家'会以什么方式绑架他。在小说里
读到的犯罪情节让我着迷；但此刻我却觉得那是一件很机械的
事，犯罪其实很简单，我们之所以觉得它复杂是因为我们还不
习惯于犯罪。

"我记得自己躺在床上，眼睛死死盯着黑暗房间的一角。毫
不相关的过去生活的片段像被风吹动一般，在我眼前飘过。我
从来都搞不懂回忆所具备的神秘的运作方式：在我们生命中最
重要的时刻，它总是能够让无关紧要的细节或者某个在许多许
多年都被我们当下生活的记忆所遮盖的画面在突然之间获得无
与伦比的重要性。我们早已忘记了那些内在图片的存在，直到
遮盖着它们的厚布突然被扯掉。于是，在那个夜晚，我并没有
想着巴尔素特，而只是躺在那里，在那令人悲哀的房间里，期
待着某个东西的来临，我已谈论过无数次的'某个东西'，在我
看来，它会让我的生活发生出乎意料的转变，将过去完全摧毁，
让我成为一个与过去的我完全不同的人。

"事实上，我所担心的并不是犯罪本身，而是另一个疑问：
我在犯罪之后会做什么？我会感到内疚吗？会发疯到最终去自
首吗？抑或我依旧会像从前那样生活，继续为我的无能而痛苦？
是那无能造成了我生活的支离破碎，用您的话来说，它们是我
发疯的症状。

"奇怪的是，我有时候感到愉悦感的强烈冲击，或是用狂笑
来伪装一场疯癫的发作；在遏制住那阵冲动后，我试着思考绑

架巴尔素特的方式。我很肯定他会自卫反抗，但我也知道'占星家'不是一个无所防备的人。我会琢磨巴尔素特究竟是怎么猜到军事部的通告是伪造的，并钦佩自己在他将满是肥皂泡的脸转过来、几乎讽刺地说道'假如通告是伪造的，那得多么有意思啊'时所表现出来的镇定。

"他的确是个混蛋，但我也不甘落后；我们俩的区别在于，他不像我那样对自身的卑劣情感感兴趣。况且，在那种情况下，任何东西对我而言都无关紧要了。由我来杀死他也好，由'占星家'来杀死他也罢，事实上我已将我的生命抛入了一个可怕的角落，在那里，魔鬼们像玩弄骰子一样玩弄我的感受。

"从远方传来嘈杂声：疲倦渗入我的关节；有时候我感到肉体像海绵一样，将寂静和休憩统统吸吮。关于艾尔莎的可怕念头不断在我的心里升起，一股沉默的憎恶让我咬紧嘴唇；我甚至为自己可怜的生活感到悲哀。

"然而，唯一能拯救我的方法是杀死巴尔素特，突然，我看见自己站在他的身旁；他被粗麻绳绑着，躺在一大堆麻布袋上面；我只能看清他绿眼睛的轮廓和苍白的鼻子；我微微俯下身，用左轮手枪指着他，温柔地将他太阳穴处的头发拨开，低声说道：

"'混账，你马上就要死了。'

"他的身子颤抖了一下，我举起手枪，把枪管对准他的太阳穴，再一次低声对他说：

"'混账，你马上就要死了。'

"他的手臂在粗麻绳下面使劲晃动，那是受到惊吓的骨头和肌肉绝望的挣扎。

"'混账，你记得吗，你记得桌上的土豆和打翻的沙拉吗？此刻的我还是那副让你恼怒的傻瓜模样吗？'

"但我突然间为那样嘲弄他而感到羞愧，于是我对他说——不，我什么也没说，拿起一个口袋，将他的头罩住：他的脑袋在厚实的麻袋下面剧烈地扭动；为了确保射击的效果和枪口位置的准确，我努力将他的头按向地面，而麻袋却从他的头发滑落，我没有力气驯服这头愤怒的野兽，野兽沉闷地喘着气，应对生死决战。当这个梦消失以后，我想象自己正乘着一艘帆船在印度洋的马来群岛旅行；我更改了姓名，满口英语，也许我的悲哀与从前一样，但此刻的我拥有强壮的手臂和镇定无比的眼神；也许我在婆罗洲，也许在加尔各答或更远的红海，又或许在西伯利亚针叶林，在朝鲜或中国，我的生活将得以重建。"

这已不是想要成为发明家的梦，不是想要发现射线（强大到可以像熔蜡一样将钢块熔解的射线）的梦，也不是想要做国际联盟①主席的梦了。

在别的时候，恐惧侵入埃尔多萨因的体内：他感到自己仿佛被桎梏束缚起来一般，可怕的文明为他穿上了一件紧身衣，让他无法逃脱。他看见自己铐着链锁，穿着条纹衣，缓缓走在

---

① 国际联盟，成立于 1920 年 1 月 10 日，是第一次世界大战结束巴黎和会召开后组成的跨政府组织，也是世界上第一个以维护世界和平为其主要任务的国际组织。——译者注

一列囚犯的队伍中，在白雪覆盖的沙丘之间，朝着乌斯怀亚①的森林进发。头顶的天空白得宛若一片锡板。

这幻觉让他激动；他带着盲目的愤怒站了起来，从房间一侧走到另一侧，想要用拳头敲打墙壁，用骨头在墙上钻孔；接着，他在门框处站住，双臂抱在胸前，痛苦再次刺穿他的喉咙。他做什么也没有用：他的生活中只存在一个明显的、唯一的、绝对的现实。他和其他人。在他和其他人之间有一个不可逾越的距离，造成它的原因也许是其他人的不理解，也许是他自身的疯狂。无论出于哪一种原因，都无法减轻他的痛苦。过去的片段再一次在他的眼前回放；事实上，他非常想要从自身逃离，彻底摒弃那个装着他的身体并将其毒害的生活。

啊！进入一个全新的世界，走在森林里宽阔的步道上，在那里，就连猛兽的臭味也比人类可怕的存在要好闻得多。

他走啊走，想要将体力耗尽，让身体劳累，精疲力竭，这样他就什么念头都不会有了。

在天快亮的时候，他睡着了。

---

① Ushuaia，阿根廷火地省首府，位于大火地岛南岸，被认为是世界最南端的城市。——译者注

绑架

早上九点，埃尔多萨因去找巴尔素特。

他们俩一句话也没说就出了门。后来，埃尔多萨因常常回想起那段奇怪的旅程：对方在走向命运终点的路上毫无反抗。

关于那个场景，他说道：

"我和巴尔素特走在路上，他仿若一个耗尽了力气、正走向刑场的死刑犯；在那段旅程中，我感到真空占据了体内的每一个毛孔。

"巴尔素特脸色阴沉；他坐在窗边，手肘撑在扶手上，我可以感受到他内心不断积攒的愤怒，准备在那个看不见的敌人（直觉告诉他那个藏在坦珀利庄园里的是敌人）身上发泄。"

埃尔多萨因接着说：

"有时候我在心里对自己说，要是别的乘客得知我们这两个窝在座位的皮垫里的男人中的一个即将成为杀人犯而另一个则是被害者，该多有意思啊！

"然而，一切都照旧。太阳照耀在田野上，我们已将冻肉厂、硬脂和肥皂厂、玻璃和铸铁车间、牛儿嗅闻的围栏以及满是碎石和沟槽仍待铺平的道路抛在了身后。此刻，列车在开过了拉努斯①后，窗外开始出现雷梅迪奥斯德埃斯卡拉达②凶神恶煞的街景，可怕的红砖车库及其黑色的血盆大口，机车在它的穹拱下进进出出，而在远处的轨道之间，一群群可怜的人在敲打碎石，或搬运轨枕。

"在更远的地方，在一片被煤油的烟垢和臭味污染的梧桐树之间，铁路员工的红色木屋斜穿而过，屋子的花园非常小，百叶窗被煤烟熏黑，小径上散落着矿渣和炭屑。"

巴尔素特沉浸在他的思绪中。埃尔多萨因则（如果用一个词来准确描述他的话）顺其自然。假如在那一刻从对面开来一辆列车，他连眼睛都不会眨一下，对于他而言，生或死都不重要了。

列车继续向前行驶。当他们抵达坦珀利时，巴尔素特的身子突然颤抖了一下，仿佛刚从噩梦中惊醒。他只说了三个字：

"在哪儿？"

埃尔多萨因伸出手，大概指了指要去的方向，巴尔素特跟随他的步伐。

此刻，他们俩沉默地穿过街道，走向"占星家"的庄园。

早晨温柔的蓝落在斜径的篱笆上。

绿色的茎秆和嫩枝构成姿态各异的植物建筑，头顶飘柔的冠羽，在红木的迷宫中交叉开来。在轻轻荡漾的柔风下，那偶然形成的美妙植物建筑仿佛漂浮在金色的光环中，像凹面镜一

---

① Lanús，阿根廷城市，由布宜诺斯艾利斯负责管辖。——译者注
② Remedios de Escalada，阿根廷的城镇，由布宜诺斯艾利斯负责管辖。——译者注

样发出玻璃般的光泽，将大地令人沉醉的气味紧紧扣在它的圆顶之下。

"多么美的早晨啊!"巴尔素特说。

在他们抵达庄园前，两人都没有再说话。

"到了。"埃尔多萨因说。

巴尔素特往后跳了一步，用极度尖锐的目光看着他，大喊道：

"都没有门牌号，你怎么知道是这儿?"

埃尔多萨因后来在谈到这个插曲的时候，说道：

"世界上肯定有犯罪的本能这一说。这种本能可以让人即刻编造出一个谎言，并且不会自相矛盾。就像自卫的本能一样，它能让人在即将溃败的时刻找到难以置信的办法拯救自我。"

埃尔多萨因抬起头，用异常平静的语调（后来回想起当时的场景时，他才为自己是如此平静而感到惊讶）回答道：

"因为我昨天来这里查看过了。我想看看能不能瞧见艾尔莎。"

巴尔素特迟疑地看着他。

他几乎已经肯定埃尔多萨因在撒谎①，但自尊心阻止了他在此刻打退堂鼓。埃尔多萨因用手掌使劲敲打大门。

在漆成红色的铁栅门后面站着"看见接生婆的男人"，他穿

---

① 在后来巴尔素特与"占星家"的谈话中，巴尔素特说他在被绑架的前一天晚上想到过那可能是为了杀他而设下的圈套，但在那最后关头，是自尊心让他无法退缩。——评论者注

着衬衣①，草帽的宽帽檐把半边脸都遮住了。

"夫人在吗?"巴尔素特问道。

布纶堡没有回答，他滑动门闩，把门打开了；接着，他沿着穿过桉树林的小径朝屋子走去，两个男人跟随着他。突然间，一个声音喊道：

"您二位去哪儿呢?"

巴尔素特转过头。布纶堡站住脚跟，转过身来，闪电般地伸出一只手，仿佛手臂里的弹簧突然折断了似的。

巴尔素特狂乱地张开嘴呼吸，同时弯下身子。他想要用手按住胃部，但布纶堡又从另一个角度给了他一击，上下颌的碰撞让巴尔素特的牙齿咯咯作响。

他倒下了，压在草料上的他看起来像个死人，双腿蜷缩，嘴唇微微张开。

"占星家"出现了，布纶堡表情严肃，几乎显得悲哀，俯身朝倒下的男人看了看。

"占星家"抓起巴尔素特的手臂，手指勾住他的胳肢窝，两个人以这样的方式把他拖到了废弃的马车房里。当埃尔多萨因把漆成赭色的大门关上时，一股干草的味道和一群虫子从黑暗房间的深处袭来。他们把失去意识的巴尔素特扔进一个马箱里：一根柱子上锁着一条粗铁链。

"占星家"把链条的一端捆在巴尔素特的脚踝上，打了好几

---

① 在当时的阿根廷社会，只着衬衣而未穿西装的人通常正准备进行体力劳动。在当时的语境下，"穿着衬衣"类似于当下的"挽起袖子（准备大干一场）"。——译者注

个结，然后系上一把锁，锁在被打开时发出吱嘎的响声。埃尔多萨因从地上站起来，看着"占星家"，说道：

"看见了吧？他并没有随身携带支票簿。"

那是上午十点。"占星家"看了看表，说：

"我还赶得上去罗萨里奥的快车，下午六点能到。您要陪我走到雷蒂罗①吗？"

"您要去雷蒂罗？"

"是的，我不是要去发电报给公寓的女房东吗？您有她的号码吗？"

"有的，一切都准备好了。"

"那样最好了，既能把巴尔素特的行李拿到手，又不会引起任何人的怀疑。他公寓里没别的东西了吧？"

"没，只有一个衣箱和两个行李箱。"

"太好了。我们别再废话了，直入主题吧。我下午六点到达罗萨里奥，然后我会给女房东发电报，您明天早上十点去他的公寓，装傻问她巴尔素特是否已经到了罗萨里奥，因为他没有通知您，然后您又补充说您知道他在那里谋取了一个很重要的职位，云云。您觉得这个方案怎样？"

"非常棒。"

"占星家"在十二点登上了火车。

---

① Retiro，布宜诺斯艾利斯的一个区，火车和巴士总站位于此区，是阿根廷最大的交通枢纽之一。——译者注

第三章

鞭子

由埃尔多萨因策划、"占星家"执行的计谋非常成功。"占星家"决定在星期三召开第一次会议，让"主管"们相互认识认识。

在星期二下午四点的时候，"占星家"来到埃尔多萨因的家里，通知他第二天早上九点，所有的主管将在坦珀利开会。

"占星家"在埃尔多萨因那儿坐了几分钟，然后在走下楼梯时，吃惊地看了看表，说道：

"哎哟……都四点了，我还得去好多个地方呐……明天早上九点见……噢！对了，我想了想，觉得工业部主管这一职务非您莫属。好了，我们明天再聊……哎！别忘了讲一讲……最好是准备一个关于水轮机的方案，用在山上的发电站，很简单的那种。将用于营地和电冶金的工作。"

"多少千瓦的？"

"不知道……这应该由您来研究。要考虑到将会有电炉……总之，您准备一下吧。还有，'淘金者'也来了，他明天会告诉您一些具体的细节。准备一下吧，免得到时候束手无策。天呐，太晚了……明天见……"他一边整理帽子，一边叫住刚好经过的司机，坐进了车里。

第二天，当埃尔多萨因走在坦珀利的街道上时，他惊讶地发现自己已经很长时间没有享受过这般的宁静了。

他慢慢地往前走。在他眼中，植物形成的隧道既庞大，又不受拘束。他兴高采烈地看着花园里红色碎石铺就的小径，绯红的薄板延伸至草地，绿毡布上点缀着紫色、黄色和红色的小花。假如抬起头，可以看见水蓝色深邃的天空，让他产生坠落的眩晕，于是天空突然之间从他的视线里消失，在他的瞳孔中留下一道让人目眩的黑暗，接着，他在悄悄颤抖的银原子中逐渐恢复了视力，那些原子渐渐转变成粗糙干燥的蓝色石板，仿若亚甲蓝的山洞。清晨的愉悦再次激起他身体的快感，将他之前被灾难和痛苦摧毁的人格碎片一点点缝补起来，他感到身体十分敏捷，为冒险做好了准备。

他不断对自己重复这几个字：

"奥古斯托·雷莫·埃尔多萨因。"仅仅是念出自己的名字，就足以让他产生一阵生理的愉悦，让行走赋予四肢的力量倍增。

在太阳的投影下，他行走在斜斜的小路上，感到自己新身份的威力：工业部主管。小路上植被繁茂，清新凉爽，让他的意识也愈加丰富起来。这满足感让他脚踏实地踩在路上，如同被铅石牢牢压在地面上的玩偶。他想到自己将以倨傲的姿态出现在会议上，从而对全世界的弱者产生了一种充满恶意的蔑视。地球是属于强者的——是的，是属于强者的。强者将摧毁整个世界，他们来到每间办公室里用臀部塞满椅子的弱者跟前，像孤独的暴君一样，庄严显要。他再次幻想自己置身于一间巨大的玻璃墙会议厅里，房间中央有一张圆桌。他的四位秘书手握文件，耳朵上面夹着钢笔，在他身旁咨询事宜，而在房间的一角，工人代表们捧着帽子，低垂着白发苍苍的脑袋。埃尔多萨因转向他们，只说了一句话："要是你们明天不回来上班，就会全部被枪毙。"就那么一句。他言简意赅，声调低沉，他的手臂因签了太多批示而酸痛。时代的贪婪欲望支撑着他继续，它需要老虎般的灵魂来装饰每天日落时的血腥杀戮。

此刻，他满怀激情地走近"占星家"的庄园，像哼唱一首快感十足的乐曲一般在心里重复着列宁的那句话：

"没有杀戮就没有革命！"

当他走到庄园，微微推开大门，就看见穿着灰色防尘罩衣、戴着草帽的"占星家"朝他走来。

他们热情地握了握手，"占星家"说道：

"知道吗？巴尔素特很安静。我觉得他过不了多久就会同意在支票上签字。其他人已经来了，但我们先去看看巴尔素特吧。让他们先等着吧，有什么关系！您明白我此刻的感受吗？有了这笔钱，世界就是我们的了。"

这时候，他们走进了书房，"占星家"转动镶有紫色石头的戒指，看着美国地图，继续说道：

"我们将会统治地球，实现我们的'想法'……我们可以在圣马丁①或休达德拉②创建妓院，在山上创建圣人的营地。还有谁比'忧郁的皮条客'更适合来管理妓院呢？我们可以称他为'伟大的妓院长老'。"

埃尔多萨因走到窗边……蔷薇浓郁的香味倾溢而出，让空气浸在红色的芳香中，如流水般清新。黄蜂扇动着透明的翅膀，在石榴树绯红色的星型周围盘旋。埃尔多萨因待在那儿凝视了几秒钟。那场景让他回想起在不久前的某个下午，他在同一个地点度过的时光。然而，在那个下午，他根本不曾想到当天晚上艾尔莎会离他而去。

各种各样的绿穿过他的双眼，但他却根本没看见。在意识的深处，他看见妻子将脸颊靠在一个完美的男性胸部紫色的乳头上，柔软无力，眼神游离，微张着的嘴唇迎着男人猥亵的嘴。

一只鸟儿飞过他的眼前，埃尔多萨因转向"占星家"，用故作柔和的声音说道：

"您想做什么就做什么吧。"然后他坐下来，点燃一支烟，凝视着"占星家"，"占星家"拿圆规在一张图纸上画了个圈。埃尔多萨因问道："您想做什么？'忧郁的皮条客'会愿意管理妓院吗？"

"当然，这一点毋庸置疑。巴尔素特也不会做出太多反抗。"

"他还在马车房？"

<hr>

① San Martín，布宜诺斯艾利斯的一个市，位于该省的中北部。——译者注
② Ciudadela，阿根廷城市，由布宜诺斯艾利斯省负责管辖。——译者注

"我觉得应当谨慎行事，于是把他锁在了马厩里。"

"马厩?"

"那是唯一一个可以把他藏起来的地方。况且，'看见接生婆的男人'就睡在楼上……"

"那是怎么回事?"

"改天我会跟你详细解释。他看见了接生婆，从此便无法在夜里入眠。好了，我觉得您……"

"怎么，要我去……"

"让我说完。我觉得您应该去看看他，试着劝他签字，总之，您把我们的计划告诉他……"

"要是他不签字呢?"

"那我们就强制他签字……"

"但是，怎么?……"

"我当然反对暴力，但您得理解我。我们的计划高于所有的感情，这一点您必须得跟巴尔素特讲明白。您得让他明白，我们也不想在被逼无奈的情况下拷打他的双脚，或者对他做出更残忍的事……我们的目的是要他在支票上签字。"

"您真的打算那样做吗?"

"当然，因为我们不能错失这个天赐良机。我指望着您的铜铸玫瑰花，但进展太慢了。最好别向'忧郁的皮条客'借钱。假如他没钱，我们会让他为难；假如他有钱却不想借给我们，我们则会失去一个朋友。他对您慷慨解囊了一次并不代表他会再次对我们慷慨。再者，他患有神经衰弱，很多时候都无法控制自己的行为。"

埃尔多萨因看着铁窗形成的四边形，看着石榴树绿冠上的绯红星型。一束黄色的阳光斜照在墙壁的高处。巨大的悲哀流经他的心脏。他这一生都做了些什么？

"占星家"留意到他的沉默，说道：

"您瞧，埃尔多萨因。我们要么破釜沉舟全力以赴，要么现在就放弃，别无其他选择。生活即是如此，它是如此悲哀……但我们还能做什么呢？我也知道，假如不需要做出牺牲将是多么美好啊。"

"问题是，在这件事上，被牺牲的是另一个人……"

"也是我们，埃尔多萨因，我们冒着坐牢的危险，冒着永远失去自由的危险。您有没有读过普鲁塔克①的《比较列传》？"

"没……"

"那我要送您一本，读了您就会明白假如需要牺牲生命来改变社会发展的方向，那么人类的生命就还不如一条狗。您知道列宁或墨索里尼的成功是由多少条命换来的吗？人们根本不关心这一点。为什么不关心？因为列宁和墨索里尼成功了。那才是最重要的，它能为任何无论正当与否的动机开脱。"

"那么谁来杀巴尔素特？"

"布纶堡，那个看见接生婆的男人……"

"您没跟我说……"

"反对也没用，因为已经决定了。"

---

① Plutarco（约46年—125年），生活于罗马时代的希腊作家，以《比较列传》一书留名后世。——译者注

一阵芳香倾洒进房间。水滴在桶里的声音突然变得清晰起来。

"那么，知道这件事的人有……"

"您，我和布纶堡……"

"知道这个秘密的人太多了……"

"不，因为布纶堡是我的奴隶，更糟糕的是，他也是他自己的奴隶。"

"好吧，但您得签一份声明，承认行凶者是您和布纶堡两个人。"

"为什么要我签这个？"

"为了确保您不会出卖我。"

"占星家"心不在焉地拉了拉帽子，用粗大的手指捧着他愚钝的面庞，走到房间中央，一个手掌支撑着另一个手肘，说道：

"我可以签给您这个声明，但请您不要忘了这一点：我将我的全部生命都投入实现我的想法中。伟大的时代即将来临。我无法向您一一解释将会发生的奇闻怪事，因为我没时间，也没心情和您辩论。毫无疑问，新时代会到来。谁会目睹新时代的到来？被挑选出来的人们。当某一天，我找到了可以继承我的人选，并且我的事业走上正轨时，我将会隐退，到山里去生活。但在那一天来临之前，我周围的所有人都必须完全听从我的命令。您要是不想重蹈巴尔素特的覆辙，就必须得明白这一点……"

"话不能这么讲。"

"不，可以这么讲，因为我将会签给您您要的声明。"

"我不需要……"

"您需要钱吗？"

"需要，需要两千比索来……"

"不必对我解释……您将会得到需要的钱……"

"并且，我不想和妓院的事扯上半点关系……"

"没问题，您来负责账目，但是，您知道现在我们需要什么吗？需要找一个通俗的标志来激起民众的热情……"

"路西法①。"

"不，那个标志太神秘了……太知识分子了……我们需要一个更粗俗愚昧的……一个能像黑色衬衫那样轻易就能获得大众认可的标志……那个魔鬼真是有才。他发现意大利民众的心理与理发师以及轻歌剧男高音的心理一样……总之，再看吧，我已经构想了一个等级制度，有点儿意思……我们改天再说这个……也许可以……"

"问题是我们能不能自给自足……"

"那不用操心……可以靠妓院……对了，您不是要去看巴尔素特吗？准备好要跟他说什么了吗？"

"嗯……"

埃尔多萨因朝马车房走去，马厩也在那里。那是一栋墙面粗糙的大屋子，空间很高，老鼠乱窜，许多房间都空着。

在其中一间住着（更准确地说，是睡着）凶恶的布纶堡，

———————————

① Lucifer，基督教与犹太教名词，出现于《以赛亚书》第14章第12节，通常指被逐出天堂前的魔鬼或撒旦。——译者注

那个埃尔多萨因在绑架那天见过的男人。

他明白自己正走向一个深渊，他不知道自己的生活会以怎样的方式被那深渊摧毁；那番不确定再加上对"占星家"的计划的冷漠让他感到自己在逢场作戏，在凭空创造出一个荒诞的情形。"所有的一切都让我愈加堕落"，他后来对我说道；然而，他压制住疲惫和漠然，走向马车房。他想到即将"面对敌人"，心脏就狂跳不已。他时不时皱起眉头，憎恶溢于言表。

他解开锁，松开链条，心里突然升起一番好奇，将一扇门推开。

俘虏赤裸着手臂，正准备吃饭，松木桌上方的煤油灯投下一道黄色的光圈。

巴尔素特坐在木头马箱里，头顶挂着三角形的金属马槽。当他看见眉头紧皱的埃尔多萨因时，手中的油瓶在半空中停了一秒：盘子里躺着一块冷肉和一些土豆。接着，他一句话也没说，也没表现出惊讶，继续专心致志地进食。他伸出手臂，抓了一点儿盐，洒在土豆上面。他保持着阴郁的沉着，尽管黑色的腋窝从他红汗衫的一个洞里露了出来。

他的双眼死死盯着冷肉，由此证明对巴尔素特而言，食物远比站在三步之外的埃尔多萨因重要。马厩的其他部分处于黑暗之中。阳光从木墙的缝隙中斜射而入，在尘土飞扬的地面画出一个个多孔的金色圆盘。

巴尔素特根本不屑于抬头。他拿起桌上的面包，用力掰了一块，倒了一杯苏打水（他在往杯子里倒水之前先往地上倒了一些，用于清洗杯口）。然后，他弯下腰，拿起盘子旁边的一本小书读了起来，一边在嘴里嚼着肉、面包和土豆。

干草的气味让埃尔多萨因感到恶心，他靠在支撑屋顶的一根柱子上，半闭着双眼，看见巴尔素特半截脸被灯罩映得发绿，而嘴巴则在刺眼的灯光下嚼动。就在这时，埃尔多萨因转过头，看见墙上挂着一根鞭子。

埃尔多萨因吓了一跳。鞭柄很长，鞭梢很短。此刻，巴尔素特追随着他的目光，轻蔑地歪了歪嘴。埃尔多萨因看了看他，又看向鞭子，再次微笑起来。他走向那个角落，取下鞭子。这时候，巴尔素特站了起来，双眼死死盯着埃尔多萨因，努力将身子拽向马厩外面。他脖子上的血管十分明显地凸起。他想要说什么，但自尊不允许他说出哪怕一个字。"啪"的一声。埃尔多萨因对着木头抽了一鞭，试了试皮鞭的柔韧性，接着，他耸了耸肩，一条黑线穿过在黑暗中斜切而过的光束，鞭子落在了干草上。

埃尔多萨因沉默地在马厩里踱步。他心想着面前那个生命被掌控在他的手中，但这个念头并没能让他感到高兴。巴尔素特站在隔墙上，通过打开的门观看屋外阳光照耀的田野。

如今一切都不一样了。是的。他憎恶地看着巴尔素特：

"你到底签不签支票？"

巴尔素特耸了耸肩，埃尔多萨因也没再追问。也许某一天，在同一个钟点，他会在某个阴暗的监狱里突然回忆起河畔的红土地，天空被网球女孩的球拍织成网状。他忍无可忍，与其说是冲着巴尔素特，不如说更是冲着他自己大喊道：

"你记得吗？你说我长着一副傻瓜的模样。你别说话。但你并不知道我遭受的痛苦。你不知道，她也不知道。住口！你以为我想要你的钱吗？不，不。我只不过是悲伤而已。是你和她造就了我的今天。我都不知道为什么要跟你说这些。我只知道，我很疲惫。但我为什么要跟你说这些……"他正准备离开，这时，"占星家"走了进来。巴尔素特紧张地盯着他的双手；"占星家"扶了扶头上的帽子，摸到灯，把灯熄了，坐在一个箱子上，说：

"我来是为了解决支票的问题。您知道我们绑架您是为了那张支票。若不是在您口袋里的笔记本中①——埃尔多萨因想要把笔记本烧毁，但我阻止了他——读到了一句非常精妙的话，我也不会用这种态度跟您说话了。那句话写道：'金钱能让一个人变成神。所以福特②是一个神。假如他是一个神，那么他就可以摧毁月球。'"

那是个谎话，但巴尔素特并不为之所动。

埃尔多萨因凝视着"占星家"让人难以捉摸的菱形面孔。很明显，"占星家"在演戏，巴尔素特一眼把他看穿，十分确定"占星家"在愚弄他。

---

① 在本书的第二部分，我们将会展示巴尔素特笔记本的部分摘抄。——评论者注

② Henry Ford（1863—1947），美国汽车工程师与企业家，福特汽车公司的建立者。——译者注

"占星家"的演说

"占星家"继续说道：

"一开始，我认为那句话不过是您众多胡言乱语中的一句罢了……但是后来我不由自主地问自己金钱为什么可以把一个人变成神，然后，我突然意识到您发现了一个非常重要的真理。您知道我是怎么证明您那句话有道理的吗？我想到，亨利·福特可以用他的财富购买足够多的炸药，将月球炸毁。所以您的命题成立。"

"那当然。"巴尔素特嘟囔道，内心的骄傲受到了恭维。

"于是，我发现所有过去的经典，所有过去的作家（除了您以外，您写下了这个真理但却没有加以利用）都从未想到过像福特、洛克菲勒[①]和摩根[②]那样的人可以摧毁月球……拥有摧毁月球的能力……那种能力在神话传说里往往被赋予一个被创造出来的神。而您却在不自知的情况下为超人统治的开端奠下了基石。"

巴尔素特转过头，仔细打量"占星家"。埃尔多萨因意识到"占星家"没在开玩笑。

---

① Rockefeller（1839—1937），美国实业家和慈善家。——译者注
② John Pierpont Morgan（1837—1913），美国金融家和银行家。——译者注

"那么，当我得出金钱可以赋予摩根、洛克菲勒和福特神一般的能力这一结论时，我意识到地球上不可能出现社会革命，因为洛克菲勒或摩根只需动动手指头就能摧毁一整个种族，如同摧毁花园里的蚂蚁窝那么轻而易举。"

"只要他们有勇气。"

"勇气？我曾问自己神是否能够放弃所拥有的能力……我问自己钢铁大王或石油大王是否会任由自己的船队、山脉、黄金和油井被他人剥夺，于是我意识到若要舍弃那般繁华的世界必须得拥有佛祖或基督那样的精神境界……而那些拥有一切超能力的神是不会允许那样的事情发生的。所以，需要某件惊天动地的大事的发生。"

"我不太明白……我写下那句话是出于别的动机。"

"那不重要。惊天动地的大事即是：人类，地球上所有的人类都已失去了宗教信仰。我指的不是天主教，而是所有神学信仰。于是，人们会问：'生活的意义是什么？……'一旦科学将所有信仰都根除，那么没有人会想要维持一个完全机械的生活。当这个现象出现时，地球上将会再次出现无法治愈的瘟疫……自杀性的瘟疫……您可以想象一个人们愤怒无比的世界吗？他们顶着干瘪的头颅在庞大城市的地下走动，对着水泥墙哭号：'他们到底对我们的神做了些什么啊？……'与此同时，年轻女孩和学生们组织秘密社会进行集体自杀？人们不再繁殖后代，即使天真的贝特洛①认为可以用合成药丸来喂养孩子？……"

"听起来有点儿牵强。"埃尔多萨因说。

"占星家"转向他，露出一丝惊讶。他已经忘记了他的存在。

"当然，假如人类没有发现其不幸的根源，那么这些设想就不会发生。那即是基于经济的革命运动的问题所在。犹太教嗅了嗅世上的'借方'和'贷方'，总结道：'幸福之所以破产，是因为人类没有钱来维持生活的必需品……'而事实上真正的原因是：'幸福之所以破产，是因为人类没有神和信仰。'"

"但您自相矛盾了呀！之前您说……"埃尔多萨因反驳道。

"住口，您知道什么？……经过琢磨，我最终意识到，这即是人类可怕的形而上学的疾病。人类的幸福取决于一个形而上的谎言……要是没了那个谎言，人类将会再次陷入经济的幻觉……于是，我想起来，唯一可以将失去的天堂还给人类的是那些拥有血肉之躯的神：洛克菲勒、摩根、福特……因此，我构思了一个计划，平庸的脑袋也许会觉得那个计划叫人难以置信……我发现社会现实这条死胡同只有一个出口……那个出口即是倒退回去。"

巴尔素特双臂在胸前交叉，坐在桌子的边缘。

他绿色的瞳孔死死盯着"占星家"。"占星家"的防尘罩衣紧扣到喉咙，头发凌乱（帽子已经不在他头上了）。他从马车房

① Marcellin Berthelot（1827—1907），法国化学家，研究过脂肪和糖的性质，合成出多种有机物。——译者注

的一头走到另一头，用鞋尖将散落在地面的干草堆踢开。埃尔多萨因背靠在一根柱子上，观察着巴尔素特的面孔，巴尔素特的脸上渐渐泛起讽刺、甚至带有恶意的表情，仿佛"占星家"所说的话只配得上他的嘲笑。"占星家"好像在与自己对话一般，时不时地踱步，停下来，有时候捋一捋头发。他说道：

"是的，到了某个时刻，持怀疑论的人们（因快感而失去理智、被无能亵渎的人们）将会变得十分愤怒，于是不得不像处置疯狗一样将他们杀死……"

"您在说什么？"

"那将是对人性之树的修剪……那是只有百万富翁们才能借助科学实现的丰收。厌倦了现实且不再相信科学是幸福之源的神将借助身边的老虎奴隶掀起惊天大灾难，散播毁灭性的瘟疫……在几十年的时间里，超人及其奴隶会全力以赴，以上千种形式消灭人类，直到几乎将全世界毁灭……只有一群幸存者，一小群幸存者会被隔离在某个小岛，他们将在那里建立起一个崭新的社会。"

巴尔素特站了起来。他眉心紧蹙，双手插在裤兜里，耸了耸肩，问道：

"您真的相信那些胡言乱语吗？"

"不，那不是胡言乱语，因为我会亲自实现它——即使仅仅是为了好玩儿。"

"占星家"接着说：

"重要的是要有足够多的倒霉蛋来相信它……那就够了……但我要阐明我的想法：那个新社会将由两个阶级组成，它们之间有一个间隔……更准确地说，两者之间有三十个世纪的智力差异。他们其中的多数派将生活在精心构建的彻底的愚昧和无知中，被伪撰的奇迹包围（因为那些奇迹比过去历史中的奇迹要有趣得多），而少数派则拥有科学和权力。那样一来，多数派的幸福就得到了保证，因为处在这个阶级的人们与神的世界建有联系（那是今天的人们所缺乏的）。少数派将负责管理群体的愉悦和奇迹，以及黄金时代的到来——在那个时代，天使在黄昏的步道上徘徊，而在月光下则可以看见神灵。"

"但是那太可怕了。那是不可能的。"

"为什么？噢，我知道那是不可能的，但要把它当作可行的来做。"

"本末倒置了……科学……"

"什么科学不科学的！您难道知道科学的用途？您不也在笔记本里嘲笑那些博学的人、称他们为'沉迷于转瞬即逝的人'吗？"

"噢，您读了我写的那些蠢话。"

"当然。不能毫无缘故地否定人们。您在我设想的社会里看到的本末倒置其实也存在于当今的社会，只不过恰恰相反。我们对知识（我指的是我们形而上的谎言）的了解还处于婴儿期，而在科学上却是个巨人……而人们，痛苦的人们啊，则要忍受这可怕的不平衡……对一方面了如指掌……对另一方面却一无所知。我的社会的最终目的是形而上的谎言，是与神灵建立的亲密关系……所有被科学代表的、对内心幸福毫无益处的东西，在我们手上不过是一种统治的媒介罢了。我们别再讨论这一点了，因为毫无必要。人类发明了几乎所有东西，但却没能发明一个超越基督和佛祖教条的政府准则。没有。当然，我不会质疑怀疑的权利，但怀疑主义是属于少数派的奢侈品……对于其他人，我们只需要将精心烹饪的幸福摆在他们面前，人类就会高兴地狼吞虎咽掉美味的残羹。"

"您觉得这有可能实现吗？"

"占星家"站住了脚步。他转动镶有紫色石头的钢戒，把戒指从手指上取下来，观察它的内侧；接着，他走近巴尔素特，但表情却很冷漠，仿佛他的思想位于远离所处的现实的地方。他反驳道：

"是的，人类所有的想象都迟早能够实现。墨索里尼不已在意大利开始强制推行宗教教育了吗？我引用这个例子是为了证明拿棍子教唆民众的效果。问题的关键在于掌控一代人的灵魂……其他的一切就会水到渠成。"

"那您的想法呢？"

"我正要说……我的想法是创建一个秘密社会，那个社会的目的不只是宣传我的想法，同时也是为人类培育未来国王的学校。我知道您会说，过去已经有过太多的秘密社会了……没错……所有那些秘密社会都以失败告终，因为它们缺乏牢固的根基，换句话说，它们建立在感情、政治或宗教理想之上，根本没有考虑现实问题。相反，我们的社会将会建立在更坚固、更现代的基础上：工业化。也就是说，尽管我们的秘密社会将会有异想天开的一面（您可以这么定义我之前所描述的一切），同时也会有坚固的根基：工业，工业将会带来黄金。"

他的声音变得愈加刺耳。一道猛烈的光束让他的眼神看起来有些游离。他把头发蓬乱的脑袋向右转，又向左转，仿佛一阵罕见的情感尖锐地刺穿了他的大脑，他双手撑在腰上，再次开始踱步，重复道：

"啊！黄金……黄金……您知道从前日耳曼人是如何称呼黄金的吗？红色的黄金……黄金……您明白吗？撒旦，什么也别说。您看，过去的秘密社会从来没有尝试过这样一个组合。金钱将会把想法凝聚在一起，赋予它们重量和暴力，从而获得人们的支持。我们尤其需要瞄准年轻人，因为他们最愚昧、最富有激情。我们将对他们承诺一个属于全世界并且充满爱的帝国……我们将对他们承诺一切……您明白我说的吗？……我们向他们发放鲜艳的制服，华丽的外衣……绣着五彩羽毛的披肩……闪耀的珠宝……不同的入会等级和好听诱人的头衔……我们将在山里修建一座硬纸板做的寺庙……用来拍摄影片……不。当我们成功时，我们将建起一座拥有七扇金门的寺庙……寺庙的柱子由粉色大理石建成，通向寺庙的道路铺着铜片。我们将在寺庙的周围修建花园……人们将前往那里，朝拜我们一手创造出来的神。"

"但实现这些所需要的钱……得上百万吧……"

随着"占星家"的演说，他的热情也传染给了埃尔多萨因。尽管巴尔素特就在眼前，但埃尔多萨因却忘记了他的存在。他不由自主地开始幻想新世界。人们将永远生活在简单的快乐中，锶做的花束将点缀布满红色星辰的夜空，挥舞着绿翅膀的天使在云冠盘旋，穿着白色长衫的男人和女人们在树林的绿拱下来来往往，他们的心灵纯净，并没有难闻的污秽。他闭上眼，艾尔莎的面孔拂过他的记忆，但在撩起他的思绪前，"占星家"粗野的声音响彻了马车房：

"您想知道从哪儿搞到这么多钱？那很简单。我们将组建妓院。'忧郁的皮条客'将是'伟大的妓院长老'……所有成员都将与秘密社会的企业产生直接的关联……我们将会放高利贷……剥削女人、小孩、工人、乡村和疯子。在山上……我们将在'智利乡村'……建立淘金场，使用电流来提炼金属。埃尔多萨因已经计算过了，需要五百马力的水轮机。我们将用涡流电弧法提炼大气中的氮气，生成硝酸，并且能够通过水力发电的动力获得铁、铜和铝。您明白吗？我们将诱骗工人去那里工作，并用鞭子打死那些不愿意在矿场工作的人。今天在'大猎场'①、在茶园、在橡胶园、在咖啡豆种植园和锡场不也正上演着同样的剥削吗？我们将用带电的铁丝网把我们的营地包围起来，并且收买南部所有的警察和检察官。最重要的是着手开始这个项目。'淘金者'已经来了。他与一名叫作'面具'的妓女在'智利乡村'发现了砂矿。我们需要开始工作。为了完成造神的闹剧，我们得挑选一个少年……最好是挑选一个格外俊俏的孩子，把他培育成一个神。这个我们之后再讨论……每个人都会谈论他，但却带着一丝神秘，这样人们的想象就会让他的名望倍增。您可以想象，当人们私下议论在丘布特山②里一座

---

① Gran Chaco，又译作"大厦谷"或"大查科"，是南美洲中部的冲积平原。——译者注
② Chubut，阿根廷二十三省之一，位于阿根廷中部。——译者注

与世隔绝的用黄金和象牙建成的寺庙里住着一位少年神的时候，布宜诺斯艾利斯的傻瓜们会说些什么吗？……一个创造奇迹的神奇少年？"

"知道吗，您的胡言乱语还挺有趣的！"

"胡言乱语？人们不是不相信被一个英国醉鬼发现的蛇颈龙吗？那个英国人由于枪法过于精准，是唯一一个被内乌肯①的警察禁止使用手枪的人……布宜诺斯艾利斯人不是不相信那个声称能奇迹般治好奥菲莉娅·里科②的瘫痪的巴西江湖医生的超自然力吗？那的确是个怪诞且毫无想象力的场景。然而，当骗子举起病人仍然处于瘫痪中的胳膊时，数不尽的傻瓜不也痛哭流涕吗？那场景证明了这一代以及每一个时代的人都需要相信点儿什么。相信我，借助报纸的力量，我们可以创造奇迹。许多报纸都极其渴望用这种能够引起轰动的新闻来刺激销量。于是我们就为饥渴的读者奉上一位非凡的神，用《圣经》里的段落润色关于那位神的故事……我突然想到一个主意：我们可以宣称那个年轻人是犹太人预言中的救世主……得好好想一想……我们可以拍一些神在森林里的照片……我们可以拍摄一部影片，背景是位于森林里的硬纸板做的寺庙，神在那儿与土地神交谈。"

"您到底是愤世嫉俗还是疯了？"

埃尔多萨因不高兴地看着巴尔素特。他怎么会那么蠢、那

---

① Neuquén，阿根廷二十三省之一，位于阿根廷西部。——译者注

② Orfilia Rico（1871—1936），出生于乌拉圭的话剧和电影演员。——译者注

么麻木，无法欣赏"占星家"的计划有多么美妙呢？他心想：
"这个可恶的畜生一定是嫉妒对方伟大的疯狂念头。一定是那
样。没办法，必须得把他杀死。"

"两者都是，我们得在克里希那穆提①和鲁道夫·瓦伦蒂
诺②之间寻找一个折中点，但要比他们更神秘；那个少年得有一
张奇怪的面孔，象征着全世界的苦难。我们将在穷人住的街区、
在贫民窟放映我们的影片。您可以想象苍白的神让死人复活的
景象将会带给老百姓的冲击力吗？又或者是在淘金场守护着矿
工和金属船的像加百列那样的大天使？还是欢心打扮期待着嫁
给第一个抵达的倒霉蛋的妓女们？将会有许许多多的人申请去
'世界之王'参加开采并享受自由恋爱的欢愉……我们将从那群
乌合之众里挑选出文化程度最低的人……在那里，我们将鞭打
他们的脊柱，强迫他们每天在淘金场工作二十小时。"

"我以为您是站在工人那一边的。"

"当我与无产者交谈时，我即是左派。但此刻我在与您交
谈，我想要告诉您：我的秘密社会的灵感来自公元 9 世纪初一
个叫作阿布达拉·阿本·马伊姆的波斯强盗。当然，他没有我
将要兴建的工业，而工业将是成功的保证。马伊姆想要将自由

---

① Jiddu Krishnamurti（1895—1986），印度哲学家，被誉为 20 世纪最伟大
  的灵性导师。在 20 世纪初的阿根廷拥有很大的影响力。他访问过阿根廷，
  在那里做演讲并出版了许多著作。——译者注

② Rudolph Valentino（1895—1926），意大利演员、性感符号与明星，后来
  前往美国发展，是 1920 年代最受欢迎的明星之一，也是默片时代最知名
  的演员之一。印度神秘大师与美国演员的组合正是阿尔特文字中荒诞且
  出人意料的混搭例子之一。——译者注

派、贵族以及波斯和阿拉伯这两个如此迥异的民族都纳入他的教派，那个教派是建立在不同等级的启蒙和玄义之上的。他们厚颜无耻地向所有人撒谎。他们对犹太人承诺弥撒亚①的降临，对基督教徒承诺圣灵的降临，对穆斯林承诺马赫迪②的降临……于是，一群见识、社会地位和信仰都全然不同的人聚在一起工作，而那项事业的真正目的只为极少数人所知。马伊姆希望能以这种方式统治整个穆斯林世界。您需要知道的是，那项运动的领导者都是愤世嫉俗的人，他们什么都不相信。我们需要做的即是模仿他们。取决于不同的入门级别，我们中将会有布尔什维克派、天主教徒、法西斯主义者、无神论者或军国主义者。"

"您是我见过的最厚颜无耻的骗子……假如您成功了……"

巴尔素特在侮辱"占星家"时感到一种奇特的快感。他不想承认自己比对方差劲。况且，还有一件事让他深感屈辱，也许听起来不可信，但埃尔多萨因是对方的朋友并与之非常亲密这一事实让他非常震惊。他问自己："这个蠢蛋是如何成为'占星家'这类人的朋友的？"正是出于这个原因，他觉得自己有权利反对"占星家"说的每一句话。

"这个计划一定会成功，因为我们有黄金作诱饵。秘密社会的成功将取决于商业活动的盈利情况。妓院将是收益的来源之

① Mesías，基督教宗教术语，意指受上帝指派，来拯救世人的救世主。——译者注
② Mahdi，意为"导师"，是伊斯兰教教典中记载的将于最后审判日之前七年、九年或十九年降临世间的救世主。——译者注

一。埃尔多萨因设计了一个仪器,可以监控每个妓女每天接客的数量。此外,还有捐赠,以及一项我们想要开发的新工业:埃尔多萨因发明的铜铸玫瑰花。现在,您明白我们为什么绑架您了吧?"

"现在我都被绑架了,解释这些又有什么意义呢?"

在那一刻,埃尔多萨因突然想到,巴尔素特从未用获救后将会进行的报复来威胁"占星家",这一点让埃尔多萨因感到奇怪,他对自己说:"一定要小心这个犹大,他可能会出卖我们,不是为了他的钱,而是出于嫉妒。"

"占星家"接着说:"您的钱可以帮我们兴建妓院,组织一支小队伍,采购工具,为淘金场装置无线电和其他设备。"

"您不认为这个计划有可能失败吗?"

"当然……这一点我早就想过了,但即便如此,我依然会坚定地执行我的计划。况且,一个秘密社会犹如一台巨大的蒸汽机,它产出的蒸汽像吊扇一样,能轻易搬动一架起重机……"

"您想要搬动什么?"

"一座死气沉沉的人肉大山。我们人太少了,需要大地的威力来帮助我们。假如我们的暴行能够让弱者恐惧,并且煽动强者,那将是非常幸运的事。要达到这个目的,就必须构建自身的力量,彻底改变观念,提倡野蛮和残暴。能够引起这一切的那股神秘且强大的势力即是我们的秘密社会。我们将恢复宗教审判,在广场将那些不信神的人活活烧死。人们怎么会无法欣赏那个行为……将人活活烧死的行为……的美妙呢?而且是因为不信神而被烧死,您明白吗?因为不信神。您要明白,用一门阴暗且令人敬畏的宗教来重新煽动人类的心灵是非常必要的，是绝对必要的。让所有人都在圣人经过时双膝跪地，让哪怕是最卑微的神甫的祈祷也能导致奇迹在傍晚天空的显现。啊，您要知道我早已想过多少次了！我之所以做这件事，是因为我知道这个世纪的文明和苦难已经让许多人精神失常。这些在社会里迷失方向的疯子是剩余劳动力。要是您把两个傻瓜和一个愤世嫉俗的人放在街区最不起眼的咖啡馆里，您也会发现他们是三个天才。这些天才不工作，他们什么也不做……我同意您的看法，他们不过是马口铁做的天才罢了……但这些马口铁也是能量，如果有效地加以利用，可以成为一个强大的新运动的基石。这即是我想要利用的工具。"

"疯子们的主管？……"

"正是那样。我想要成为疯子们的主管，那些数不尽的假冒天才的主管，那些被唯心论者和布尔什维克派拒之门外的精神失常者的主管……那些疯子……我之所以告诉您，是因为我有对付他们的经验……只要巧妙地加以欺骗……煽起他们的热情，他们就能够完成让您毛骨悚然的事业。所有站柜台的文人，所有院子里的发明家，教区的预言家，咖啡馆的政治家和娱乐中心的哲学家都将是我们秘密社会的炮灰。"

埃尔多萨因微笑了起来。接着，他看也没看那个被链条锁住的人，说道：

"您不了解，那些站在天才边缘的人是多么地傲慢……"

"是的，但只要不了解就无所谓。不是吗，巴尔素特？"

"我对此不感兴趣。"

"您应该感兴趣，因为您将成为我们中的一员。起码我是这样认为的。假如您对一个站在边缘的人说他不是天才，那么那个未受赏识的人将用尽傲慢和粗鲁来侮辱您。但假如您对一个自恋的怪物加以赞扬，那么那个之前想杀死您的人就会甘愿成为您的奴隶。您所需要做的不过是喂给对方一个恰当的谎言。发明家或诗人，都将成为您的奴隶。"

"您认为自己也是天才吗?"巴尔素特突然暴躁地喊道。

"当然……我觉得自己也是天才……但这种想法我每天只会想一次，每次五分钟……尽管我对当不当天才没什么兴趣。言语对那些注定要干大事的人一点也不重要。只有站在天才边缘的人才会因空洞的言语而自大。我为自己设下的这个难题与我的智力一点关系也没有：人类能够幸福吗? 我首先在不幸的人身上寻找答案，我的目的是给他们一个谎言，让他们的虚荣心膨胀……这些可怜的、自我放逐的魔鬼将成为珍贵的原材料，帮助我们生产能量……蒸汽……"

"您在绕圈子。我想问您的是，您创建这个社会的个人目的是什么?"

"您这个问题太愚蠢了。爱因斯坦为什么发明他的理论? 没有爱因斯坦的理论世界也能照常运转。我怎么知道自己是不是某种更强大的力量（尽管我根本不相信它的存在）手中的工具? 我什么也不知道。世界很神秘。也许我只不过是个仆人罢了，我的工作不过是准备一栋美丽的屋子，等待'天选之子'——圣人——来这里接受死亡。"

巴尔素特叫人难以察觉地笑了笑。面前这个谈论着"天选之子"的男人耳朵呈菜花状，头发凌乱粗硬，穿着木工的围裙，在他心里勾起一种奇怪的轻蔑感。那个骗子还要装到什么时候？但最奇怪的是，他一点儿也不生气，"占星家"带给他一种难以捉摸的感觉，他说的那番话并不让他感到意外，反而让他觉得自己似乎从前在哪里听到过那番话，连叙述的语调也一模一样，在过去某个遥远的时刻，仿佛迷失在灰色的梦境之中。

"占星家"的声音听起来没那么专横了。

"相信我，这在混乱动荡的时期很正常。少数人预测到某件大事即将发生……那些直觉灵敏的人（我即是这些预言家之一）认为他们有义务唤醒社会的觉悟……应当做些什么，尽管那个'什么'也许听起来有些荒谬。我的'什么'即是秘密社会。上帝啊！人们真的知道其行为的后果吗？当我想到自己即将建立一个由木偶组成的世界……不断繁殖倍增的木偶……我不寒而栗。我想到，即将发生的事将与我的初衷毫不相干，就好比一个突然发疯的电工对控制电板犯下的暴行与电厂老板的意愿毫不相干一样。尽管如此，我依然迫切地想要完成这项事业，将上百个心理状态各不相同的人们的能量汇聚在一起，用自私、虚荣、欲望和幻觉来调和他们，以谎言作为基石，以黄金作为现实……红色的黄金……"

"您说的没错……您一定会成功。"

"那么，您希望从我这儿得到什么呢？"巴尔素特反问道。

"我已经告诉过您了。签给我们一张一万七千比索的支票。这样您还剩三千。这些钱够您花的了。我们将用妓院和淘金场赚来的钱每个月还给您一部分。"

"你们会放我走吗?"

"一旦兑现了支票,我们就会放您走。"

"怎么证明您所说的都是真话呢?"

"有些东西是无法证明的……但您既然问我索要证明,那我就告诉您:假如您拒绝签支票,那我就让'看见接生婆的男人'严刑拷打您,直到您在支票上签字为止,然后再把您杀掉……"

巴尔素特抬起黯淡的双眼,此刻,他三天没有剃胡须的脸庞看起来好似被笼罩在铜雾之中。杀死他!他对那个词毫无反应。在那一刻,那个词对他毫无意义。况且,生活对他而言是如此地微不足道……他从很久前开始,就一直在等待着一场灾难的到来;现在灾难发生了,他非但不感到恐惧,反而在内心感到一种愤世嫉俗的漠然,无论摆在他面前的结局是什么,他都只耸耸肩。"占星家"接着说:

"但我也不想走到那一步……我只是希望可以得到您的支助……希望您对我们的计划感兴趣。相信我,我们正在经历一个可怕的时代。那个找到了群众所需要的谎言的人将会成为'世界之王'。所有人的生活都痛苦不堪……天主教让人失望,佛教无法满足我们被享乐的欲望腐化的人性。也许我们该谈谈路西法和暮星。您可以为梦想注入它需要的所有诗歌,我们以年轻人为目标……噢,这太棒了……棒极了……"

"占星家"一屁股坐在箱子上。精疲力竭的他拿起一张农夫用的格子手帕擦拭额头的汗水,三个人沉默了一阵子。

突然,巴尔素特说道:

"是的,您说得对,这太棒了。放开我,我会签支票给您。"

他觉得"占星家"说的每一句话都是谎言，这一想法差点将他击垮。

"占星家"沉思着站起身来：

"抱歉，我得先兑现了支票，才能放您走。今天是星期三。明天中午您就自由了，但您得在两个月之后才能离开这栋屋子，"他之所以这么说，是因为他意识到对方根本不相信他的计划，"今天下午您还需要什么别的东西吗？"

"不需要。"

"那么，再见了。"

"但您就这样走了？……不要走……"

"不。我累了。我需要睡一会儿。今天晚上我会过来，我们再聊一会儿。您想要香烟吗？"

"要。"

他们离开了马厩。

巴尔素特躺在干草铺就的床上，点燃一支烟，吐了几口烟圈，烟圈被一束斜切的阳光分解成一串钢蓝色的螺旋。此刻他独自一人，于是在耐心地整理了一番思绪后，他自言自语道：

"为什么不帮'那个家伙'一把呢？他的计划很有意思，现在我终于明白为什么埃尔多萨因那个混蛋会那么钦佩他了。当然，我会变成穷光蛋……也许会，也许不会……无论如何，这件事总得有个了断。"他微微合上双眼，思索着未来。

"占星家"把帽子压得很低，转向埃尔多萨因，说道：

"巴尔素特以为他骗过了我们。明天，在兑现了支票以后，我们得把他解决掉……"

"不，是您得把他解决掉……"

"我没问题……不然我们该拿他怎么办。要是把他放走，那个心生嫉妒的家伙一定会马上去告发我们。而且他觉得我们都疯了！假如我们把他放走，那我们的确是疯了。"

他们在屋子前停下脚步。头顶上，几朵巧克力色的云齿状的边缘在天空飞快移动。

"谁来杀他?"

"'看见接生婆的男人'。"

"您知道，在夏天即将到来之前死去不是一件令人愉快的事……"

"那倒是真的……"

"支票怎么办?"

"您去兑现。"

"您不担心我跑了吗?"

"不担心，至少现在不担心。"

"为什么?"

"没有为什么。您比任何人都渴望秘密社会的建立，这样您才有事可做。您之所以成为我的同伙，正是出于这个原因……出于无聊，出于痛苦。"

"也许您说的没错。明天我们几点见?"

"嗯……九点在车站见。我会把支票带来。对了，您有身份证吧?"

"有的。"

"那就没什么好担心的了。啊！对了，我建议您在会议中少说点话，并且保持冷静。"

"他们都来了吗?"

"都来了。"

"'淘金者'也来了吗?"

"也来了。"

他们拨开挡在眼前的树枝，走向凉亭。那是一个用板条建成的亭子，交织着紫色和白色风铃花的忍冬藤蔓延在木头的菱形之间。

闹剧

当他们走进凉亭时，一圈男人都站了起来。埃尔多萨因看见其中有一位身着少校制服的军官，惊愕不已。

除了少校以外，出席会议的还有"淘金者"、哈夫纳以及一个他不认识的人。"淘金者"和哈夫纳将手肘撑在桌子上。哈夫纳审视着几页白纸，"淘金者"的面前则摆着一张地图。地图上压着一块粗糙的石头，让图纸不会被风吹走。"皮条客"与埃尔多萨因握了握手，埃尔多萨因在他身边坐下，专注地观察起少校来——少校引起了他极大的好奇心。"占星家"确实是个制造惊喜的高手。

然而，那个陌生人给他的印象却不太好。

那是一个高个子男人，脸色苍白，双眼发黑。他身上有某种让人反感的东西，也许是他轻蔑噘起的下嘴唇，又或许是他横穿过额头三道皱纹的长长的鹰钩鼻。柔滑的胡须搭在红彤彤的嘴唇上，在相互介绍后他即坐进一张扶手椅，目光再没有落到过埃尔多萨因的身上。他的头靠在椅背，剑夹在双膝之间，一大片头发贴在他扁平的前额。

在刚开始的几分钟，所有人都沉默着，不自在地观察着彼此。"占星家"坐在凉亭入口的一侧，点燃一支香烟，打量着在接下来一次会议中将被他称作"主管"的男人们。突然，他抬起头，看着桌边坐着的五个男人，说道：

"我觉得没必要再重述我们都已经了解的、在单独会面中已经达成的共识……也就是说，这个秘密社会将由道德与不道德的商业活动来维持。这一点我们都没意见，对吧？我们把社会中各个支部称作'胞'① （我非常喜欢几何学），你们觉得怎么样？"

"在俄国也是那么叫的，"少校说道，"每个胞里的成员无法与其他胞的成员接触。"

"难道……主管之间相互不认识吗？"

"我再说一遍，相互不认识的是不同胞里的成员，而不是主管。"

"淘金者"打断道：

"这样就什么也做不了了。靠什么将不同胞里的成员联合起来？"

---

① 在几何学里，胞是指高维物件中的三维或更高维度的元素。——译者注

"但将这个社会联合起来的是我们六个人啊。"

"不，先生……社会是我，""占星家"反驳道，"认真说来，是所有成员组成了这个社会……但必须是在我同意的情况下。"

少校打断道：

"我觉得讨论这个没什么意义，因为如果我没理解错的话，这个社会将有一套完整成熟的等级制度。胞里的成员每晋升一次都将会有一个新的主管。有多少个晋升，就会有多少个胞主管。"

"现在有几个胞？"

"四个。我将统管一切，""占星家"接着说，"您，埃尔多萨因，将是工业主管；'淘金者'"——坐在桌子一角的年轻人点了点头——"将负责营地和矿场；少校将负责在军队里传播我们的社会，而哈夫纳则将是妓院主管。"

哈夫纳站起来，大声喊道：

"对不起，我不想当什么主管。我对加入你们没什么特别的兴趣。我在这儿只不过是帮你们起草一笔预算罢了，仅此而已。如果你们对此有异议，我就此告退。"

"不，别走。""占星家"连忙说道。

"忧郁的皮条客"又坐了下来，拿起铅笔在纸上乱画。埃尔多萨因十分羡慕他的傲慢。

然而，毋庸置疑，在场最引人注目的绝对是少校，他充满威望的制服以及出席会议这一事实让所有人都深感好奇。

"淘金者"转向他，说道：

"怎么？难道您认为我们的社会可以渗入军队？"

所有人都在扶手椅中坐直了身体。那即是会议的惊喜，暗中准备的"剧情突变"。毫无疑问，"占星家"完全具备当领袖的才能。唯一遗憾的是，他总是秘密行事。然而，埃尔多萨因却为与他共享一个秘密而感到自豪。此刻，所有人都坐直了身子，等待少校开口讲话。少校看了"占星家"一眼，然后说道：

"诸位，我要对你们说的话都经过了周密的权衡，否则我也不会出现在这里。目前的情况是这样的：我们的军队里充满了不高兴、不满足的军官。这其中的缘由我就不一一列举了，你们也不会感兴趣。'独裁'的概念，以及最近在西班牙和智利发生的政治军事事件让我的许多同事都认为，我们的国家也可以成为一个繁荣的独裁之国。"

极度的惊讶让所有人都目瞪口呆。他说的话出乎所有人的意料。

"淘金者"回应道：

"难道您认为阿根廷的军队……我指的是……那些军官们，会接受我们的想法吗？"

"当然会接受……只要你们能够恰当地表达内心的想法。我可以告诉你们的是，对民主那一套理论失去信心的军官的数目要比你们想象的多得多，甚至连国会也对民主失去了信心。先生，让我说完。我国百分之九十的议员都比一名中尉的文化水平要低。一名被指控参与谋杀一名官员的政客一针见血地指出过：'统治一个国家并不需要高过农场领班的才能。'就拉丁美洲而言，他说的的确是真话。"

"占星家"带着溢于言表的满意之情搓了搓双手。

所有人的目光都凝聚在少校身上，他继续说道：

"军队是一个低级社会中的高级阶级，因为我们是国家的力量。然而，我们却屈从于政府的决议……政府又是由什么组成的？……立法权和执行权……也就是说，由各个政党选出来的代表……诸位，他们能代表什么呢?！你们比我更清楚，要想成为议员，必须先拿一个扯淡的学位，去委员会里游手好闲一阵子，然后得和各色人等打交道，一句话，就是活在法律和真相之外。我不知道在其他更文明的国家是否也是这样，但在我国就是如此。在我国的众议院和参议院里，有放高利贷的人，有杀人犯，有被外国公司收买的骗子；这些极度愚昧无知的人让议会制成为一出最荒诞的闹剧，让这个国家堕落。总统大选的资金来自美国，作为交换，政府将允许外企开采我国丰富的资源。把政党之间的斗争比作商人想要把国家卖给出价最高者的竞争，一点儿也不夸张。"①

所有人都惊愕地看着少校。透过菱形的木条和风铃花可以看见早晨蓝色的天空，但没有人留意那番景致。埃尔多萨因后来对我说，没有哪一个与会者曾预料到星期三的会议竟会如此让人震撼。少校用手帕擦了擦嘴，继续说道：

"我很高兴你们对我说的话感兴趣。有许多年轻军官和我的

---

① 这部小说写于1928年至1929年间，由Rosso出版社于1929年10月出版。因此，少校的这番话不可能是受到了1930年9月6日发生的革命运动的启发。然而，有趣的是，9月6日事件中革命者发表的声明与少校的这番话十分相符，并且接下来发生的事都与少校的预言吻合。——评论者注

想法一致。甚至还包括一些刚上任的将军……最好是——你们别被我即将要说的话吓到了——让这个社会穿上共产主义的外衣。我之所以这样说，是因为阿根廷还没有共产主义（我是不会将那群帽子也不摘就聚在一起胡扯社会学的木匠称作共产主义者的）。我想以一种非常清晰的方式向你们阐述我的想法。所有的秘密社会都是集体中的恶性肿瘤。其神秘的机能将破坏该集体的正常运转。因此，我们这些胞主管就需要为这些机能赋予布尔什维克的特色，"——那是那个词第一次在会议中被提起，所有人都面面相觑——"这个特色将吸引无数的疯子，于是，胞的数量将成倍增加。这样，我们就可以建立一个虚构的革命军，专门进行恐怖袭击。即使一个不怎么成功的恐怖袭击也可以唤醒社会中黑暗且残暴的力量。假如我们每年进行一次恐怖袭击，并且配合反社会的宣传，煽动无产阶级创建'苏维埃'……知道我们将获得怎样的成果吗？既简单又令人钦佩的成果。我们将在全国激起革命的动荡。

"我将'革命的动荡'定义为一种集体性的不安，人们不知道其真正的目的是什么：每个人都感到紧张且激动；报纸煽风点火，警察逮捕并虐待无辜者，于是无辜者忍无可忍摇身变成革命者；每天早上，人们焦虑地醒来，查看新闻，期待着比之前更残酷的恐怖袭击的发生，以此证明其怀疑的正确性；警察的残暴让受害者愈加愤怒，直到某个头脑发热的人对着警察的胸口把弹匣里的子弹射光；工人组织也站起来反抗，发起罢工；而'革命'和'布尔什维克'这两个词会将恐惧和希望传播到每一个角落。于是，当城市里发生了无数起的爆炸，当人们阅读了传单上的信息，当革命的动荡成熟起来后，就轮到我们上场了，军队……"

少校把靴子从阳光下挪开，接着说：

"是的，就轮到我们军队上场了。我们将宣称，既然政府无法保卫国家的机构、资产和家庭，那么就让我们来掌控政权，建立一个临时性的独裁政府。所有的独裁统治都是临时性的，其目的是为了获得人们的信任。资产阶级资本家（尤其是右翼外国政府）将会很快承认新政权。我们将把这一切归咎于强迫我们这样做的'苏维埃'，并枪决几个可怜的供认制造炸弹的罪犯。两个议院将被废除，国家的预算也将被降到最低。政府的行政机构将由军队接管。这样，阿根廷将会获得前所未有的成功。"

少校沉默了下来，在开满花的凉亭，其他人热烈地鼓起掌来。一只鸽子突然飞了起来。

"您的想法太棒了，"埃尔多萨因说道，"但也就是说，我们都将为你们工作……"

"你们不是想当主管吗？"

"是的，但我们得到的不过是一点零头罢了……"

"不，先生……您搞错了……我已经想过……"

"占星家"打断了他：

"诸位……我们聚在这里，不是为了讨论我们现在还不感兴趣的未来方向……而是为了讨论每个胞主管的活动。如果大家都没意见，那我们现在就开始吧。"

一个至今一言未发的体格强壮的年轻人加入了讨论。

"我可以发言吗?"

"当然可以。"

"我认为首先应该讨论的问题是:你们想不想要发起革命?组织的细节都是后话。"

"那个……那个,的确是后话……没错,先生。"

陌生人解释道:

"我是哈夫纳的朋友。是一名律师。为了不与资本主义政权妥协,我放弃了我的职业可以带给我的福利。你们说,我有没有权利发表我的看法?"

"是的,先生,您当然有权利。"

"那么,我认为少校刚刚说的话将成为我们社会的新方向。"

"不,""淘金者"反驳道,"他说的话可以作为社会的基石,但同时也不排除其他原则。"

"当然。"

"对。"

讨论即将再次展开。"占星家"站起身来:

"诸位,请改天再讨论这个问题。现在我们需要讨论的是我们的商业组织……而不是想法。所以,与商业组织无关的事宜我们都先暂且搁在一边。"

"那是独裁!"律师喊道。

"占星家"看了他一眼,然后不紧不慢地说道:

"依我看,您自以为是个天生的领袖……没错。假如您是个聪明人的话,就应该在远离我们的地方组建另一个社会。那样我们就可以一起瓦解当下这个社会。但是在这里,您要么听我的，要么就乖乖离开。"

两个男人对视了一阵子；律师站了起来，目光死死盯着"占星家"，带着强壮者的微笑弯了弯身子，然后离开了。

打破沉默的是少校的声音，他对"占星家"说：

"您处理得很好。纪律是一切的基础。我们都听您的。"

菱形的光斑将金色的马赛克印在凉亭黑色的土地上。远处传来铁匠铺劳作的声音，数不清的鸟儿在树枝间飞舞鸣叫。埃尔多萨因将一朵白色风铃花含在嘴里，而"淘金者"则手肘撑在膝盖上，专心致志地注视着地面。

"皮条客"在抽烟，埃尔多萨因暗中观察着"占星家"愚钝的面孔，他的灰色防尘罩衣一直扣到领口。

伴随着少校那句话的是一阵让人尴尬的沉默。那个闯入者想要做什么？埃尔多萨因突然有些恼怒，他站起身来，大声说道：

"你们想要纪律，这毫无问题。但谈论军事独裁就太荒谬了。我们只对军队参与我们的革命运动感兴趣。"

少校在椅子里坐直了身子，看着埃尔多萨因，微笑着说：

"也就是说，您承认我演得不错咯？"

"演？……"

"是啊……我可以是少校，您也可以是少校。"

"你们意识到谎言的力量了吗？""占星家"说道，"我让我这位朋友伪装成少校，你们就都信以为真地以为军队里也会发生革命——尽管它还处于保密阶段。"①

"所以呢?"

"所以这不过是一次彩排罢了……但是某一天,我们会正儿八经地演戏。"

"占星家"的话令人胆怯,那四个男人呆呆地看着少校,少校说:

"事实上我不过是个士官罢了。"

但"占星家"立即打断了他的解释,说道:

"亲爱的哈夫纳,预算做好了吗?"

"做好了……在这儿。"

"占星家"看了看那几张纸上潦草的数字,然后对与会者解释道:

"妓院是我们的社会最可靠的经济来源。"

"占星家"接着说:

"他提出的预算是用来组建一所包含十个妓女的妓院。我在这里念一下所需的费用:

十套二手卧室家具	2000 比索
房租(每月)	400 比索
三个月押金	1200 比索
设施、厨房、洗手间和吧台	2000 比索

---

① 后来经证实,这位少校并非伪装的,而是一名真正的少校。他撒谎称自己是在演戏。——评论者注

贿赂警察局（每月）	300 比索
贿赂医生	150 比索
为了获得许可对本地政客的贿赂	2000 比索
市政府赋税（每月）	50 比索
电子钢琴	1500 比索
老鸨	150 比索
厨子	150 比索
总计	9900 比索

"每个妓女每周需要交纳十四比索，用于三餐。此外，她们还需从妓院购买茶叶、白糖、煤油、蜡烛、香粉、肥皂和香水。"

"占星家"继续说：

"除去所有这些费用，我们每月至少可以进账两千五百比索。这就意味着，我们只需要四个月就能收回投入的资金。我们将把一半的盈利用来建立新的妓院，四分之一用于偿还债务，剩余的部分用来维持胞的正常运行。是不是每个人都同意这一万比索费用的支出？"

所有人都点头表示赞同，"淘金者"除外。他说：

"谁来管账？"

"等一切就绪，我们将会选一名会计。"

"好吧。"

"少校，您也同意吗？"

"是的。"

埃尔多萨因抬头看了看那个假军官苍白的面庞，他邪恶的目光停留在一只在绿树间挥动着翅膀的白蝴蝶身上。他忍不住在心里自问，"占星家"是怎么找来这样一位演员的。"占星家"仿佛看穿了他的心思似的，对他说道：

"那您呢，埃尔多萨因先生，您需要多少钱来建立电铸作坊？"

"一千比索。"

"啊！您就是那个发明铜铸玫瑰花的人？"少校对他说道。

"是的。"

"恭喜您。我相信您的发明一定会大卖。当然，我们需要大量地生产金属花。"

"是的。我想过了，应该在同一个实验室进行摄影，这样可以节约成本。"

"这由您来决定。"

"而且，我决定让一个有经验的朋友加入电铸作坊。"说到这里，他想起了埃斯皮拉一家，觉得他们也可以加入秘密社会，然而"占星家"打断了他的思绪，说道：

"'淘金者'将向我们汇报营地建立地的情况。"于是'淘金者'站了起来。

埃尔多萨因看见他的体型后，吃了一惊。根据电影里的形象，他想象"淘金者"是一个身材巨大、留着金色胡须、满口酒气的男人。但事实并非如此。

"淘金者"是一个与他同龄的年轻人，脸色苍白，皮肤紧贴着平坦的颧骨，黑亮的眼睛充满了生气。巨大的胸廓仿佛属于一个体型大过他两倍的人。他的双腿细长且弯曲。在皮带和裤子之间露出一把手枪的枪柄。他声线清晰，但全身上下看起来有些奇怪，仿佛组成他身体的碎片来自不同类型的人：他有着习惯于斜眼看牌的人的脸、拳击手的胸部，以及赛马师的腿。他的过去也和他的体形一样，由奇怪的混搭组成。他在十四岁以前一直住在乡下，直到开枪打死了一名小偷，几年后，他因为害怕患上肺结核又回到了草原，在那里日日夜夜驰骋千里。埃尔多萨因打认识他，就对他心生好感。

"淘金者"拿出来几块石头，是含金的石英。他说：

"这是'采矿和水文部'的分析证书。"

石头快速地从一个人的手里传到另一个人的手里。人们极度贪婪地看着石头，用手指轻抚石英中黄金的纹理。"占星家"一边缓缓地卷烟，一边观察着那几张灵魂被深深震撼的面孔……观摩石头让某种欲念在他们心中升起。"淘金者"再次坐了下来，娓娓道来：

"那里有许多黄金。没有人知道。靠近'智利乡村'。我先去了埃斯克尔①……那里有个废弃的矿场。接着我去了鱼溪……我走啊走……你们也许不知道，日子在那里仿佛停滞了一般，走了好几天但却感觉还在原地。后来，我终于走到了'智利乡村'。森林，几千平方千米全是森林。我是和'面具'一起去的，她是一名住在埃斯克尔的妓女，由于之前和一名矿工去过那里，她知道怎么走。那名矿工回来后就被杀死了。哎，那种

---

① Esquel，阿根廷中部城镇，位于丘布特省。——译者注

地方杀死一个人根本不算什么。'面具'得了梅毒，留在了森林里。'面具'，是啊，我记得她！她在那一带流连了二十多年了。她从马德林港①前往海军准将城②，接着又去了特雷利乌③，然后是埃斯克尔。她认识所有的淘金者。我们俩先是到了鱼溪……那是在埃斯克尔以南四十里的地方……但那儿只有一丁点儿沙金……于是我们骑着马继续前行了十五天，翻山越岭，终于抵达'智利乡村'。"

"淘金者"声音清晰、语气坚定地讲述着他在南方的长途跋涉。埃尔多萨因专心聆听他的叙述，仿佛自己也置身其中，正与"面具"一起穿越黑暗冰冷的大峡谷，被重重山脉的紫色三角形包围。当他们走进长着红色树干和黑绿枝叶的不朽森林时，高山从视线里消失。他们继续惊讶地走在深邃且平滑的天空下，天空仿若蓝冰形成的沙漠。

"淘金者"不慌不忙地讲述着几个月来的冒险，对他的叙述所引起的惊讶无动于衷。所有人都入神地听他讲述。

"然后，我在某个早晨抵达了黑色峡谷。那是一个由玄武岩构成的黑石圆圈，山口的羽冠装饰着深色的石笋，在那里，天空的蓝色变得无穷地悲哀。几只孤独的鸟儿在石林中徘徊，石林则躲在更高的山峰的阴影中……在那空地的底部，有一个金

---

① Puerto Madryn，阿根廷东部城市，由丘布特省负责管辖。——译者注
② Comodoro，阿根廷南部巴塔哥尼亚地区丘布特省最大的港市。——译者注
③ Trelew，阿根廷中部城市，位于丘布特省东北部的丘布特河河畔。——译者注

色的湖泊，被崎岖的山脉拆散的溪流在那里又汇聚在了一起。"

"淘金者"从未到过一个如此险恶的地方。他吃惊地注视着深邃的湖水，黑色的岩石倒映在金色的湖面。岩壁上点缀着发绿的肉瘤和长长的孔雀石，垂直坠入湖水，铜色的湖面也倒映着他那长满胡须的苍白的脸，他的双脚伸向湖底的天空。

他很快意识到，湖水里可能有黄金，但又排除了那个荒谬的假设，因为他从没读到过也没听说过类似的事。他接着叙述：

"然而，当我从那里回来后，某天在罗森①的一间牙科诊所等候时，随手拿起桌上一本叫作《医学周刊》的杂志……奇迹就是在那一刻发生的。我随意翻着杂志，首先映入我眼帘的那篇文章的标题为：'黄金水（又称胶状黄金）对红斑狼疮的治疗效果'。我仔细阅读了那篇文章，了解到黄金是能够以微观粒子的形式悬浮于水中的……这个我之前闻所未闻的现象是由几位炼金术士发现的，他们称之为'黄金水'。他们用最简单的、稍微动动脑筋就能想到的方式制成'黄金水'：将一段炽热的黄金放进雨水中。我随即想起了那个湖泊——我当时以为湖泊的颜色是由湖里的植物造成的。我在不自知的情况下站在过一个胶状黄金的湖泊旁，它不知是由多少个世纪的溪水流经岩石中的纹理而形成。你们此刻意识到无知是多么可怕了吗？假如我没有偶然翻到那本杂志，我将永远无法得知那个发现的重要性……"

"然后您回去那里了吗？"少校打断道。

---

① Rawson，阿根廷丘布特省的首府。——译者注

"那当然啊。我在八个月前回去那里，正是我写信给'占星家'的时候……但我犯了个错误……我必须学习如何提取黄金……那里有金矿……只需要努力劳动就可以……需要搞到一件潜水服，因为黄金都在湖底，湖水本身是没有颜色的。"

哈夫纳说道：

"知道吗，您说的这一切很有意思。即便那里没有黄金，也要比这座污秽的城市好得多。"

少校补充道：

"假如在'智利乡村'建立营地，那么则需要建立一座电报站。"

埃尔多萨因回答说：

"那样的话，可以建立一个波长为四十五至八十米的移动站点。建站的费用约五百比索，可以覆盖三千千米的范围。"

少校再次打断他：

"我完全支持营地的建立，因为我们可以把毒气厂也建在那里。埃尔多萨因，我相信您对此有所了解。"

"是的，比如芥气可以通过电解生成，但我对此还没有进行过深入的研究。但您说的没错，我们需要把精力集中在毒气和细菌实验室上面。尤其是培育腺鼠疫和亚洲霍乱杆菌的实验室。需要先获取一些细菌的样本，因为实际生产的成本非常低廉。"

"占星家"打断道：

"我认为最好将营地的建立留到以后来讨论。现在我们需要把精力集中在哈夫纳的计划上。只有当我们有了收入以后，才能开始组建第一支队伍，去建立营地。埃尔多萨因，您刚才提到了一家人？"

"是的，埃斯皮拉一家。"

哈夫纳反驳道：

"等一等！这一切都是纸上谈兵。虽然我在你们的秘密社会中不过是一个合作者罢了，但我觉得我们应该立即开始行动。"

"占星家"看了他一眼，说道：

"您愿意出钱让我们开始行动吗？不愿意。所以呢？您稍微等一等，过几天我们就会得到一笔钱，到时候您就知道了。"

哈夫纳站起身来，看着"淘金者"说道：

"朋友，您知道的，当营地的筹备就绪，请通知我。假如需要人手，那是再好不过了，我可以提供给你们一群恶棍，他们将会非常乐意离开布宜诺斯艾利斯。"他一边说着，一边把帽子戴在头上，没跟任何人握手，对所有人做了个手势，准备离开。就在那一刻，他仿佛想起了什么似的，对"占星家"大喊道："如果您能赶快把钱搞到，有一个很不错的妓院正在寻找买家。妓院还附带一间烤肉店，而且也是个赌博的好地方。老板是个乌拉圭人，他开价一万五千比索现金支付，但可以接受先支付一万比索，剩下的五千在一年内付清。"

"您可以星期五过来吗？"

"可以。"

"那好，我们星期五见，届时事情应该就已经搞定了。"

"再见。""皮条客"对众人告辞，走了出去。

"淘金者"

在哈夫纳离开后，想要与"淘金者"交谈的埃尔多萨因向"占星家"和少校告辞。埃尔多萨因再次紧张起来。在他离开前，"占星家"走到身边，对他说：

"别忘了明天早上九点，我们得兑现支票。"

他已经把"那件事"给忘了。突然，埃尔多萨因仿佛被打了一拳似的不知所措地看着四周。他需要找个人交谈，需要忘记那个此刻在正午炽热的阳光下让他脉搏加速跳动的黑暗任务。

他对"淘金者"很有好感。于是，他走到他身边，对他说：

"您想一起走吗？我想跟您谈一谈'那里'的事儿。"

"淘金者"用神采奕奕的双眼注视着他，然后说道：

"好啊。十分乐意。我觉得您很有意思。"

"谢谢。"

"尤其是'占星家'告诉我的关于您的事情。知道吗，您企图用鼠疫杆菌来进行社会革命的计划真是棒极了。"

埃尔多萨因抬起了目光。那番赞扬几乎让他感到羞愧。真的有人会对他的荒谬想法予以重视吗？

"淘金者"继续说道：

"那个计划以及毒气的计划简直令人钦佩。您意识到了吗？趁混蛋圣地亚哥在的时候，将一大罐毒气放在警察部！像毒老鼠一样将所有的'条子'都毒死!"他爆发出一阵洪亮的笑声，惊得柠檬树上的三只小鸟齐刷刷飞了起来，"是的，我亲爱的朋友埃尔多萨因，您是个非凡的人。鼠疫和氯气。知道吗？我们将会在这座城市发起革命。我想象着那一天的到来，商人们会像惊吓的兔鼠一般从洞穴里跑出来，而我们将用机关枪清扫这座星球上的所有垃圾。一千比索就能买到一把不错的机关枪。每分钟二百五十发。不得了！接着，我们将散播一袭袭的氯气和芥气……啊！您得在报纸上刊登您的计划，相信我……"

埃尔多萨因打断了对方夸张的称赞：

"所以您真的找到黄金了，是吗？……黄金……"

"我以为您不会相信那个'黄金水'的传说。"

"传说？那么黄金……？"

"存在，当然存在……只不过需要寻找它。"

埃尔多萨因的失望之情溢于言表，"淘金者"不得不补充道：

"兄弟，您瞧……我之所以跟您坦白，是因为'占星家'告诉我您是可以信赖的人。"

"是呀，但是我以为……"

"以为什么？"

"以为在那么多谎言里，那是为数不多的真话之一。"

"事实上，那的确是真话。黄金确实存在……只不过需要找到它罢了。您应该感到高兴，因为我们正在筹备出发去寻找黄金。难道您以为在没有任何谎言的诱惑下，那些畜生会愿意出发去寻找黄金吗？啊！我已经反复思考过了！'占星家'理论的伟大之处正是来源于此：谎言能让人类自生自灭。他为谎言注入只有真相才拥有的缜密性；从来没有为目标奋斗过的人、因失望而消沉的人，都将在他的谎言中复活。您能想到比这更绝妙的计划吗？您只要稍加留意就会发现，同样的事在现实生活中经常发生，但并没有人提出异议。是的，所有的事物都是表象……您看清楚了……没有人会否认我们的社会是建立在许多愚蠢的小谎言之上的。'占星家'犯了什么罪？他只不过是用一个极具说服力、巨大且超凡的谎言来取代微不足道的小谎言罢了。'占星家'带着他的虚伪，让我们觉得他是个了不起的人，但他并非如此……也许是的，他的确是个了不起的人；他很了不起……因为他的谎言并不是为了自身的利益，说他并非了不起是因为他不过是运用了一个所有骗子和社会空想家都用过的古老原则罢了。假如某天他的事迹被写进了书里，阅读它的人只要稍微有点儿判断力，就会说：'他很伟大，因为他用了任何骗子都具备的本领来达到他的目的。'而让我们感到离奇且不安的原因不过是懦弱且平庸的灵魂的恐惧罢了，我们以为要想成功必须得经历曲折、神秘且复杂的筹划，而不是通过某种简单的方法。然而，您应该也知道，伟大的创举往往是非常简单的，就像哥伦布竖鸡蛋那样。"

"谎言的真相？"

"正是如此。我们缺乏的正是干大事的勇气。我们以为治理国家要比治理一个普通家庭复杂得多，我们对事情赋予了过多的文学性、过多的愚蠢的浪漫主义。"

"但是，在您的内心深处，我想说的是，您真的觉得我们可能成功吗？"

"那当然，您要相信我……我们将成为阿根廷的主人……假如无法成为世界的主人的话。我们一定会成为阿根廷的主人。'占星家'的计划是要拯救那些被我们文明的机械化搞得精疲力竭的灵魂。已经没有想法了。也没有好象征或坏象征。'占星家'曾讲过在旧世界由落魄的懒人们创建的营地。我们将要做的即是同样的事，只不过我们的社会需要有一个强大的计谋……那个计谋甚至能够引诱喜欢看西部牛仔片的普通店员的灵魂。兄弟，关于我们将要制造的麻烦，您了解多少？……在不得已的情况下，我们将使用 TNT 炸药，让那些混蛋受受惊吓。您觉得那些混混和街头帮派是什么？都是些没地方消耗能量的年轻人。于是乎，他们才会在花花公子或阿拉伯人身上发泄。您看……海军准将城……马德林港、特雷利乌、埃斯克尔、鱼溪、'智利乡村'，我认得那里所有的道路和荒山僻野……您要相信我……我们将组建一支令人羡慕的年轻队伍，"他激动起来，"您认为没有黄金？您让我想起高原上那些眼睛比肚子还要大的孩子。在我们的国家里，一切皆是黄金。"

埃尔多萨因感到自己被对方的热情感染。"淘金者"抽搐着讲述，他挤弄着双眼，一会儿抬起一条眉毛，一会儿又抬起另一条，友好地拍打着埃尔多萨因的胳膊。

"您要相信我，埃尔多萨因……有很多黄金……比您想象的还要多……但那并不是重点。重点是：时不我待。埃斯克尔，鱼溪，里欧皮科①……'智利乡村'……很多很多里……几天几夜的路程……您知道的，为了得到一张价值不超过十比索的马证，需要几周的路程，时间一文不值……一切都很伟大……非常伟大……永垂不朽。您得有信心。我想起和'面具'走在鱼溪时的场景。不仅仅是黄金……红色的黄金……在那里，在文明中病倒的灵魂也能被治愈。我们将把所有的朋友都送到山里去。您看……我今年二十七岁……拿枪玩儿命也不是一次两次的事了，"说着，他拿出手枪，"瞧见那只麻雀了吗？"麻雀在五十步外的地方，他将手枪举到下巴的高度，扣压扳机，麻雀伴随着枪击声从树枝上垂直落下。"看见了吧？我就是这么玩儿命的。不要悲伤。您瞧，我二十七岁。鱼溪，埃斯克尔，里欧皮科，'智利乡村'……那里的荒山僻野都将属于我们……我们将组建'新愉悦'卫队……'红色黄金骑士团'……您一定以为我失去理智了。不，不！只有到过那里的人才会懂得。在那种情况下，人会意识到自然贵族社会的必要性。当一个人战胜了孤独、危险、悲哀、阳光和无止境的平川，他将成为另一个人……与在城市里痛苦生活的奴隶迥然不同。您知道我们城市中的无产阶级、无政府主义者和社会主义者都是些什么吗？是一群懦夫。他们不愿献身于高山和乡村，舍弃沙漠中英勇的孤独，而选择舒适和娱乐。假如人们都去了沙漠，那么工厂、时装店和城市里成千上万的寄生虫怎么办……假如他们每个人都到那里去建立营地？您现在知道我为什么支持'占星家'了吧？

---

① Rio Pico，阿根廷中部城镇，位于丘布特省。——译者注

新生活将由我们这些年轻人来创造；是的，我们。我们将建立一个由恶棍组成的贵族社会。我们将枪决所有追崇托尔斯泰的愚蠢思想的知识分子，而剩下的人则会为我们工作。正因如此，我才如此崇拜墨索里尼。他在曼托林之国开创了权杖的统治，让那个轻歌剧王国在一夜之间成为地中海猎犬。城市是世界的恶性肿瘤。它们将人类摧毁，让人类变得怯弱、奸诈、充满嫉妒，而对他们的社会权利、嫉妒和怯弱予以肯定正是嫉妒。假如在那群懦夫里存在着勇敢的猛兽，那他们早已将一切击溃。相信群体的力量就跟相信伸手可以摘到月亮一样。您看看俄国农民是怎么对待列宁的。但一切都已经筹备好了，唯一需要强调的是：在当下这个世纪，在城市中过得不好的人都应该到沙漠里去。这就是'占星家'的计划。他的计划非常有道理。最早的基督徒在城市里不如意时，不也都跑到沙漠里去了？他们在那里以自己的方式创建了幸福。而在今天，恰恰相反，城市里的贱民都选择去委员会号叫。"

"知道吗，我很喜欢您用沙漠做对比。"

"当然啊，埃尔多萨因。正如'占星家'所说：'那些在城市里过得不好的人没权利去打扰那些享受城市生活的人。在城市里过得不开心或不如意的人可以去高山、平原和大河流域。'"

埃尔多萨因没想到"淘金者"竟然如此暴力。对方好像猜透了他的心思，因为他接着说道：

"我们会宣扬暴力，但我们不会允许暴力理论出现在胞里。那些想要表现对当下社会的憎恶的人们需要向我们证明他们对我们社会的服从。您现在了解营地的目的了吗？黄金不也是一

种美好的幻觉吗？想要加入的人必须为我们做出牺牲。努力将
使他们成为超人。到那时候，他们将被赐予权力。这与修道会
不是一回事吗？与军队不也是一回事吗？但是，不，别说话！
甚至在大型商业公司……比如在 Gath&Chaves①，在哈洛德②，
那里的员工告诉我公司的管理纪律十分严格，与之相比，军队
的纪律就是个笑话。埃尔多萨因，您看到了吧，我们并没有发
明什么新的东西。我们只不过是用一个非凡的目的来取代卑微
的目的罢了。"

埃尔多萨因在"淘金者"面前感到惭愧。对方的暴力让他
嫉妒，对方深入且不容置疑的真理让他愤怒，他多么想反驳他，
与此同时，他在心里对自己说：

"我远不如他引人注目，我是城市里卑鄙懦弱的人。为什么
我没有他那般的热情和憎恶？是的，他说的有道理。我对他微
笑，谨慎地微笑，仿佛害怕他会给我一记耳光，因为他的暴力
让我恐惧，他的勇气让我愤怒。"

"兄弟，您在想什么呢?""淘金者"问道。

埃尔多萨因意味深长地看了看他，然后说道：

"我在想，从小到大一直是个懦夫，是件多么可悲的事啊。"

"淘金者"耸了耸肩。

---

① Gath&Chaves 为布宜诺斯艾利斯市中心的百货公司，成立于 1883 年，后
来被英国哈洛德百货公司收购。——译者注
② Harrods，英国奢侈品百货公司，拥有近二百年历史，是世界上最为人熟
悉的高档百货公司。这两家在当时极其著名的大型百货公司在此以暴力
和权力的形象出现，同时也再次影射阿根廷在经济上对英国的依
赖。——译者注

"您认为自己是懦夫，那是因为生活还没威胁过您的性命。我想要看看您的脑袋被抵在枪口下的那一天，看您到底是不是懦夫。事实上，人们在城市里无法成为勇士。您知道的，假如打伤一个混蛋的脸会被警察找麻烦，那么您宁愿选择容忍对方，而不用拳头来解决问题。现实就是那样。人们习惯了忍耐，习惯了遏制住冲动……"

埃尔多萨因看着他：

"知道吗，您很了不起。"

"放心吧，兄弟。您会发现自己很快就会进步……您会找到勇敢的灵魂……只需要迈出第一步。"

他们俩在下午一点的时候告别。

"瘸女人"

同一天下午，当埃尔多萨因回家，走到旋梯的最后一段时，看见楼梯顶端站着一个穿獭皮大衣戴绿色帽子的女人，正在和女房东说话。他听见一句"他回来了"，明白她们是在等他。当他在过道停下脚步，那个陌生女人转过长着少许雀斑的脸，对他说：

"您就是埃尔多萨因先生吧？"

"我在哪儿见过这张脸？"埃尔多萨因一边对她的提问做出肯定的答复，一边在心里自问。这时候，对方做了自我介绍：

“我是埃尔格塔先生的妻子。”

“噢！您就是那个‘瘸女人’！”他随即为自己的无礼而感到羞愧，女房东因他的话惊讶得甚至看了看陌生女子的脚，埃尔多萨因做出道歉：

“真抱歉，我犯了糊涂……您要知道，我没想到您会……您要进屋吗？”

埃尔多萨因在打开房门前，再次因房间的凌乱向她表示抱歉，而伊波丽塔则嘲讽地微笑着，说道：

“先生，没关系的。”

然而，从女人浅绿色的瞳孔滤出的冷淡目光却让埃尔多萨因感到恼怒。他心想：

“她多半是个邪恶的女人。”因为他留意到，在伊波丽塔的绿色帽子下面，红头发分成两股沿着太阳穴一直垂到耳尖。他再次观察起女人纤细的红睫毛，以及与她温柔红润的长着雀斑的面孔格格不入的饱满的嘴唇。他对自己说：“和照片里的她完全不一样啊！”

她站在埃尔多萨因的面前观察着他，仿佛在说：

“这就是那个男人啊。”他站在她的身边，能感受到她的存在，但却无法理解她，好像她并不存在，又好像她位于远离他思想的地方。然而，她就在那里，他觉得必须说点什么，于是，在他打开了灯，请她坐下，并且他自己坐进了沙发之后，他找不到别的话，只说道：

“那么，您就是埃尔格塔的妻子？很好。”

他依然不明白那个突然闯入他混乱生活中的人到底想要做

什么。他的内心激起了一阵好奇，但他更希望自己处于另一种状态，希望自己对女人的面孔非常熟悉：她椭圆形的面孔泛着铜红的光泽，目光从红色的睫毛中漫射开来，仿佛圣人画像中从云端散发出的上千条太阳雨射线一般。埃尔多萨因对自己说：

"我人在这里，但我的灵魂在哪儿呢？"于是他再次说道，"那么，您就是埃尔格塔的妻子？很好。"

伊波丽塔跷起二郎腿，把裙子的下摆拉到膝盖下面，衣料在她玫瑰色的手指间皱起，她缓缓抬起头，仿佛那动作在陌生的环境里让她费了好大力气一般，然后说道：

"您一定得帮帮我丈夫。他发疯了。"

"我并没有感到多么惊讶。"埃尔多萨因对自己说，并且为自己表现出蒙岱宾①小说里的银行家那般的无动于衷而感到满意。他的内心因发现自己能够演绎如此冷漠的角色而深感喜悦，补充道，"所以，他发疯了？"但很快，他发现自己无法继续将这个角色演下去，于是说道，"您意识到了吗？您告诉了我这个非同寻常的消息，而我却表现出无动于衷。这般的冷血让我难受；我想要能够拥有一点感受，可我就像个石头一样。您得原谅我。我不知道自己是怎么了。您会原谅我的，对吗？然而，从前的我可不是这样。我记得自己从前像只麻雀一样欢乐。一点儿一点儿地，我变了。我不知道该怎么解释，我看着您，想把您当朋友，可我却做不到。即使此刻您奄奄一息，我也可能连一杯水都不会端给您。您明白吗？然而……但他现在在

---

① Xavier de Montépin（1823—1902），法国小说家。——译者注

哪里？"

"在梅赛德斯精神病院。"

"奇怪了！你们不是住在阿苏尔①吗？"

"是的，但我们十五天前来到了这里……"

"'那件事'是什么时候发生的？"

"六天前。我自己都不知道是怎么回事。就像刚才您谈到您的感受时一样。如果我耽误了您的时间，请您原谅我。我之所以想到了您，是因为您了解他，他经常提到您。您最后一次见到他是什么时候？"

"在你们结婚以前……是的，他跟我提到过您。他叫您'瘸女人'……还有'破鞋'。"

埃尔多萨因感到伊波丽塔的灵魂正一点儿一点儿静静地洗涤着他的双眼。他确信自己什么都可以跟她讲。女人的灵魂定在那里，一动不动，做好了接受他的准备。她双手交叉放在大腿上，这个姿势让他更加感到轻松。当天早上在"占星家"家里发生的事仿佛已经非常遥远，只有几截树和天空的片段时不时穿过他的记忆，破碎的画面滑过后在他心里留下一阵缓慢且难以言喻的快感。他满意地搓了搓手，说道：

"女士，请您不要生气……但我认为，他在与您结婚时就已经疯了……"

"请您告诉我……他在和我结婚前就开始赌博了吗？"

---

① Azul，阿根廷东北部城市，由布宜诺斯艾利斯省负责管辖，距离首都布宜诺斯艾利斯约三百千米。——译者注

"是的……而且我记得他还常常研究《圣经》，因为他很喜欢和我聊新时代，聊第四印和其他许多东西。除此之外，他也赌博。我从来都觉得他是个很有意思的人，因为在他身上我看到了一个狂热分子的性情。"

"是的。一个狂热分子。他曾在一个扑克牌桌上下了五千比索的赌注。他把我的珠宝首饰都卖掉了，还有一条朋友送我的项链……"

"怎么回事？……那条项链您不是在结婚前不久送给一个女仆了吗？他是这么跟我说的。他说您把那条项链和一套纯银餐具送给了她……还有另一个人送给您的一万比索的支票……"

"但您真的认为我有那么疯吗?! ……我为什么要把珍珠项链送给仆人？"

"那么就是他在撒谎了。"

"就是那么回事。"

"真奇怪！……"

"您别觉得奇怪。他经常撒谎。况且，最近这段日子他有些走火入魔。他研究出一套玩轮盘的窍门。如果您瞧见他那副模样，一定会嘲笑他。他在一个小本子上写满了只有他自己看得懂的数字。什么样的人呐！他焦虑得睡不着觉。连药店也不管了；有的时候，灯都关了，我正要睡着，突然听见地板一阵闷响：是他从床上跳了下来，打开灯，记下几个数字，仿佛害怕它们逃跑了似的……但是，他真的跟您说我把珍珠项链送人了？什么样的人呐！是他在我们结婚前把项链当掉了……对，就像我跟您说的……上个月他去了圣卡洛斯的皇家赌场……"

"肯定又输了……"

"没，他拿七百比索赢了七千回来。要是您看见他回到家时的模样……他沉默不语……于是我对自己说：完了！肯定输了……但他是被自己的运气吓到了……在那之前连他自己都对那个窍门持怀疑的态度……"

"是的……我明白了……与其亲自尝试那个窍门，他更宁愿单纯地相信它。"

"当然，因为他害怕失败嘛。但我跟您说……他好几天都心神不宁。我记得有一天下午，午睡的时候，他对我说：'喂，黑婆子，你得屈尊当一下世界女王了。'"

"他总是喜欢夸夸其谈……"

"我得向您坦白，在那次成功之后，我也相信了那个窍门。他严格按照计算表格中的数字来下注，于是，为了把庄家的钱赢光，他从银行取了三千比索出来……我记得钱都在我的名下，再加上另外六千五百比索……付清了药店的好几笔欠款……我们出发前往蒙得维的亚……然后他把所有的钱都输光了。"

"花了多少时间？"

"二十分钟……我以为他会在回来的路上昏厥过去……但是，他真的跟您说我把项链送给了仆人？……什么样的人呐！"

"他也许是为了让您给我留下一个好印象。回来的旅程怎么样？"

"没怎么样……他一句话都没说，眼神呆滞，脸色消沉、懒怠，您明白吗？我们一抵达布宜诺斯艾利斯他就上床睡觉了……那天是星期一。他一直在床上待到黄昏，然后出了门，不知道为什么，我心里感觉要出事……晚上十点他还没有回来，于是我就上床了；凌晨一点的时候，他的脚步声吵醒了我，我正要开灯，他纵身一跃抓住了我的一只胳膊（您知道他的力气有多大!），把穿着睡衣的我从床上拖了下来，沿着走廊一直把我拖到旅馆门口。"

"您有反抗吗?"

"我没敢叫喊，因为我知道那会更加激怒他。在旅馆门口，他皱起前额、瞪大双眼注视着我，仿佛不认识我似的。风很大，把树枝都吹弯了，我用双臂抱住自己，而他一言不发，只是那样盯着我，直到一名警察来到我们跟前，与此同时，被噪声吵醒的门卫从后面拽住他的胳膊。他高声喊叫，从街角都能听见他的叫声：'她是个妓女……爱上了长着骡子肉的皮条客的妓女……'"

"您怎么会记得他的原话?"

"当时的事情经过，此刻就好像在我眼前放电影一般。他站在一扇门边，努力向旅馆里面钻；警察试图把他拽出来，与此同时，门卫掐住他的喉咙，让他用不上劲，而我则站在角落里，希望这一切快点儿结束，忍受着路人围观的眼神。在他们看来，与帮助警察相比，嘲笑我是更有趣的事。还好我通常都穿很长的睡衣睡觉……最终，多亏一个年轻人从旅馆里大声求救，来了几个警察，才一起把他拽了出来，带去了警察局。他们以为他是喝醉了……但他那是疯癫发作……医生就是那么说的。他胡言乱语说着什么'诺亚方舟'……"

"我明白了……我可以怎么帮助您呢?"埃尔多萨因再次感

到对方的重要性像小说里的元素一样成为他生活的一部分，他得像在混乱的舞蹈中照管领结那样精心照管它。

"是这样的，我之所以来找您，是想看看您是不是可以暂时帮帮我。他家里人什么忙也帮不上。"

"但你们不是在他家里结的婚吗？"

"是的，但当我们结婚后从蒙得维的亚回来，某一天去拜访他们……您可以想象……去拜访一个我曾经在那里当过用人的家。"

"不可思议！"

"您根本无法想象他们的愤怒。他的一个姨妈……可是我为什么要讲这些刻毒卑劣的事情?! ……您不觉得吗？生活即是如此。他们把我们赶出门外，于是我们就走了。运气不好，要有耐心。"

"奇怪的是您曾经当过用人。"

"没什么好奇怪的……"

"因为您看起来并不像……"

"谢谢……我从酒店出来后，不得不当掉了一枚戒指……我得省着花为数不多的那点儿钱了……"

"药店呢？"

"托人在照管。我发电报让他寄点钱过来……但他却回复我说埃尔格塔家人命令他一分钱也不许给我。总之……"

"您打算怎么办？"

"我也不知道……到底是回皮科去，还是留在这里。"

"真是一团糟！"

"相信我，我已经受够了。"

"问题是，我今天没钱。明天，是的，明天会有钱……"

"您瞧……那仅剩的一些比索我想留着，以防万一……"

"在您找到更好的地方以前……要是愿意，您可以住在这儿。正好隔壁有间空房。您还需要什么？"

"看看您是否可以把他从精神病院里弄出来。"

"他都发疯了，我又怎么能够把他弄出来？再说吧。好了……您今晚就住在这儿吧。我睡沙发就好了……虽然我很有可能不会在这儿过夜。"

女人再一次从红色的睫毛间散发出充满恶意的绿色目光。仿佛为了获取一份关于他的意图的副本而将灵魂投影在男人思想的轮廓上。

"好吧，我接受……"

"明天，要是您不想住在这里，我会给您钱，让您去住旅馆。"

突然间，一个刚刚滑过他脑海的念头让他迁怒于伊波丽塔，他说道：

"知道吗，看起来您对埃杜瓦多并没有多么深的感情……"

"为什么这样说？"

"原因很明显。您来到这里，以让人吃惊的冷静对我讲述这些情节……那么，自然而然地……我会怎样看待您？"

埃尔多萨因一边说出这番话，一边开始在房间窄小的空间里踱步。他感到不安，斜眼观察对方长着雀斑的椭圆形面孔，细细的红眉毛从绿色帽檐下露出来，肿胀的嘴唇，沿着太阳穴而下的两股红铜色的头发遮住了她的耳朵，透明的瞳孔发出道道光芒。

"她几乎没有胸部。"埃尔多萨因心想。伊波丽塔看着周围；突然，她亲切地微笑起来，问他：

"宝贝儿，您以为我是一个什么样的人呢？"

那句不合时宜且带着青楼气息的"宝贝儿"，再加上前面那句随口而出的"运气不好，要有耐心"，让埃尔多萨因有些愤恼。过了一会儿，他终于说道：

"我不知道……总之，我没想到您这么冷漠……有那么些时刻，您给人一种不近人情的感觉……也许我错了，但是……总之……那是您的事儿……"

伊波丽塔站了起来：

"宝贝儿，我从来不会演戏。我来找您，完全是因为我知道您是他最好的朋友。您想要我做什么？……想要我像抹大拉的马利亚①那样痛哭吗？……我已经哭得够多了……"

她也站了起来，专注地盯着他，然而，在面孔下支撑着她的意志的坚硬线条逐渐被疲惫化解。她的脑袋微微偏向一侧，让埃尔多萨因想起了他的妻子……要是真的是她就好了……她正站在一个陌生房间的门口……上尉漠然地看着准备永远离开的她，根本没有阻拦她……街道就在她的面前……也许她会住进一间肮脏的旅店，就在那时，他突然心生怜悯，说道：

---

① Maria Magdalena，在《圣经·新约》中被描写为耶稣的女追随者，传说中她是被耶稣拯救的妓女，见证了耶稣受苦、断气和埋葬，并痛哭流涕。西语中以"像抹大拉的马利亚那样痛哭"比喻伤心痛哭。——译者注

"不好意思……我有点儿紧张。您就当在自己家里一样。唯一抱歉的是我现在手上没有钱。但明天我就会有钱了。"

伊波丽塔再次坐进椅子里，埃尔多萨因一边踱步，一边摸了摸自己的脉搏。脉跳得很快。与"占星家"和巴尔素特的漫长谈话让他感到疲惫不已，他伤心地说道：

"生活很沉重……不是吗？……"

闯入者沉默地盯着她的鞋尖。她抬起头，长着雀斑的额头生起一道细细的皱纹。接着，她说道：

"您看起来有些焦虑。发生了什么事吗？"

"没什么……告诉我……和他生活在一起很辛苦吧？……"

"是有那么一点儿。他很暴力……"

"真奇怪！我试图想象他在精神病院里的情形，但却做不到。我只能大概辨别出他面孔的一小部分和一只眼睛……我得向您坦白，我很早就预料到了灾难的到来。某天早上我碰见他，他把一切都告诉了我，我突然间感到，您在他身边一定很不幸福……但您一定累了。我要出去一趟。我会让女房东把晚餐送过来的。"

"不……我没胃口。"

"好吧，那么我走了。屏风在这里，您就像在自己家里一样。"

当埃尔多萨因离开时，"瘸女人"用一种奇怪的目光包围了他，扇子般的目光将男人的身体从头到脚斜切了一刀，那条切线将他内心世界的布局全部收纳。

在洞穴中

埃尔多萨因来到街上，发现正下着毛毛雨，但他被一阵缄默的憎恶推动着往前走，因无法思考而烦恼。

事情变得复杂起来……而他，被一道道齿轮包围、生活逐渐被占据、在绝望的泥潭中越陷越深的他到底是什么？况且，还有那……那无法思考的能力，无法像走棋那般清晰、有逻辑地思考，以及让他对所有人产生憎恶的头脑的混乱。

于是，他被店主们巨大的幸福激怒，他们站在店门口冲着倾斜的雨幕吐口水。埃尔多萨因想象那些人策划着没完没了的肮脏勾当，与此同时，从街道上可以看见后屋里，他们不幸的妻子在往摇摇晃晃的桌子上铺桌布，捣弄令人作呕的炖菜；当炖菜被倒进盘子里，整条街都弥漫着难闻的胡椒粉和油脂的气味，以及炸肉块加热后的臭味。

埃尔多萨因脸色阴沉地走在街道上，愤愤地琢磨着那些狭窄额头的背后在秘密筹划着什么样的阴谋，公然地凝视着店主们苍白的脸庞，那些店主带着凶神恶煞的目光窥探对面商店里的顾客；埃尔多萨因突然产生了羞辱他们的冲动，想要骂他们是乌龟①, 是强盗, 是婊子养的, 告诉他们, 他们中的胖子是麻风病的浮肿引起的, 而他们中的瘦子则是因太过忌妒邻里同行而消瘦憔悴。他在心里对他们发出可怕的诅咒, 想象那些商人将会很快因巨额债务而破产, 也希望那让他坠入绝望深渊的不幸也会宠幸他们邋遢的女人们: 那些女人换过月经带不洗手就接着切面包, 然后与男人一起一边吃面包, 一边搬弄竞争对手的是非。

那些骗子里即使最有教养的也让他深感恶心 (尽管他无法解释其中的原因): 他们全都像迦太基人那般残忍堕落。

他一边走过被褥店、杂货店和裁缝店, 一边心想, 那些人没有任何高尚的人生目标, 他们把所有的时间都花在窥探邻居的隐私上面: 他们带着充满恶意的快感窥探与他们同样卑微的邻居的隐私, 在别人遭遇不幸时送上虚情假意的怜悯, 因无聊而四处散播流言蜚语。突然间, 这一切让埃尔多萨因感到极度愤怒, 他意识到最好是马上离开, 否则他将和其中某个野兽发生冲突。在他看来, 那些野兽令人厌恶的模样正是这座城市灵魂的象征: 卑鄙、冷酷且残忍。

他没有特定的目标, 尽管他意识到自己的灵魂因对生活恶心而变得肮脏。突然, 他看见一列开往十一广场的有轨电车, 于是大步跑上站台。他在售票处买了去拉莫斯梅希亚②的往返车票。去哪里对他而言一点儿也不重要。他非常疲倦, 不知所措,

---

① 指妻子有外遇的人。——译者注
② Ramos Mejía, 阿根廷东部城镇, 由布宜诺斯艾利斯省负责管辖。——译者注

确信自己将灵魂扔进了永远无法逃离的壕沟里。而"瘫女人"还在家里等着他。当一名船长、指挥一艘超级舰艇不是更好吗？舰艇的烟囱吐出阵阵烟雾，身处舰桥的他一边与灯塔的指挥官交谈，一边在心里浮现出一个也许不是他妻子的女人的形象。然而，他的生活为什么是这副模样？其他人的生活也一样，也都是"这副模样"，仿佛"这副模样"是不幸的标记，只不过在别人身上更难以被识别罢了。

像雄狮的血液一般驻扎在某些人体内的生命的力量变成了什么呢？那种力量能让某个人在毫无预兆的情况下突然出现在我们眼前，像电影里的情节一样。英雄们的照片不正是这样吗？谁见过列宁在伦敦某个简陋的房间里辩论的照片？或是墨索里尼在意大利的街道上徘徊的照片？然而，他们会突然出现在阳台上，向留大胡子的群众发表热烈的演说，或是站在新近发现的废墟的残柱之间，穿着运动鞋，戴着未能掩饰他们征服者般残忍面目的草帽。与之相反，埃尔多萨因的生活中充满了"瘫女人"、上尉、妻子以及巴尔素特的小影像；一旦离开他的视线，这些人的尺寸就变得极其微小，仿佛遵循了距离让物体看起来更渺小的道理。

他将头靠在玻璃窗上。车厢向前滑行，然后停了下来，在列车员第二声哨响后开动起来，车轮与铁轨的撞击发出强烈的吱嘎声。

隧道里的红绿灯让埃尔多萨因感到一阵目眩，于是他再次闭上了双眼。在黑暗中，列车通过轨道传达着它的颤抖，其质量与速度的乘积在埃尔多萨因的思想里引起一阵同样令人眩晕且无法遏制的冲力。

咔嚓……咔嚓……咔嚓……车轮经过每一截轨道，渐渐地，那单调重复的声响缓减了他内心的怨恨，让他的情绪变得轻快起来，与此同时，火车的速度让他的身体昏昏欲睡。

接着，他想起了埃尔格塔，觉得他早就疯了。他记起自己即将陷入不幸时埃尔格塔对他说的话："滚！白痴，滚！"他把头在背垫上靠好，回想起过去的日子。为了能够看清记忆中的图像，他闭上了眼睛。他感到有些奇怪：因为那是他第一次留意到在回忆中，某些图像拥有与现实中相同的尺寸，而另一些图像则像锡铁兵那么小，或者只看得见轮廓而没有景深。于是，在一个把手放在某个男孩臀部的黑胖子的身边，他看见一张极小的、仿佛玩具娃娃使用的桌子，几个小偷微小的脑袋垂在桌上，而与现实同样高度的屋顶则更为灰色的回忆增添了一丝荒凉。

一片黑暗的人群在他的灵魂里游走；接着，一道阴影像云一样用疲惫笼罩着他的痛苦，在那张睡着小偷的微型桌子旁，耸立着酒馆老板公牛一般高大强壮的身形，他的指头深深掐进手臂隆起的肌肉里。这个回忆再次证明了埃尔多萨因对即将来临的堕落的预感是多么准确，那时候他还没想过要偷糖厂的钱，但却已经在黑暗角落中寻找他潜在的人格画像了。

他的脑子里到底有多少条路径啊！此刻的他正走在那条通往酒馆的小径，巨大的酒馆将其沉闷的体积陷入他大脑的最深处，尽管这个穿过他头颅的空间呈二十度倾斜，但载着小偷脑袋的微小桌子非但没有往下滑，反而由于他的意识习惯了即刻调整视线的透视法而在脑袋下挺立起来。埃尔多萨因的身体也习惯了火车飞速前行的质量，于是他懒洋洋地倚在座椅里，进入一阵令人眩晕的麻木；此刻，回忆征服了他体内所有的抵抗，酒馆犹如一个精确修剪的四边形出现在他的眼前。

酒馆的轮廓仿佛嵌入了他的体内，假如他照照镜子，会看见身体的正面是一个狭长的大厅，向镜子里延伸。埃尔多萨因在自己的体内行走，走在沾满唾沫和锯屑的路面，这个精心构制的画面通过层层反射让身在其中的感受无穷尽地叠加。

他心想，假如此刻"瘸女人"在他身边，他会在提到这个回忆时对她说：

"那时我还不是小偷。"

埃尔多萨因想象着"瘸女人"转过头看着他，而他则继续用沉闷的语调说道：

"在萨尔米恩托街，《评论报》①旧址的隔壁，有一间酒馆。"

接着，列车穿过嘈杂的卡巴利多街区，伊波丽塔抬起头好奇地看着他。他把自己想象成一个金盆洗手的歹徒，继续对隐形的交谈者说道：

"报贩和小偷是那里的常客。"

"噢，是吗？"

为了防止那群无赖在殴打中砸碎橱窗的玻璃，老板总是把金属百叶窗放下来。

---

① 《评论报》是 20 世纪 30 年代布宜诺斯艾利斯最重要也最受欢迎的报纸之一，并且它还以开创了报纸新风格而闻名。本书作者曾在该报纸工作。——原编者注

光线透过大门泛蓝的窗格照进大厅，于是，那个墙壁如土耳其肉铺一般刷成灰色的贼窝永远沉浸在昏暗之中，点缀着一缕缕乳白色的烟雾。

酒馆的屋顶由粗大的横梁支撑着，厨房湮没在炖菜和脂肪的混浊之中，阴郁的空间里聚集着一群黑暗的罪犯和小偷，他们的前额永远躲在帽檐的阴影中，方巾永远松垮地系在衣领处。

从中午十一点到下午两点，他们围在油腻的大理石桌子旁，吸吮恶臭的蛤蜊壳，或是一边喝酒一边玩儿纸牌。

人们的面孔也和这龌龊阴暗的氛围同样卑劣。可以看见拉长的嘴脸，仿佛它的主人被绞死了一般，颌骨下垂，嘴唇松弛，像个漏斗一样；长着青瓷色眼睛的黑人，肥厚的嘴唇之间露出发亮的白牙，一边摸着未成年人的屁股一边充满快感地来回磨牙；老虎身材的小偷和"线人"，前额凹陷，眼神坚定。

这些劈开腿坐在凳子上、手肘撑在大理石桌上的人发出含糊的喧哗声，在他们中有一些"扒手"，穿着得体的西装，柔软的领口，灰色的马甲，戴着价值七比索的毡帽。其中一些人刚从阿兹奎纳卡监狱出来，带来被关在那里的犯人的消息，另一些人则为了增强自信戴着玳瑁眼镜，所有人在进门时都飞快地将整个空间扫视一遍。他们低声交谈，抽搐地微笑，请古怪的同伙喝啤酒，在一刻钟的时间内因各种勾当进进出出好几次。这个洞穴的主人是个高大的男人，有着公牛一般的头，绿眼睛，喇叭鼻，薄嘴唇紧紧闭在一起。

当他发怒时，咆哮声会完全制服那群十分害怕他的无赖之徒。他用一种不动声色的暴力掌控着那群人。只要某个没脑子的人弄出超过允许范围的声响,店主就会快速走向他,肇事者明知会被打,也只能沉默地等待,等待着巨人可怕的拳头一阵阵落在他的头盖骨上。

酒馆里的其他人安静地享受着这一幕,那个倒霉蛋被踢出门外,于是酒馆的喧哗声渐渐恢复,带着更多辱骂和回响,将烟雾吹向方形大门的玻璃窗。有时候,流动音乐家(通常是一个手风琴手和一个吉他手)会来到这昏暗的贼窝。

在他们为乐器调音的同时,每一头野兽都在水底世界的一角安静地等待着,一阵无形的悲哀像波浪一般荡漾开来。

下层社会的探戈从音箱里发出哀鸣,那群倒霉的家伙用他们的怨恨和不幸陪伴着音乐。沉默像一个拥有许多只手的怪物,将声音的穹窿高高托起在垂在大理石桌面的脑袋上方。谁知道他们在想些什么!那个刺穿他们心脏的可怕且高耸的穹窿放大了吉他和手风琴的悲哀,神化了妓女的苦难或囚犯在想起外面的朋友正在花天酒地时感到的压抑的厌倦。

于是,即使在最肮脏的灵魂中,在最粗俗的嘴脸之下,也会爆发一场前所未有的战栗;接着,一切都过去了,没有人伸手往音乐家的帽子里扔硬币。

"我常常去那里,"埃尔多萨因对他假想的交谈者说道,"去寻找更多的痛苦,去确认自己的确丧失殆尽了,去想着我那独自在家的妻子因为与我这样一个没用的家伙结婚而备受煎熬。多少次啊,我在酒馆的角落里,想象着艾尔莎跟另一个男人逃走了。我不断往下坠,那个洞穴不过是未来将会发生在我身上的不幸的预告罢了。我无数次地看着那些不幸的家伙,对自己说：'也许某一天我也会成为他们中的一员？'哎，我也不知道为什么，我总是能够预知即将发生在我身上的事。我的预感从来没错过。您可以想象吗？在那里，就在那个洞穴里，有一天我碰见了陷入沉思的埃尔格塔。是的，埃尔格塔。他一个人占了一张桌子，几个报贩惊愕地看着他，而其他人则以为他不过是个穿着讲究的小偷罢了。"

埃尔多萨因想象"瘸女人"此刻问道：

"什么，我丈夫怎么会在那儿？"

"是的，他带着那副'看狗人'的表情，咬着拐杖的手柄，与此同时，一个黑人正在抚摸某个少年的屁股。但他对周围发生的事毫不关心，仿佛被死死钉在了洞穴的地板上似的。他告诉我他在等待一个种橄榄的农夫带给他关于下一场赛马的'数据'，然而事实上，他好像突然感到迷茫，是为了寻找生活的意义才走进这里坐了下来。也许真实的情况正是那样。在那群无赖的行为之间寻找生活的意义。在那里，我第一次听说他打算和一个妓女结婚，而当我问及药店的情况时，他说托付给了一个在皮科的人打点，因为他来布宜诺斯艾利斯是为了赌博。不知道您知不知道，他在一个赌场因为作弊而被赶了出去。甚至有人说他用了假筹码，但没有证据。他在我问及女朋友的时候第一次提到了您，那个女朋友是一个卡查里①的百万富婆，发了疯似的爱上了他。

"'刚分手不久。'他告诉我。

① Cacharí，阿根廷城镇，位于布宜诺斯艾利斯省。——译者注

"'为什么?'

"'我也说不上来为什么……处腻了吧……我感到无聊。'

"我追问道:

"'但你为什么和她分手啊?'

"一道酸楚的目光穿过他的瞳孔。他暴躁地用手赶走盘旋在啤酒周围的一群苍蝇。

"'我怎么知道?!……因为无聊吧……因为我是个白痴。那个可怜的女孩那么爱我。但她跟着我能怎么样呢?况且,已经没别的选择了……'"

"埃尔格塔对您说已经没别的选择了?……"

"是的,他原话是这么说的:'已经没别的选择了,因为明天我就要结婚了。'"

列车已将弗洛雷斯区①抛在了身后。埃尔多萨因蜷在座椅里,想起他在那一刻凝视着药剂师,看见他脸上的肌肉紧张地抽搐,露出一副邪恶的表情。

"你要和谁结婚?"

埃尔格塔的脸色变得苍白,一直延伸到耳根。他把头倾向埃尔多萨因,挤弄着一只眼,同时另一只眼保持不动,用它来观察埃尔多萨因一秒钟后即将产生的惊讶:

"和那个妓女结婚。"然后他抬起头,只看得见他的眼白。"我一动不动。"埃尔多萨因后来对我说道。

药剂师的脸上浮现出入迷的神情,像印画里跪在地上、双

---

① Flores,布宜诺斯艾利斯市的一个街区。——译者注

手抱在胸前的圣人的表情。

埃尔多萨因想起，在那一幕发生的同时，那个抚摸少年屁股的黑人正将少年的手放在他的私处，一群报贩发出一阵可怕的喧嚣，而高大的店主正一手端着一碗汤、另一手端着一盘炖肉穿过大厅，走向坐在角落里的两个饥肠辘辘的骗子。

然而，他的决定并没让埃尔多萨因感到惊讶。埃尔格塔拥有天生狂人的特质，痴迷赋予他们一种缓缓升起的暴怒，他们听不见在内心深处发生的爆炸，但爆炸的冲击波却能让他们的敏感激增一百倍。埃尔多萨因装作十分镇定的样子，问道：

"妓女？……她是谁？"

一股热血染红了埃尔格塔的面孔。连他的双眼都在微笑。

"她是谁？……她是一个天使，埃尔多萨因。她在我面前，当着我的面，把一个仰慕者给她的两千比索的支票撕掉了。她把一条价值五千比索的珍珠项链送给了一个仆人。把所有纯银餐具都送给了门卫。她对我说：'我将分文不带地嫁进你家。'"

"但那一切都是谎话啊！"他想象着此刻伊波丽塔对他说。

"在那个时候，我相信了他说的话。"他继续说道，"你永远不会了解那个女人都经历过什么。有一次，那是她第七次流产，她在深深的绝望中准备从四楼的窗户跳下去。突然之间，太神奇了……耶稣出现在了阳台上。他伸出胳膊，拦住了她的去路。"

埃尔格塔依然微笑着。突然，他把手伸进口袋，摸出一张照片递给埃尔多萨因。

他被那个令人馋涎欲滴的女孩深深吸引。

照片中的女孩并没有微笑。她的背后是凌乱的棕榈和蕨叶。她坐在一张长凳上，头微微倾斜，看着摊在膝盖上的杂志。她把一条腿搭在另一条腿之上，这姿势将她的裙摆在草坪上方支成钟状。她的头发扎得很高，太阳穴两侧的头发也都往后梳起，让前额显得更加宽敞亮堂。在小鼻子的两侧，细长的眉毛以同样的弧度勾勒在微微倾斜的眼睛之上，在她椭圆形的脸蛋上显得十分和谐。

看着她的照片，埃尔多萨因知道自己在伊波丽塔身边是永远不会产生欲望的，那份确定让他十分高兴，于是他开始想象用手指头抚摸女孩的下巴，或者聆听沙子在她鞋底发出的嘎吱声。他喃喃道：

"她真是太美了！……她一定非常敏感！……"

"现实里的她是多么不一样啊！"

此刻，电车正穿过卢拉区。电弧在被薄雾笼罩的煤堆和煤气罐之间发出悲凉的光。机车头在黑暗的拱顶进出，远处无规律亮起的红绿灯让列车的鸣叫显得更为哀伤。

现实中的"瘸女人"是多么不一样！然而，他记起自己当时对埃尔格塔说：

"她真是太美了！……她一定非常敏感！……"

"是的，你说的没错，而且她十分讨人喜欢。我喜欢冒险。想象一下那些怀疑我的共产主义信念的人的脸色。我抛弃了一个暴发户、一个处女，而选择和一个妓女结婚。但伊波丽塔的灵魂高于一切。她也喜欢冒险，以及高尚的灵魂。我们将一起完成伟大的事业，因为时机已经到来……"

埃尔多萨因注意到药剂师的最后一句话：

"也就是说，你认为时机已经到来？……"

"是的，一些可怕的事必定会发生。你不记得你有一次告诉我说，罗斯福总统对《圣经》大肆颂扬？"

"记得……但那是很久以前的事了。"

埃尔多萨因之所以那样回答，是因为他事实上根本不记得自己曾跟药剂师提到过类似的事。埃尔格塔继续说：

"我在乡下常常读《圣经》……"

"但那并没阻止你继续'花天酒地'的生活。"

"这不关你的事。"埃尔格塔愠怒地打断他。

埃尔多萨因不高兴地看着他，药剂师的脸上露出天真的笑容。在店主往大理石桌上又放了半升啤酒的同时，他说道：

"你仔细瞧瞧，《圣经》上的语句是多么不可思议啊：'我必拯救那些瘸腿的，聚集那些被赶散的；在全地受羞辱的，我必使他们得称赞，有名声。'"

酒馆陷入了一阵奇怪的沉默。只看见低垂着的脑袋，或若有所思盯着围绕着桌子上的油污飞来飞去的苍蝇的人群。一个小偷在向同伙展示一枚闪闪发亮的戒指，两个斜着的脑袋仔细观察着戒指上的石头。

一束阳光从半开着的镶着不透明玻璃的门射进来，仿佛一条硫黄棒，将黛青色的氛围切成两半。

埃尔格塔重复道："我必拯救那些瘸腿的，聚集那些被赶散的，"一边邪恶地挤弄一只眼，一边重复着，"在全地受羞辱的，我必使他们得称赞，有名声……"

"但伊波丽塔并不瘸腿啊……"

"是的，但她是被赶散的，而我则是骗子，是'沉沦之子'。我去了一间又一间妓院，在痛苦中寻找爱。我以为自己寻找的是物质的爱，但在读了《圣经》后深受启发，明白了我内心寻找的是神圣的爱。你明白吗？心会追随自身的方向。你心气很高，想要实现伟大的目标，结果失败了……为什么失败？……那是个谜……然后某一天，突然之间，真相就毫无来由地出现了。你看，我曾经是'沉沦之子'，那即是我的生活。父亲在去世前从科斯金①给我写过一封可怕的信，在吐血的病床对我做出指控，你知道吗，他在信末签的不是他的名字，而是'你该死的父亲'。你明白吗？"说罢，他再一次抬起眉毛挤了挤眼睛。

埃尔多萨因在心里自问：

"他不会是疯了吧？"

然后，他们走出了酒馆。汽车行驶在烈日下的科连特斯街，许多人正在上班的路上，女人们的面孔在商铺黄色的遮阳棚下显得十分红润。他们走进"两个世界"咖啡馆。一群群"龟公"围坐在桌边。有的在打牌，有的在玩骰子，有的在打桌球。埃尔格塔看了看周遭，吐了口痰，高声说道：

"全都是拉皮条的。应该眼睛都不眨地把他们全部绞死。"

没有人做出任何反应。

尽管不情愿，埃尔多萨因却无法不想着埃尔格塔刚才说

---

① Cosquín，阿根廷城镇，位于该国中北部，由科尔多瓦省负责管辖。——译者注

的话。

"寻找神圣的爱"。在那些日子里，埃尔格塔过着一种极度疯狂且享乐的生活。他日日夜夜流连于赌场和妓院，载歌载舞，酒池肉林，与恶棍和皮条客大打出手。一股盲目的冲动支配着他做出最可怕的行为。

一天晚上，埃尔格塔走在弗洛雷斯广场上，来到尼尔斯糖果店的门口。喝醉了的德拉韦内（他在一个月前刚刚拿到律师执照）和其他几个弗洛雷斯俱乐部的小混混围在那里，挑衅路过的人。突然，埃尔格塔看见一个加利西亚人正朝着他们走过来，于是他拉下裤门襟的拉链，在加利西亚人走近时，往他身上撒了一泡尿。对方并不想惹麻烦，诅骂着离开了。于是，药剂师看着总是喜欢夸夸其谈的德拉韦内，说道：

"好了……我赌你不敢往下一个经过的路人身上撒尿。"

"是吗？"

所有人都兴奋地哄笑起来，因为他们知道，巴斯克人德拉韦内十分粗野。很快，一个人走过街角，德拉韦内开始撒尿。那个陌生人退让到一侧，但"巴斯克人"差点撞倒他，尿到了他的身上。

接着，可怕的事发生了。

被羞辱的人一言不发地站住了脚，小混混们看着他，一边笑一边吹口哨，突然，那个陌生人从套子里取出左轮手枪，只听见一声轰鸣，德拉韦内双膝跪地，蜷成一团，双手捂着肚子。"巴斯克人"的痛苦既漫长，又强烈。在断气前，德拉韦内承认是自己造成了这场悲剧，从此以后，每当埃尔格塔喝醉酒并听见德拉韦内的名字时，他就会跪下来，在尘埃中用舌头画十字架。

埃尔多萨因问他：

"你记得'巴斯克人'吗？"

药剂师一边卷烟，一边意味深长地看着他，然后说道：

"是的，他的心灵很高尚……是个独一无二的朋友。某一天，我将会为他还债，"但他随即把思考撤回到当下的心事，说道，"哎！我最近想了很多。我在想，一个像我这样不育、病态、堕落且道德败坏的人是否应该与一个处女结婚……"

"伊波丽塔……她知道吗？"

"她全都知道。况且，处女应该嫁给处男，嫁给一个拥有贞洁的灵魂和身体的男人。未来的世界应该就是这样。你可以想象一个英俊、贞洁且强壮的男人吗？"

"应该就是这样。"埃尔多萨因低声说道。

药剂师看了看表。

"你有事吗？"

"嗯，过会儿我得回家去看看伊波丽塔。"

"这一回我的确吃了一惊。"埃尔多萨因后来对故事的记录者说道。埃尔格塔的家是一栋奢华的豪宅，但蜗居在豪宅里的他家人的思想却非常保守，非常陈腐。埃尔多萨因问他：

"什么意思？……难道你都把她带回家了？"

"我还为此费尽心思编造了故事！……她不想去，更准确地说，她答应去，但却坚持不要隐瞒……"

"不会吧？……"

"真的，直到最后一刻我才说服了她。我跟妈妈说我是在她即将与家人登船去欧洲的时候把她抢过来的……真是天大的谎言。"

"那你妈妈呢？"

埃尔多萨因想要问的是他母亲是否相信了那个谎言，仿佛伊波丽塔把做过的工作都写在了脸上似的……

"你妈妈什么反应？"

"她叫我立马把她带来。当我把她带回家，我妈妈热情拥抱了她，并对她说：'亲爱的，他对你好吗？'她低下头，回答道：'很好，妈妈。'她说的是实话。我可以告诉你，我妈妈和我姐姐萨拉都非常喜欢伊波丽塔。"

当埃尔格塔说出那番话的时候，埃尔多萨因预感到这对倒霉的恋人正在走向灾难。他的预感没错，而此刻，电车正驶过利涅尔斯①，他想起自己准确的预感，自言自语道："真是奇怪，第一印象永远不会错。"当他问埃尔格塔什么时候结婚时，药剂师回答道：

"明天我们就出发前往蒙得维的亚。我们将在那里结婚，要是合不来，"说到这里时，他再次挤了挤眼，冷笑着说，"哎，我也不至于落得个傻瓜。"

埃尔格塔如此周到的考虑激怒了埃尔多萨因，他忍不住说道：

"怎么……你还没结婚就在考虑离婚的事了？你是哪一派的

---

① Liniers，位于布宜诺斯艾利斯城郊的一个街区。——译者注

共产党员啊？说到底，你依旧不过是个奸诈的赌徒罢了！"

然而，药剂师依然扬扬得意，像一个放高利贷者那般自负，毫不在意借款方在付利息时对他的辱骂。他傲慢地反驳道：

"朋友，做人是得要狡猾一点儿啊！"

埃尔多萨因被他的粗鲁态度震惊了。

他想着照片里那个可人的女孩，想象着她在乌云密布的阴天、在炙热无比的黄日下忍受这个粗人。她将会像一株被移植到石头上的欧洲蕨一样枯萎凋零。此刻，埃尔多萨因再次观察起药剂师，不过这一次是带着愤怒。

赌徒注意到同伴的恼怒，说：

"我们必须做点儿什么来打倒这个社会。在有些日子里，我简直忍无可忍。仿佛一切事物都变成了野兽，失去了控制。我真想走上街去，鼓吹灭亡论，或者在每个街口都设一架机关枪。你明白吗？可怕的时期就要来了。

"'儿子反对父亲，父亲反对儿子。'我们必须做点儿什么来反抗这个糟糕的社会。正因如此，我才和一个妓女结婚。就像《圣经》里说的：'人子啊，你要审问审问这流人血的城吗？当使她知道她一切可憎的事。'还有另一句，你仔细听听这一句：'她贪恋皮条客身壮精足，如驴如马。'"他一边说着，一边指着在桌边玩儿牌的"龟公"，"你瞧他们。当你走进皇家凯勒、马尔佐托、皮加勒或迈普①时，都会看见他们。剩余劳动力。那些流氓事实上也很无聊。当革命到来时，他们要么被绞死，要么

---

① 这几个都是布宜诺斯艾利斯知名酒馆的名字。——译者注

去冲锋陷阵。人肉炮弹。我要是没悬崖勒马，也会成为他们中的一员。可怕的时期就要来了。因此，书里才会写道：'我必拯救那些瘸腿的，聚集那些被赶散的；在全地受羞辱的，我必使他们得称赞，有名声。'因为在今天，这座城市爱上了她的皮条客们，是他们让瘸腿的和被赶散的女人堕落，但在未来的某一天，他们会跪在瘸腿的和被赶散的女人身前，吻她们的脚。"

"但你到底爱不爱伊波丽塔呢？"

"我当然爱她。有的时候，我觉得她像是从月亮上沿楼梯走下来的。她在哪儿，哪儿就有幸福。"

埃尔多萨因在那一刻相信她的确是从月亮上走下来的，用她宁静的纯真征服所有的男人。

药剂师接着说道：

"血雨腥风的复仇即将到来。人们的灵魂在哭泣。但他们却不想听见天使的呜咽。城市像妓女一样，爱上了她们的皮条客和歹徒们。这一切不应该继续下去。"

赌徒看了看街道，然后他仿佛在聆听体内某个声音似的，在乏味的咖啡馆凄楚地说道：

"某一个人，或某一个天使（我也不知道是什么）会到来。他会跪在五月大道的中央。汽车会停下来，银行经理和酒店的有钱人会从阳台上探出头来，挥动着胳膊冲他说：

"'喂，蛤蟆脸，你想要干什么？别打扰我们。'但他会站起身来，当众人看见他悲伤的面孔和炽热的双眼，所有人都会把胳膊放下来，他则会走向暴发户们，对他们说话，质问他们为什么做不应该做的事，为什么忘记孤儿，为什么折磨同胞，为什么把如此美妙的生活变成了地狱。而那些人不知道该如何作答，复仇天使的声音将在天空回响，让所有人的汗毛都立了起来，连最卑鄙的流氓都痛哭流涕。"

药剂师的嘴因痛苦而扭曲，仿佛在咀嚼粘牙且苦味的毒药似的。

"是的，基督需要再度显灵。即使最卑微的人、最恶心的无耻之徒也依然在受苦受难。要是'他'不显灵，又有谁来拯救我们呢?"

埃斯皮拉一家

电车停在了拉莫斯梅希亚。车站的时钟指向晚上八点。埃尔多萨因下了车。

一层浓雾沉沉压在泥泞的街道上。

当他独自一人走在森特纳里奥街，身前和身后被两道雾墙截断，他突然想起第二天要杀巴尔素特。是呀。第二天就要杀他了。他多么想在眼前放一面镜子，看看自己杀人犯的模样，那项罪行会将他（"我"）与其他人区别开来，这让他觉得多么难以置信啊。

路灯微弱地亮着，絮状的光倾洒在两步范围内的人行道上，其余的世界则隐身在黑暗之中。埃尔多萨因带着巨大的悲伤，像麻风病人一般郁郁寡欢地往前走。

此刻，他感到自己的灵魂已经永远远离了人类的情感。他十分痛苦，仿佛体内装着一只可怕的囚笼，笼子里沾染着血迹的老虎们正站在一堆鱼骨旁打着哈欠，目光冷酷地准备着下一次的袭击。

埃尔多萨因一边走着，一边从旁人的角度掂量着自己的生活，试图理解那股从指甲根升起的黑暗势力，它像一阵干热的旋风，在他的耳畔咆哮。

被浓雾包围的埃尔多萨因每一寸肺囊都充满了沉重的湿气，他来到高纳街，停下脚步，擦了擦额头的汗水。

他对着一扇木门敲了敲，那是一栋巨大建筑的唯一入口，门边挂着一盏煤油灯……很快，一只手打开了门，年轻人嘴里嘟囔着脏话，沿着墙边的小道走了进去，脚下的砖头被踩歪在烂泥里。

埃尔多萨因来到一扇明亮的玻璃门前，用手敲了敲门，一个粗哑的声音对他喊道：

"请进。"

埃尔多萨因走了进去。

一盏油灯乌黑的火焰照亮着埃斯皮拉一家五个脑袋，他们把目光从餐盘里抬了起来。每个人都微笑着用快活的声音向他打招呼，与此同时，年轻、瘦高且头发浓密的埃米利奥·埃斯皮拉跑向他，握住他的双手。

埃尔多萨因向他们一一问好，先是向年迈的埃斯皮拉太太，驼背的她裹着黑衣服；接着向年轻的两姐妹，露西安娜和埃琳娜；然后是聋子艾乌斯塔奎奥，他长长的身子十分消瘦，头发灰白，仿佛结核病患者似的，像通常那样，他把鼻子放在盘子里吃饭，灰色的眼珠盯着杂志上的图画，一边破译图画的含义，一边咀嚼食物。

露西安娜和埃琳娜热忱的微笑让埃尔多萨因稍微振作了一些。

露西安娜脸型较长，头发金黄，鼻头很尖，玫瑰色的嘴唇又长又薄。而埃琳娜则长着一副修女的模样，椭圆形的脸呈蜡色，穿着长裙，圆润的双手十分苍白。

"你和我们一起吃饭吗？"老太太说。

埃尔多萨因瞅了瞅见底的锅，说他已经吃过了。

"真的不吃一点儿吗？"

"真的……我喝点儿茶吧。"

他们为他腾出了一点儿空间，埃尔多萨因坐在依旧盯着象形文字的聋子艾乌斯塔奎奥和正在把剩下的炖菜分到埃米利奥和老太太盘子里的埃琳娜之间。

埃尔多萨因充满怜悯地看着他们。他认识埃斯皮拉一家很多年了。在从前，他们的家境相对宽裕一些，但一系列的灾难让他们陷入了贫困，埃尔多萨因某天在街上碰见了埃米利奥，于是去拜访他们。距他上一次见到他们已经过去七年了，他为他们住在破烂的茅舍而惊讶不已，要知道，他们从前可是拥有仆人、客厅和前厅的人家呢。三个女人睡在堆满了旧家具的房间里，那里在午餐和晚餐时变身为饭厅；埃米利奥和聋子则睡在铁皮屋顶的厨房里。为了应付家里的开支，他们做各种各样的工作：贩卖小册子，出售自制的做冰糕的设备，两姐妹也做一些针线活。有一年冬天，他们实在是揭不开锅了，竟然偷了一根电线杆，在晚上把它锯了。还有一次，他们偷了一整排栅栏的柱子；他们为了筹钱而进行的冒险既让埃尔多萨因觉得有趣，又让他心生怜悯。

第一次拜访他们一家新境况的场景让他深感震惊。埃斯皮拉一家搬进了恰卡黎特①街区一栋破烂不堪的三层楼房，内部由铁板分隔开来。那栋建筑看起来像一艘远洋渡轮，孩子们从那里鱼贯而出，仿佛那是个空想的共产村庄似的。在那之后的好几天时间里，埃尔多萨因都在想着灾难给埃斯皮拉一家带来的苦难，后来，当他发明出铜铸玫瑰花时，他心想，必须要给那家人一点儿希望，让他们打起精神来，于是，他用从糖厂偷来的钱的一部分买了一个二手蓄电池、一个电流计和其他设备，建成了一个简陋的电铸作坊。

然后他说服了埃斯皮拉一家把业余时间都投入这项工作中，要是成功了就能发财。而他，生活完全没有慰藉和希望的他，很久以前就堕落了的他，竟然说动了埃斯皮拉一家，让他们看到了希望，开始进行实验，埃琳娜开始认真研究电铸法，而聋子则学习配制溶液，串联或并联电流计的电线，并测量电阻值。甚至连老太太也参与到实验中来，当他们把一片锡片铸成铜的时候，每个人都坚信，只要铜铸玫瑰花成功了，他们很快就能发财。

此外，埃尔多萨因还跟他们讲过制作黄金花边、纯银窗帘

①　Chacarita，位于布宜诺斯艾利斯中北部的一个街区。——译者注

和铜制帽纱，甚至还提到过制作金属领带的可能性，让所有人都目瞪口呆。他的想法其实很简单。他们可以生产前身、袖口和领口都是金属的衬衫，把板型设计好了以后放进盐溶液里浸泡，再用铜或镍电铸。也许Gath&Chaves、哈洛德或圣胡安①会买下这个专利。某一天，对自己的设想都只半信半疑的埃尔多萨因突然想到，他在给予那家人希望的路上是不是走得太远了，因为到现在为止，尽管他们一文未挣、饥寒交迫，但心里却想着买劳斯莱斯或别墅（而且还必须得是阿尔韦阿尔大道②上的别墅）。埃尔多萨因低头看向茶杯，脸色泛红的露西安娜对埃米利奥自信的微笑使了个眼神，埃米利奥由于几乎没有牙齿，说话漏风，发音不准，他说：

"你资道吗……玫会花层功了……"

"对啊，托上帝的福我们总算做出了一朵。"

但露西安娜已经迫不及待地打开了侧柜的一个抽屉，埃尔多萨因兴奋地微笑着。

一朵铜铸玫瑰花出现在金发少女的手指之间。

美妙的金属玫瑰在贫寒的茅舍绽放出红铜色的花瓣。油灯摇曳的火焰赋予玫瑰一层透明的红，仿佛花朵曾拥有过生机，尽管已被酸液腐蚀，但却是它永驻的灵魂。

聋子把鼻头从装着炖菜的盘子里抬了起来，他先看了看杂志里的图画，又看了看玫瑰花，接着用雷鸣般的声音喊道：

---

① 三者均为当地大型百货公司。——译者注
② Avenida Alvear，布宜诺斯艾利斯高档街区的一条大道。——译者注

"哇，无可非议……埃尔多萨因……你是个天才……"

"寺啊……它可以让我们花财……"

"但愿上帝能听见你说的话。"老太太低声道。

"妈妈……你别喷么没信心……"

"花了很多功夫吗？"

埃琳娜一脸严肃地微笑，带着做学术的神情解释道：

"雷莫，你看，我们在做第一朵玫瑰的时候，电流强度过高，花被烧坏了……"

"溶液没有沉淀吗？"

"没……于是我们把它加热了一点儿……"

"而这一朵花，我们加了一些粘固剂……"

"资道吗……薄薄的一层胶……亲亲地……"

雷莫再次观察起那朵铜铸的玫瑰花，惊叹于它的完美。每一朵红色的花瓣都好像是透明的，在金属薄膜下面可以看见花瓣本身的脉络，它让胶水微微变黑。玫瑰花非常轻，埃尔多萨因补充道：

"真轻盈啊！……比五分的硬币还要轻……"

接着，他注意到花蕊处有一点儿黄色的阴影，向花瓣扩张开去，又说道：

"当你们把花从溶液中拿出来时，需要用水仔细冲洗。看到这些黄色的线条了吗？这些是溶液的氰化物，能将铜腐蚀掉，"所有的脑袋在他身边围成一圈，带着虔诚的敬畏聆听着，"然后就会形成氰化铜，我们要避免氰化铜的形成，因为它会破坏镍溶液。花了多长时间？"

"一个钟头。"

当他把目光从玫瑰花上抬起来时，看见露西安娜正盯着他。女孩的目光被某种神秘的热情赋予了天鹅绒般的质感，发亮的牙齿从她挂着笑容的嘴唇之间露出来。埃尔多萨因疑惑地看着她。聋子仔细查看着玫瑰花，其他的脑袋则越过他的肩膀继续全神贯注地看着黄色的氰化物。露西安娜依然盯着他。突然，埃尔多萨因想起第二天还要参与谋杀巴尔素特一事，一阵强烈的悲哀让他低下了目光；接着，他忽然对身边那些怀抱希望的人产生了敌意，他们根本不了解他在过去几个月经历的痛苦和折磨，于是他站起身来，说道：

"好了，我走了。"

甚至连聋子都茫然失措地抬起了头。

埃琳娜站了起来，老太太突然定住不动，把正要递给艾乌斯塔奎奥的盘子悬在空中。

"雷莫，怎么回事？"

"但是，埃尔多萨因……"

埃琳娜严肃地看着他：

"雷莫，发生什么事了吗？"

"没什么，埃琳娜……相信我……"

"你生气了？"露西安娜问道，双眼充满了神秘且悲哀的热情。

"没，没有……我突然想要来看看你们……但现在我得走了……"

"你真的没有生气吗？"

"没有，太太。"

"一定寺因为焦虑……我资道……"

"住嘴吧，蠢货……"

聋子决定放下手中的杂志，并重复之前说的话。

"我警告你，你要认真对待这件事，因为你会因此发财。"

"但你真的没事吗?"

埃尔多萨因拿起他的帽子。他为不得不说一些毫无意义的话而深感恶心。一切都已经有了定论。那还有什么好说的呢?然而，他还是努力说出了这番话:

"你们要相信我……我很爱你们……像从前一样……我没生气……别担心……我还有许多许多的点子……我们可以建立一间狗狗洗染店，出售被染成各种颜色的小狗，绿色、蓝色、黄色、紫色……你们看，我的点子太多了……某一天，你们将能够摆脱这可怕的贫困……我会帮助你们摆脱……你们看，我有很多点子。"

露西安娜同情地看着他，说道:

"我送你出去。"于是他们一起来到了街上。

浓雾仿佛一个大桶，罩在街上，煤油灯的火焰悲哀地映在桶壁上。

突然，露西安娜挽起埃尔多萨因的胳膊，轻声对他说:

"我爱你，我非常爱你!"

埃尔多萨因嘲讽地看着她，他的痛苦变成了残忍。他看着她，说道:

"我知道。"

她接着说：

"我非常爱你，为了取悦你，我学习了高炉是怎么回事，还学习了贝塞麦转炉炼钢法。你想听我解释托梁是什么吗？或者跟你说说冷却过程是如何进行的？"

埃尔多萨因冷冷地看着她，心想："这个女人不对劲。"

她继续说道：

"我时时刻刻都想着你。你想听我跟你分析钢铁吗？或者怎么样能够把铜熔化掉？还可以跟你讲讲淘金的流程，以及什么是隔焰炉。"

埃尔多萨因紧闭着嘴唇，走在巷子里，心想，人类真是一种荒谬的存在啊。他再次产生了一股毫无来由的憎恶，这一次的对象是身边这个紧紧挽着他胳膊的甜心女孩，她说：

"你还记得曾经说过你的理想是成为高炉的主管吗？我因此而为你着魔。你为什么不说话呀？从那时候起，我就开始研究冶金学。你想听我跟你解释一个不规则的碳分子分布与一个完美的碳分子的区别吗？亲爱的，你怎么不说话呀？"

他感受到远处火车轰鸣留下的沉寂，乳状的浓雾在距离路灯几米外的地方变成了黑暗。埃尔多萨因本想与她交谈，告诉她自己所有的痛苦，然而，那无名且愤怒的憎恶让他在女孩身边保持麻木不仁的僵硬。她继续追问：

"你到底怎么啦？在生我们的气？但我们所有的财富都是因为你呀。"

埃尔多萨因把她从脚到头打量了一番，紧紧握住她的胳膊，冲她咆哮道：

"我对你没兴趣。"

接着，他转过身，在她还来不及做出反应之前，快步消失在浓雾之中。

他知道自己平白无故地侮辱了她，但这想法却让他升起一阵残忍的满足感。他在齿间喃喃道：

"所有人都去死吧，这样就没人来烦我了。"

两个灵魂

凌晨两点的市中心，埃尔多萨因依然走在风筑的墙壁之间，寻找着妓院。

一阵迟钝的嗡嗡声在耳畔喘息，但他凭着那股疯狂劲继续走在高墙投射在人行道的影子之中。一阵可怕的悲哀在他心里升起。他毫无目的地漫步在街头。

他像在梦游一般，目光呆滞地盯着警卫头盔上镀镍的箭头；箭头在街口霓虹灯的照耀下闪烁……一股奇怪的动力推着他大步前行。他走过了五月广场，此刻，他走在坎加约街，走过十一车站。

一阵可怕的悲哀在他心里升起。

他的思绪长时间地停留在同一个地方，他不断对自己说：

"说什么也没用，我是个杀人犯。"然而，每当他看见妓院门口红色或黄色的灯，便停下脚步，在红黄色的浓雾中犹豫几秒，然后对自己说："应该不是这间。"于是继续前行。

一辆汽车安静地出现在他身边，然后飞快地消失不见。埃尔多萨因想着永远不会获得的幸福，想着他逝去的青春；他的影子先是在人行道上拉长，接着渐渐缩短，消失在他的脚下，然后又跳跃着出现在他的身后，或是在发亮的下水道栅栏间摇曳……然而，他的痛苦变得越来越沉重，仿佛一摊水似的，被汹涌的潮汐搞得精疲力竭。尽管如此，埃尔多萨因想象着，天意会让他最终找到那间妓院。

老鸨为他打开房间的门，他衣服没脱就躺在了床上……在房间的一角，水在煤油炉子上沸腾……突然，半裸着的妓女走了进来……她惊讶地站住了脚，个中原因只有他们俩知道，妓女尖叫道：

"啊！是你？……是你！……你终于来了！……"

埃尔多萨因回答道：

"是的，是我……啊，你要知道我找你找得多么辛苦啊！"

然而，埃尔多萨因知道这是不可能发生的事，他的悲哀犹如铅球一般，在橡胶墙上弹来弹去。他也知道，随着日子的流逝，想要获得一个陌生妓女的同情的希望会像那粒试图打穿厚重生活的铅球一样，无功而返。他再一次对自己说道：

"啊！是你？是你……啊！你终于来了，我悲哀的爱人啊……"但这一切毫无意义，他再也无法找到那个女人。一股强大的绝望之力充满了他的肌肉，扩散到他七十公斤的身体，赋予他在黑暗中敏捷前行的新动力，与此同时，一阵巨大的悲哀涌入他的胸腔，让他的心跳变得十分沉重。

突然，他发现自己走到了租住的公寓门口；于是他决定进去。他的心焦躁地跳动着。

他踮着脚穿过走廊，来到他的房间门口，悄悄打开了门。接着，他用手在黑暗里摸索着，走向沙发所在的角落，缓缓地蜷进沙发，避免弹簧发出嘎吱声。他在后来无法对这个行为做出解释。他把双腿伸直在沙发上，双手交叉，枕在脖子下面，就那么待了几分钟。他灵魂里的黑暗远胜过他身处的黑暗，假如打开灯，周围的环境将变成一个贴着壁纸的盒子。他想要把思绪转移到自身以外的事物上，但发现根本不可能。这让他感到某种小孩般的恐惧；他集中注意力，试图倾听什么，但却什么声音也听不见，于是他闭上了双眼。他的心脏剧烈地跳动，推动着全身的血液，一阵冷汗让背上的汗毛竖了起来。他眼睑紧闭，身体僵硬，等待着什么事情的发生。突然，他意识到如果继续保持这个姿势，他将会因恐惧而尖叫，于是他收起双脚，将腿像佛祖那样盘起来，静坐在黑暗中。他感到自己正在被摧毁，但却无法求救，甚至无法哭泣。然而，他也不能整晚都这样蜷着。

他点燃一支烟，一阵剧烈的战栗让他无法动弹。

"癞女人"站在屏风边，带着居心叵测的冷漠目光看着他。分成两股的头发一直垂到耳尖，嘴唇紧闭着。她表现出一副十分关心他的模样，但埃尔多萨因却感到害怕。末了，他终于吐出了一个字：

"您！"

火柴烧到他的指甲……突然，一股超越了他的胆怯的冲动让他站了起来。他在黑暗中走向她，说道：

"您？……您怎么不睡觉？"

他感到她伸出了手臂；女人的指头摸到他的下巴，伊波丽塔用低沉的声音说道：

"是什么让您睡不着觉？"

"您在抚摸我吗？"

"您为什么不睡觉？"

"您在摸我？……但您的手怎么这么冷啊！……您的手为什么这么冷？"

"把灯打开。"

埃尔多萨因在垂直照耀的灯光下静静观察着她。伊波丽塔坐在沙发上。

埃尔多萨因腼腆地喃喃道：

"我可以坐在您身边吗？我睡不着。"

伊波丽塔给他腾出位置，埃尔多萨因坐在闯入者的身边，无法抑制抬起手的冲动，用指尖抚摸她的前额。

"您为什么这样？"他问她。

女人静静地看着他。

埃尔多萨因带着缄默的绝望观察了她一阵子，然后握住她纤弱的手。他本想把女人的手放在他的嘴唇上，但一股奇怪的力量阻止了他。他呜咽着，倒在了女人的裙摆上。

他在坐得笔直的闯入者的阴影里失控地抽搐，女人漠然地盯着他颤抖的身体。他盲目地哭泣，生活被绝望的暴怒拧成一个球；他无法尖叫，令人窒息的愤怒只让可怕的悲伤变得更加强烈；痛苦从他体内无止境地涌出，在喉咙里抽噎的痛苦将他淹没。在那几分钟的时间里，他十分痛苦，咬住手帕不让自己发出尖叫，而她的沉默则像一个温柔的靠垫，让他疲惫的灵魂得以休憩。接着，强烈的痛苦渐渐枯竭；最后几滴眼泪从他眼里流出，胸腔发出一阵嘈杂的鼾声。他脸颊湿润地躺在女人的膝头，这姿势让他感到慰藉。巨大的疲惫席卷而来，妻子遥远的形象终于从他痛苦的表面消失，他躺在那里，黎明的宁静将他笼罩，等待着任何即将到来的灾难。

他抬起被衣纹压皱、被泪水浸湿的微红的脸庞。

她恬静地看着他。

"您很难过吗?"她问道。

"是的。"

接着，他们沉默起来，一道紫色的闪电照亮了庭院漆黑的角落。下雨了。

"您想喝马黛茶①吗?"

"好。"

他一言不发地烧水。在他将茶叶放进杯里的同时，伊波丽塔聚精会神地看着被雨水敲打的玻璃窗。接着，他破涕为笑，说道：

"我按我的方式来泡茶。您会喜欢的。"

---

① 马黛茶为一种传统的南美洲草本茶，通过吸管饮用。尽管可以独自饮茶，人们通常与朋友一起喝马黛茶，茶从左往右在朋友间传递，谈话也同时愉悦地进行着。在这一幕中，喝马黛茶这一仪式性的行为标志着伊波丽塔和埃尔多萨因崭新关系的开始。——原编者注

"您为什么难过？"

"我不知道……痛苦……我一直都过得不开心。"

他沉默地喝着马黛茶。伊波丽塔站在一个墙纸脱落了的角落，裹在獭皮大衣里的身材显得更为突出，红头发分成两股，一直垂到耳尖。

埃尔多萨因天真地微笑着，补充道：

"我一个人的时候……常常喝茶。"

她露出友好的微笑，一条腿搭在另一条腿上面，身体微微前倾，一只手肘撑在手掌上，另一只手握着茶杯，抿着镀镍的吸管缓缓吸着茶。

"是的，我很痛苦，"埃尔多萨因再次说道，"但是，您的手怎么这么冷啊！……从来都那么冷吗？"

"是的。"

"您可以把手给我吗？"

闯入者坐直了身体，威风凛凛地把手伸给了他。埃尔多萨因小心翼翼地握住她的手，把它放在嘴边，她意味深长地看着他，目光中的冷漠被突然升起的温暖融化，脸蛋也红了起来。埃尔多萨因在那一刻突然想起了那个被囚禁的犯人，但这也无法抹去他心中燃起的苍白的喜悦。他说：

"您瞧……即使现在您让我杀死自己，我也会照做。我真是太开心了。"

在几秒钟前点燃了伊波丽塔双眼的温暖再次被她冰冷的目光浇灭。她好奇地盯着埃尔多萨因。

"我是认真的。我会……最好……您来要求我杀死自己吧……告诉我，您不觉得有些人还是不要继续存在于这个世界比较好吗？"

"不觉得。"

"即使他们做了非常可怕的事？"

"那得由上帝来决定。"

"那我们没必要继续这个话题了。"

他们再一次安静地喝着马黛茶，突然而至的沉默让他能够尽情欣赏这个裹在獭皮大衣里、透明的双手放在膝盖处的绿丝裙上的红头发女人。

突然，他无法抑制住好奇，大声问道：

"您真的曾经当过女佣吗？"

"是的……有什么好惊讶的吗？"

"真是奇怪！"

"为什么？"

"就是很奇怪。有时候我认为自己会在别人的生活中找到自己生活中所缺乏的东西。我觉得有些人找到了幸福的秘密……假如他们把那个秘密告诉我们，我们也能够获得幸福。"

"然而，我的生活毫无秘密可言。"

"但您从来没有觉得生活很奇怪吗？"

"有，那倒是有。"

"跟我说说吧。"

"那是我年轻时候的事。我在阿尔韦阿尔大道上一栋漂亮的别墅里工作。那一家人有三个女孩，四个女佣。每天早晨醒来时，我都无法相信自己是那个围绕着不属于我的家具和只在发

号施令时才跟我说话的主人身边忙活的人。有的时候，我会觉
得其他人都已经被固定在了生活的某一个位置，他们在各自的
家里，而我却还摇摆不定，被一根绳子轻轻地系在生活上。在
我的耳朵里，其他人的声音就好像半梦半醒的时候，分不清究
竟是在梦里，还是现实。"

"那一定很难过。"

"是的，看见别人幸福、看见别人无法理解您永远不会得到
幸福，是非常难过的事。我记得在午睡的钟点，我回到房间，
没有做针线活，而是想着：我会一辈子都当用人吗？让我疲惫
的不是工作，而是脑子里的想法。您有没有注意到，悲哀的想
法都异常顽固？"

"是的，那些想法从不会消失。那时候您多大？"

"十六岁。"

"那时候您还没有和男人上过床？"

"没……但我很愤怒……愤怒自己要当一辈子用人……而
且，还有一件事让我印象非常深刻。是其中一个男孩。他在谈
恋爱，同时他也是个非常虔诚的天主教徒。我不止一次瞅见他
跟他的一个表妹（后来我意识到她是他的未婚妻）动手动脚：
她是个性感诱人的女孩，我常常问自己，天主教教义怎么能容
得下这般恶心的行为。我不自觉地开始偷窥他……然而，他对
我却总是彬彬有礼，完全不同于对待他女朋友的模样。后来我
才意识到自己曾对他有过想法……但已经太晚了……我已经换
去另一户人家工作了……"

"然后呢？……"

"我依然被心里的想法困扰着。我这一生想要什么？那时候我还不知道。所有人都对我很好。后来我常听别人说有钱人的坏话……但我从不觉得他们坏。他们生活的方式就是那样。他们不需要当坏人吧？她们是富人的女儿，而我则是女佣。"

"然后呢？……"

"我记得有一天陪其中一个女主人搭有轨电车。两个年轻男人在对面的座位上聊天。您有没有注意到，在某些日子，有些话听起来振聋发聩……仿佛一个聋子在那一天第一次听见声音？对，我听见其中一个人说道：'一个聪明的女人，即使很丑，只要她决定去卖身，就能赚很多钱，而只要她不爱上任何人，就能成为城市的女王。假如我有个妹妹，我就会这样教导她。'我听完这番话，在座位上全身冰冷。这些话语驱散了我所有的胆怯，当我们到达最后一站，我感到那些话并非出自那两个陌生人之口，而是出自我的口中，在那一刻之前那些话都被我遗忘了。之后的好多天，我都在思索如何卖身的问题。"

埃尔多萨因微笑道：

"妙极了！"

"我用第一个月的工资买了许多相关的书籍。但我搞错了，因为几乎全都是色情书……太蠢了……书里讲的并不是卖身，而是享乐的悲哀……而且，也许您不相信，我的朋友中没人能跟我解释卖身是怎么回事。"

"继续说……现在我终于理解埃尔格塔为什么会爱上您了。您真是一个不一般的女人。"

伊波丽塔红着脸笑了。

"您太夸张了……我是个通情达理的女人，仅此而已。"

"继续讲吧，可爱的精灵。"

"您真像个孩子！……好了，"伊波丽塔把胸口的衣领拉拢，继续说，"我像从前一样，整天工作，然而工作越来越让我感到奇怪……我想说的是，当我拖地或整理床铺的时候，我的思绪既遥远，又深深扎根于体内，有时候我会觉得要是想法变大，会在皮肤发生爆炸。但问题依然没有得到解决。我写信给一间书店，询问是否有关于如何卖身的手册，但却没有得到答复，直到有一天，我决定去咨询律师。我跑到法院所在的街区，走过许多条街，一个一个门牌地看过去，最终，我在洪卡尔街一幢奢华的建筑前停下了脚步。在与门卫交谈后，他带我去见了一名法律学博士。我对那一幕记忆犹新。那是一个消瘦、严肃的男人，带着一副邪恶土匪的模样，但微笑起来却像个孩子。后来我想了想，觉得那个男人一定受过很多苦。"

伊波丽塔缓缓地吸了一口马黛茶，接着，她转过身，说道：

"这里怎么这么热啊！可以开一点儿窗户吗？"

埃尔多萨因把窗户打开了一点儿。外面依然下着雨。伊波丽塔继续说：

"我不动声色地对他说：'博士，我来见您是因为我想知道一个女人该如何卖身。'对方惊愕地看着我。他想了想，对我说：'您为什么会提出这个问题？'我把我的想法娓娓道来，他专注地聆听着，皱着眉头，琢磨我说的话。最终，他说道：'对女人而言，卖身就是发生没有爱情、以赚钱为目的的性行为。'也就是说，我重复他的回答，女人能通过卖身来解放身体……

获得自由。"

"您真是这样对他说的？"

"是的。"

"太了不起了！"

"为什么？"

"然后呢？"

"我甚至都没有跟他告别，就离开了。我很开心，我从没像那天那么开心过。卖身，埃尔多萨因，卖身即是解放身体，拥有想做什么就做什么的自由。我太开心了，于是当一个俊俏的年轻男人在路上向我求欢时，我就跟他走了。"

"然后呢？"

"真是出人意料！当那个男人……我跟您说了，是个俊俏的年轻人，当他获得满足后，便像一头被斧头砍了一刀的牛那样倒下了。我最初以为他一定是病了……我从没想过会是那样。然而，当他告诉我所有男人都是那样时，我忍不住笑了起来。所以，看起来健壮如牛的男人们……好了，说回来，您记得那个置身于黄金屋的小偷的故事吗？在那一刻，我，一个女佣，即是那个置身于黄金屋的小偷。我意识到世界是我的……后来，在开始卖淫以前，我决定先学习相关的知识……是的，别这样惊讶地看着我，我什么书都读过……通过读小说，我得出了这么个结论：男人会给予有文化的女人额外的宠爱……不知道您听明白了吗……我的意思是，文化是让商品增值的伪装。"

"您在宠爱中找到快感了吗？"

"没有……但回到我刚才说的：我什么书都读过。"

这个意志坚定的女人让埃尔多萨因动容，他温柔地说：

"您可以把手给我吗？"

她严肃地把手伸向他。

埃尔多萨因小心翼翼地握住她的手；随后把它放在嘴边，她意味深长地看着他；但雷莫突然想起了那个被囚禁的犯人，此刻囚犯应该在马厩里醒来了，但这也无法驱散将他催眠的温柔，他说：

"您瞧，如果您……如果您现在让我杀死自己，我也会高兴地照做。"

她透过红色的睫毛意味深长地看着他。

"我是认真的。明天……今天……最好……您来要求我杀死自己吧……您不觉得有些人还是离开这世界比较好吗？"

"不觉得……不应该这样。"

"即使他们犯了罪？"

"谁能够审判他人？"

"那我们没必要继续这个话题了。"

他再一次沉默地吸吮着马黛茶。埃尔多萨因突然发觉许多事物是如此温柔。他看着她，说道：

"您真是个不一般的精灵！"

她露出高兴的微笑，而他的灵魂则感到十分欢愉。

"我再放点儿茶叶？"

"好啊。"

伊波丽塔突然严肃地看着他。

"您的灵魂怎么会是这样？"

　　埃尔多萨因本想跟她聊聊他的痛苦，但羞愧阻止了他，他说道：

　　"我不知道……我常常想到纯洁……我本想做个纯洁的人，"他兴奋地继续说道，"很多时候，我因自己不是个纯洁的人而感到悲哀。为什么？我不知道。但您可以想象一个拥有纯洁灵魂的人第一次陷入爱河……而且每个人都是如此？您可以想象一个纯洁的女人和一个纯洁的男人之间的爱情会是多么伟大吗？他们在把自己交付给对方之前，会杀死对方……也许不；也许她会把自己交付给他……然后，他们会一起自杀，因为他们明白，没有了希望的生活毫无意义。"

　　"然而，您说的情况根本不可能发生。"

　　"但它确实存在。您没瞧见有多少店主和女裁缝一起自杀吗？他们深深相爱……但他们无法结婚……他们去旅馆……她把自己交付给他，然后一起自杀。"

　　"是的，但他们并没有意识到自己在做什么。"

　　"也许吧。"

　　"您昨天在哪儿吃的晚饭？"

　　埃尔多萨因提起埃斯皮拉一家，说起他们陷入的困境。

　　"他们为什么不出去工作？"

　　"哪儿来的工作？他们找了又找，却什么工作也找不到。真可怕。我注意到，贫困甚至摧毁了他们活下去的欲望。聋子艾乌斯塔奎奥的数学天赋极高……他精通多位数的计算；但这对他而言并没有什么用。他还能背诵《堂吉诃德》……但他的理解力可能有些问题……举个例子吧：他十六岁的时候，家人让他去买茶叶，他不是去杂货店而是跑去了药房。之后，他解释说，茶叶是一种药材……植物学就是这么教的。"

"他缺乏常识。"

"对呀。而且他还是个认真的赌徒……为了解开一个谜题他可以连饭也不吃，只要手里有几分钱他就会跑去糖果店买好多好多甜食来吃。"

"听起来真是个怪人！"

"相反，埃米利奥则是个好孩子。他相信……他是这么对我说的，他相信他们那种奇怪的慵懒状态是遗传而来的，并且那个想法支配着他的生活：他像乌龟一样行动缓慢。他可以花两个小时的时间来穿衣服，仿佛他所有的行为都带着一种超乎寻常的优柔寡断。"

"那两个姐妹呢？"

"可怜的两姐妹竭尽所能……做针线活……其中一个在朋友家照顾一个患脑积水的男孩，他的脑袋比哈密瓜还要大。"

"真可怕！"

"我无法理解他们是如何习惯那一切的。正因如此，在拜访了他们之后，我感到非常有必要给他们一点儿希望……由于我能说会道，于是他们相信了我。他们全身心投入铜铸玫瑰花的制作中。"

"那是什么？"

埃尔多萨因跟她解释了他在发明方面的想法。最开始是在他刚结婚后不久，他想着发明点儿什么来致富。在那些夜晚，他的想象里充满了非同寻常的机器、转动着润滑齿轮的机械装置……

"所以您是个发明家？……"

"不……现在不是了……但在那个时候发明对我很重要。有一段时间我非常饥渴……对钱的极度饥渴……也许那时候的我有些疯狂……现在，我跟埃斯皮拉一家讲铜铸玫瑰花的事，并不是因为我对经济收益感兴趣，而是想让他们看到希望，想亲眼看见可怜的女孩们梦想着能穿上丝绸连衣裙，能找到一个像模像样的男朋友，能拥有一辆轿车停在她们永远不会拥有的别墅门前。此刻，我十分确定他们相信了我所说的每一个字。"

"您一直都是这样吗？"

"不，只是有时候。难道您有时候不会想要做点善事吗？我想起了另一件事。我之所以跟您说这件事，是因为刚才您问我我的灵魂是什么样的。我想起来了。那是一年前。在一个星期六，凌晨两点。我记得自己当时很悲伤，走进了一间妓院。大厅里满是等候的人。突然，房间的门被打开，出现了一个女人……您想象一下……一个十六岁女孩圆圆的脸蛋儿……天蓝色的眼睛和少女般的笑容。她裹着绿色的睡袍，身材高挑……但她却长着一张少女般的脸蛋……她看了看周围……但已经来不及了；一个嘴唇乌黑、高大可怕的黑人站了起来，于是，让我们所有人都一度抱有憧憬的她在老鸨的怒视下悲哀地退回到房间里。"

埃尔多萨因暂停了一刻，然后，他用更清晰缓慢的声音接着说道：

"要知道……在妓院里等待是一件非常令人难堪的事。没有

比在那里更悲哀的时刻了，周围满是苍白的脸庞，试图用虚伪且回避的笑容来掩饰可怕的性欲。还有更让人蒙羞的……很难描述……但时间在耳畔流逝，而你却不可避免地听见房间里面床的嘎吱声，接着是一阵沉默，再然后，是脸盆的声音……然而，在其他人抢走黑人的座位之前，我站起身来，在他的座位坐下。我心跳剧烈地等待着，她一出现在门口，我就站了起来。"

"通常都是那样……一个接一个。"

"我站起身来，走了进去，门再一次关上了。我把钱放在脸盆架上面，当她解开睡袍时，我一把握住她的胳膊，对她说：'不，我不是来和你上床的。'"

此刻，埃尔多萨因的声音变得激动起来。

"她看着我，脑子里一定在怀疑我是个变态，而我则严肃地看着她，相信我，我很动容，对她说：'你瞧，我进来是因为你让我感到难过。'此刻，我们俩坐在一个带金边镜子的梳妆台旁，她少女般的脸蛋严肃地审视着我。我记得多么清楚！……仿佛就在眼前。我对她说：'是的，你让我感到难过。我知道你每个月赚两三千比索……知道有些家庭假若能拥有你挥霍在皮鞋上的钱就心满意足了……我都知道……但看着你如何摧毁自己的美丽，我感到很难过，非常难过。'她沉默地看着我，但我身上并没有酒气。'于是我想到……当那个黑人一走进房间，我就想到，我要给你留下一个美丽的回忆……我能想到的能给你留下的最美丽的回忆就是这个……进来却不碰你……你将会永远记得我的行为。'在我说话的同时，她的袍子敞开了，乳房露了出来，而在她跷起的大腿上……突然，她从镜子里发现了这一切，于是匆忙将裙摆拉到膝盖下面，并拉拢了领口。她的这番动作带给我一种奇怪的感受……她看着我，一言不发……谁知道她在想什么呢……忽然，老鸨用指头轻轻敲门，她惊慌地看向门的方向，然后把脸转向我……她盯着我看了一阵子……站起身……拿起那五个比索，试图把它们塞进了我的口袋，同时说道：'你别再来了，否则我会让门卫把你赶走。'我们俩都站着……我正要从另一道门走出去，突然，我们四目相对，我感到她的胳膊绕在我的脖子上……她看着我的眼睛，亲吻了我的嘴……我不知该如何描述那个吻！……她用手抚过我的额头，当我走到门槛时，她在身后说道：'再见了，高尚的男人。'"

"您没再回去过?"

"没，但我一直憧憬着某天能再次遇见她……不知道会是在哪儿，但她（露西安娜）永远不会忘记我。时间会流逝，她会游走在最恶劣的妓院之间……她会变得丑恶可憎……然而，我会像我所希望的那样，永远留在她的心中，成为她生命中最美丽的回忆。"

雨水敲打在房门的玻璃和庭院的瓷砖上。埃尔多萨因慢慢吸着马黛茶。

伊波丽塔站起来，走向窗边，对着黑暗的庭院看了一会儿。然后她转过身，说道：

"知道吗，您是个奇怪的男人?"

埃尔多萨因想了一会儿。

"我对您说的都是真话……我不知道我的生活会变成什么样

子……但是，您要相信我，能否成为一个好男人不是我可以决定的。有一些黑暗的势力将我扭曲……把我往下拉。"

"现在呢？"

"现在我要做一项实验。我遇见了一个令人钦佩的人，他深信谎言是人类幸福的基石，我决定跟随他。"

"那样做让您幸福吗？"

"不……从很久前起我就感到自己再也不会获得幸福。"

"但您相信爱情吗？"

"谈这个有什么用？！"然而，他突然明白了自己前面东拉西扯了这么多的动机是什么，于是说道，"假如明天……我是指随便某一天……假如某一天您得知我杀了一个人，您会怎么看我？"

已经坐下的伊波丽塔缓缓抬起头，把它放在沙发的靠背上，透过红色的睫毛冷冷地看着他，说道：

"我会觉得您是个万分不幸的人。"

埃尔多萨因站了起来，把烧水壶、茶叶和茶杯放进柜子的抽屉里。伊波丽塔对他说：

"过来……躺在我脚边。"

一阵巨大的甜蜜将他侵袭。

他坐在地毯上，靠着她的腿，头枕在她的膝盖上，伊波丽塔闭上了眼睛。

埃尔多萨因感到很舒服。他靠在女人的膝头，她的体温穿过布料，温暖他的脸颊。在他看来，那情形非常自然：正如他一直所追寻的那样，生活被赋予了电影的质感；他从没想过僵硬地坐在沙发上的伊波丽塔会觉得他是个懦弱且多愁善感的男人……在时钟嘀嗒的间歇里，一滴声音像水滴一样，落在空房间的寂静之中。伊波丽塔对自己说：

"他一辈子都只知道抱怨和受罪。这样一个人对我有什么用呢？我还得养他。我猜那个铜铸玫瑰花不过是个垃圾。哪个女人会在帽子上佩戴金属做的装饰？既重，还会变黑！然而，所有男人都是这样。懦弱的男人，聪明但却没用；其他的呢，则粗鲁又乏味。我还没遇见过一个杀人不眨眼的男人，或是一个独裁者。他们真是可悲。"

每当现实生活将被她的想象精美妆点的幻影撕得粉碎，她就会产生这样的想法。她可以把那些幻影一个一个都数出来。那个整天喷着香水、呆板严厉的傀偏，在工作时总是一副装腔作势的沉默派头，私底下却是个好色之徒；那个有礼貌的小个子，总是一副彬彬有礼、谨慎理智的模样，却拥有无可救药的恶习；另一个，像车夫一般鲁莽，像牛一般强壮，却比小男孩还要笨拙……他们所有人都经过她的眼前，都被同一个无法遏制的欲望挑动，都曾在她裸露的膝间失去了理智；而她一边应付着他们的咸猪手以及让那些悲哀的木偶身体变僵硬的转瞬即逝的欲望，一边想着生活多么艰辛，犹如沙漠中的干涸。

"生活就是那样。饥饿、性欲和金钱是男人唯一的动力。生活就是那样。"

她在痛苦中对自己说，唯一让她真正感兴趣的人是药剂师，他至少可以在某些时刻将自己从对肉欲的索求中拉出来，但可怕的赌博消磨了他的意志，此刻的他比其他的木偶粉身碎骨得更加彻底。

她过着什么样的生活啊!过去,当她还是个贫穷的女佣时,她想到自己永远都不会有钱,不会拥有一栋美丽的房子,更不会有漂亮的家具和发亮的餐具……没有可能变得富有让她非常悲哀,正如今天,当她明白与她上床的男人中谁也不会拥有成为独裁者或新世界的统治者的魄力时,她亦是同样地悲哀。

内心生活

她做的都是些什么样的梦啊!

有些日子,她会梦见一场激情的邂逅,男人在家里养了头狮子,聊天的话题都是关于热带雨林。他不知疲倦地爱着她,而她则像奴隶一般崇拜他;为了取悦他,她剃掉了腋毛,在乳房绘画。她装扮成男孩子的模样,跟着他前往蜈蚣出没的废墟和黑人在树杈建起茅屋的村落。但她从没看见过狮子,只有长满跳蚤的狗,她遇见的最勇敢的男人是吧台的英雄和厨房的骑士。她带着厌恶离开了他们愚蠢的生活。

随着时间的流逝,她发现自己遇见的少数几个可以成为小说角色的人并非她想象的那么有趣,因为那些让他们在小说中脱颖而出的特点在现实生活中却令人反感、难以忍受。尽管如此,她还是将自己交付给了他们。

但是,他们一旦得到满足,就会离开她的身边,仿佛因为被她看见了自身的弱点而感到羞辱似的。此刻，她陷入生活的贫瘠，犹如一块被探索开发过的沙地。

就像铅不可能变成黄金一样，男人的灵魂也不可能得以改变。

她多少次裸体躺在陌生男人的怀中，问他："你不想去非洲吗?"对方就会突然坐起身来，仿佛身边突然窜出一条蛇似的。于是，她得出结论：那些骨骼强壮、肌肉发达的身躯事实上比幼儿还要软弱，比森林里的孩子还要胆怯。

同时，她也憎恶女人。她看见她们屈服于男人的淫威，挺着丑陋的大肚子招摇过市。她们仿佛生来就是为了受苦，这个世界满是疲倦的人，梦游的幽灵带着沉重的倦意在地球上散发出臭气，犹如史前时代懒惰的大怪物。于是，她感到自己翱翔的灵魂也被那些戴着镣铐的人压倒了。因为伊波丽塔宁愿生活在一个密度更小的宇宙，一个轻盈如肥皂泡、没有重力的世界，她想象自己穿行于星球每个角落的欢乐，她可以随心所欲地改变路径，将每一天都变成一种游戏，以弥补她在童年错过的所有游戏。

小时候，她什么也没得到过。她记得童年的美梦之一是幻想自己住在一间贴有墙纸的房间，那么她将成为世界上最幸福的女孩。

她曾在五金店的玻璃橱窗看见过五彩斑斓的墙纸，她用有限的想象力幻想着被墙纸包围的生活也会被赋上梦幻的色彩，墙纸上蓝色的花朵缠绕在金色的背景中，仿佛将迷人的森林搬进了屋子里似的。这个她七岁时的梦非常强烈，如同她在当女

仆时对拥有一辆劳斯莱斯的强烈渴望，劳斯莱斯的真皮座椅在
她的想象中是那么地精美，就像那些她永远都买不起的一卷只
要七毛钱的墙纸一般。

　　她沉溺在过去的岁月中。此刻，男人的脑袋躺在她的膝头，
她想起过去那些星期天的黄昏，天突然阴了下来，一阵冷风将
女主人们从花园赶进了客厅。雨点啄在玻璃窗上，她躲在干净
亮堂的厨房里，从房间里传来访客的声音，女人们在聊天，女
孩们或翻看着杂志里的婚礼照片，或弹着钢琴。

　　她坐在桌前，手指卷弄着围裙的边角，上身微微弯曲，听着
从房间传来的声音：尽管她们聊的都是些开心事，但她们的声音
总是让她觉得悲哀。她觉得自己像麻风病人一样，与幸福绝缘。
钢琴的乐声把她带去遥远的地方，去到山里的饭店，而她永远都
不会成为那个新婚宴尔的姑娘，在英俊丈夫的陪伴下到餐厅就
餐，餐具发出叮当的响声，鸟儿在窗外的瀑布飞来飞去。

　　她缓慢地卷弄着围裙的边角，额头前倾，双腿交叉。

　　她永远不会拥有一个像马塞洛①那样的丈夫，也不可能有机
会将披肩搭在包厢的丝绒扶手上：在剧院里，公爵夫人耳朵上
的钻石光芒闪耀，乐池中的小提琴轻声吟唱。

　　她也不会成为那些她侍奉过的年轻太太中的一员，随着她
们的肚子一天天隆起，她们的丈夫愈发体贴地宠爱她们。伊波
丽塔的痛苦像黄昏中的黑暗一样，缓缓加剧。

---

①　19世纪意大利畅销小说家卡洛琳娜·般若妮秋一本小说中的人物。——原
　　编者注

"用人……永远都是用人！"

一股憎恨渗入她的痛苦，她的额头变得沉重，红色的眼睑顺从地耷了下来。

客厅里传来的钢琴声带领她的想象游遍了许多个国家，她心想，那些女孩所受的教育能美化她们的灵魂，让她们更具魅力。她的脑袋像注满了铅似的，沉重不已。

她觉得身边的一切（从浅口锅、灶台和洁净的橱柜，到厕所的镜子和红色的灯罩）都标志着她永远买不起的物品的价值；所有的事物（洗碗布和地毯，以及儿童三轮车）在她看来，都是为了造福于同她有着本质区别的人群的。

她甚至想到，女孩儿们的连衣裙、她们用来装扮美丽身体的精美布料、花边和丝带，都与她花同样价钱买来的东西不一样。这种与属于另一个世界的人暂时居住在一起的感受让她沮丧，她的绝望甚至好像被烙在了脸上似的。

除了做仆人，她还能做什么？一辈子都是仆人！

沉默的拒绝渐渐在她心底升起，那是对那个激怒她的隐形的幽灵做出的回答。她的生活变成了对家务的反抗。她不知道自己应该如何从不幸的枷锁中逃出来，尽管她对接下来会发生的事一无所知，但她不停告诫自己，那只是暂时的状态。她长时间地观察那些女孩的仪态，学习她们如何微倾脑袋，如何在家门口与朋友告别，然后在房间的镜子前模仿她能记住的姿势。在她独自在房间里进行模仿练习后的好几个小时里，她的嘴唇和灵魂都变得高贵优雅，于是她拒绝了自己从前拙笨的仪态，仿佛她已脱胎换骨，成为一个真正的富家小姐。

在那几个小时的时间里，她的生命里渗透着优雅的温柔，仿若香草乳液的气味。她几乎能感到喉咙发出的悦耳的"是"和"不"的声音，甚至幻想着自己在与一位围着蓝色狐狸皮围巾的可爱女士交谈。

她的女佣房新入驻了好些逢迎她的幽灵，她坐在鳄鱼色的丝绸扶手椅上，接待在去"法国的巴黎"旅行之前来与她告别的女友们，聊着各自的男朋友。"她妈妈不许她夏天去×度假……因为肯定会撞见 S……那个冒失的家伙追她追得很殷勤。"或者她想象自己横跨海洋，像巴勒莫群湖①那般平静的海洋，她坐在一个藤编的椅子里，跟她在去买菜的路上看见的豪华游艇甲板的照片一模一样。她的裙摆上放着一台柯达相机，一名年轻男子手里拿着帽子朝她走来，弯下腰，腼腆地与她说话。

她女仆的灵魂沉浸在幸福之中。一切是那么美好，假如她真的成为富人，她将对全世界仁慈不已。她看见自己在某个冬日的傍晚，穿着松鼠毛大衣，疾步走在黑暗的陋巷里，去见一个孤儿，一个盲人的女儿。她收养了女孩，将她抚养成人，直到她在社会上立足；她出落成了一个漂亮的姑娘；裸露的肩膀搭着薄纱绒毛，一股金色的头发从干净的额头落了下来，与美丽的杏色眼睛相映成趣。

突然，一个声音叫道：

"伊波丽塔……倒茶。"

---

① Lagos de Palermo，位于布宜诺斯艾利斯巴勒莫街区的一个城市公园里。——译者注

一桩罪行

埃尔多萨因猛地抬起头，伊波丽塔仿佛在想着他似的，说：

"你也一样……你也很倒霉。"

埃尔多萨因握住女人冰冷的手，把它贴在嘴边。

她继续缓缓说道：

"有的时候，我觉得生活像一场噩梦。此刻，我感到自己是属于你的，过去的痛苦再一次涌现。苦难无处不在。"

她接着说：

"怎么样才能不受苦啊？"

"问题在于，苦难在我们的体内。我过去以为苦难漂浮在空中……那真是个荒谬的想法；事实上，不幸住在我们的体内。"

他们俩沉默了。伊波丽塔缓缓抚摸着他的头发，突然，她把手从他的脑袋拿开，埃尔多萨因感到女人的手紧紧按住他的嘴唇。

埃尔多萨因坐到她身边，喃喃道：

"告诉我，我为你做了些什么，让你带给我这般的幸福？你难道没发现，你把天堂带到了我身边吗？我之前太难过了。"

"没人爱过你吗？"

"我不知道，但我从来没经历过充满激情的爱。结婚的时候我二十岁，那时候的我相信精神上的爱情。"

他想了一会儿，接着很快站起身来，把灯关掉，然后坐在伊波丽塔身旁的沙发上。他说：

"也许我的确是个傻瓜。结婚的时候我还没亲吻过我的妻子。事实上，我从未产生过亲吻她的冲动，因为我把她的冷漠误认为纯洁……因为我认为不应该亲吻一位年轻姑娘。"

伊波丽塔在黑暗中微笑。此刻，埃尔多萨因坐在了沙发的边缘，手肘钉在膝盖上，掌心捧着脸颊。

一道紫色的闪电照亮了房间。

他继续缓缓说道：

"在我看来，年轻姑娘代表着真真正正的纯洁。而且……您别笑我……我是个很害羞的人……结婚那天晚上，当她大大方方地在灯光下把衣服脱掉时，我尴尬地把头转了过去……后来我是穿着裤子睡觉的。"

"您当真是那么做的？"愤怒在女人的声音中颤抖。

埃尔多萨因笑了起来，他兴奋地说：

"为什么不呢？"他一边斜眼看着"瘸女人"，一边搓着双手，"我的确那么做了，而且还做了别的更糟糕的事情呢。还有我即将做的……'时机已经到来'，您丈夫曾这么说道。我觉得他说得没错。当然，刚才说的这些事都属于我像白痴一样生活的那段经历。我之所以对您说这些，是为了让您明白，假如我要和您睡觉，我一定不会穿着裤子……"

那一刻，伊波丽塔突然有些害怕。埃尔多萨因只斜眼盯着她，同时搓着双手。她谨慎地补充说道：

"您应该是病了。跟我做仆人时一样。您感到寸步难行……"

"对,寸步难行……正是那样。对,我想起来人们把我当傻瓜的日子。"

"您也经历过?……"

"是的,当着我的面……我站在那儿,盯着侮辱我的人,全身肌肉都无精打采地松懈下来,我问自己到底在什么时候做了些什么,能够容忍这般的羞辱和怯懦。我很痛苦……非常痛苦……我不止一次想过到某个有钱人家里去做仆人……我还能忍受更多的羞辱吗?于是我感到恐惧,生命中没有崇高目标、没有伟大梦想的巨大恐惧,而此刻,我终于找到了……我要一个人的命……您别站起来……明天,只要我不出手制止,某个人就会被杀死。"

"不可能的事!"

"是的,是真的。那个我之前跟您提到过的相信谎言的男人,他需要一笔钱来实现他的计划。他的计划一定会实现,因为我想让它实现。明天他会给我一张支票,让我去兑现。当我回来时,那个人就会被杀死。"

"不……不可能。"

"当然可能,假如我没回来,他们就不会把他杀死,因为拿不到钱的话杀死他也没用……一万五千比索……我完全可以拿了钱跑路……让那个秘密社会见鬼去吧……而那个男人就可以捡回一条命……您明白吗?一切都取决于我这个小偷的诚信。"

"天呐!"

"我希望他能进行他的实验……您有没有发现，某些决心能让一个人变成上帝？从很久以前起，我就下决心要杀死自己。刚才我问您的时候，假若您同意了，那我就已经杀死了自己。要是您能明白此刻的我感到多么美好和崇高，那该多好啊！您别跟我提另一件事……已经决定好了，我甚至在想到会将我淹死的深井时也十分高兴。您明白吗？……某一天……不，不会是在白天……某一个夜晚，当我厌倦了那些闹剧和混乱时，我就会离开。"

伊波丽塔的额头生起一道皱纹。毫无疑问。那个男人已经疯掉了。她冒险家的精神已经预料到未来将发生的事，她对自己说："要谨慎对待这个白痴。"她将双臂在大衣前交叉，仿佛对之抱有疑问似的问道：

"您有杀死自己的勇气吗?"

"这一点并不重要。它与勇气或怯懦无关。我打心里觉得，自杀就跟去拔牙一样。一旦意识到了这一点，我全身上下就变得十分轻松。事实上，我想过别的旅程和别的地方，以及别的生活。我体内的某部分对美好精致的事物抱有憧憬。我常常想如果……就拿明天我将得到的一万五千比索来说……我可以去菲律宾……或者去厄瓜多尔，开始新生活，和一个身家百万的美丽少女结婚……我们在椰子树下的吊床睡午觉，黑人侍者会给我们端来切好的橙子。我会悲哀地凝视着大海……您知道吗？……我深信，无论走到哪儿我都会悲哀地凝视大海……深信我永远都不会获得幸福……最开始，这确信让我失去了理智……但现在我已经习惯了……"

"那为什么要进行那个实验？"

"知道吗？……我还没抵达自身的最底端……犯罪是我最后的希望……'占星家'也知道这一点，因为今天当我问他是否担心我会逃跑时，他回答说：'不，现在还不担心，不……因为您比任何人都需要完成这件事来摆脱您的痛苦……'您瞧瞧，我堕落到什么地步了。"

"我从没想过这样的事会发生。他会在坦珀利被杀死？"

"对，然而……谁知道呢？痛苦！您知道痛苦是什么吗？像梅毒一样在骨头里根深蒂固的痛苦？您瞧，我要跟您讲一件四个月前发生的事：我在郊外一个火车站等车。火车还有三刻钟才来……于是我穿过车站对面的广场。我在长凳坐下，没过几分钟，一个女孩……大概九岁的模样，坐到我身边。我们开始聊天……她穿着一条白色的围裙……住在对面的某栋屋子里……我无法抑制地渐渐把聊天引向猥亵的话题……但我很谨慎……试探着，摸索着。一股强烈的好奇占据了我的意识。女孩被懵懂的本能迷惑住，颤抖地听我讲述……我缓缓说着，那一刻我的脸上一定露出一副罪犯的模样……两个扳道工从不远处的小屋里留意着我，我对她讲述性的神秘，鼓动她去诱导她的女朋友们……"

伊波丽塔用手指按住太阳穴。

"您真是个禽兽！"

"现在，我来到了终点。我的生活十分恐怖……我需要为自己制造可怕的麻烦……犯下罪孽。别看我。也许……您看……人们已经忘了'罪'这个词的含义……罪不是过错……我终于明白，罪是人类将与上帝系在一起的细绳剪断的行为。上帝将会永远拒绝他。就算那个人在犯罪后的生活比最纯洁的圣人的生活还要纯洁，但他也无法再次抵达上帝。我即将剪断将我和神爱系在一起的细绳。我知道。明天起，我将成为地球上的一个怪兽……想象一下，一个小生物……一个胎儿……一个住在母体之外的胎儿……永远不会长大……毛发很多……很小……没有指甲，不是人却走在人群之中……它的脆弱让周围的世界毛骨悚然……但没人有办法能让它回到走失的母体中。那即是明天会发生在我身上的事。我将永远离开上帝。我将孤身一人在地球上。我和我的灵魂，孤零零的我们俩。无穷在我们的前方。永远孤独。日日夜夜……永远挂着一轮黄日。您明白吗？无穷在变大……头顶挂着一轮黄日，远离神爱的灵魂独自盲目地在黄日下前行。"

突然，一阵沉闷的声响震动地板，发生了一件奇怪的事。埃尔多萨因惊恐地不再说话。伊波丽塔跪在他的脚边……她拉起他的手，亲吻它。女人在黑暗中叫喊道：

"让我……让我亲吻你可怜的双手。你是地球上最不幸的男人。"

"伊波丽塔，站起来。你受了多少苦啊！站起来……我求你了……"

"不，我想亲吻你的脚，"他感到她的手紧握着他的大腿，"你是地球上最不幸的男人。我的天呐，你受了多少苦啊！你多么高尚……你的灵魂多么高尚啊!"①

埃尔多萨因无比温柔地将她扶起来。他的心被一阵强烈的怜悯软化,把她拉到胸前,理了理她前额的头发,对她说:

"要是你知道此刻对我而言,死亡是多么容易的一件事。像游戏一样。"

"你的灵魂多么高尚啊!"

"你发烧了吗?……"

"可怜的孩子!"

"为什么? 现在我们俩都像上帝一样……来,坐在我身边。这样舒服吗? 妹妹,你看,你说的话抹去了我受过的所有苦难。我们可以再活一段时间……"

"对,像男女朋友一样……"

"在大日子到来时,你将成为我的妻子。"

"我多么爱你啊! ……你的灵魂多么高尚啊!"

"在那之后,我们就一起离开。"

他们不再说话。伊波丽塔的脑袋躺在他的胸口上。天很快就要亮了。于是,埃尔多萨因把疲惫的身体蜷进沙发……她疲惫地微笑;随后,雷莫坐在地毯上,把头枕在沙发边上,就这样蜷着身子,睡着了。

---

① 伊波丽塔后来对"占星家"说道:"在埃尔多萨因向我坦白了那个谋杀计划后,我想到可以借此敲诈您,在那一刻,我跪在了埃尔多萨因面前。"——评论者注

潜意识的感受

当晚，"占星家"斜躺在沙发里，双臂交叉，帽子搭在额头，在书房的黑暗中琢磨着心里的担忧。雨水敲打在玻璃窗上，但他充耳不闻，沉思着他的计划。发生了一件奇怪的事。

随着犯罪时刻的临近，另一种更个人化的时间维度在正常的时间里加剧。他感到自己存在于两个时间中。一个是正常生活状态下的时间，另一个转瞬即逝，却让他心跳变得沉重，犹如竹篮里的水，从被思绪缠绕的手指间溜走。

置身于时钟的时间里的"占星家"感到另一种时间飞快且不停歇地在他的大脑里滑过，像电影一样，画面在高速滑过的同时以一种模糊的方式激怒他，让他筋疲力尽，因为他还来不及获得清晰的感受它就已经被另一个画面取代。于是，当他点燃一根火柴查看时间的时候，发现才过了几分钟而已，然而这时钟的几分钟在他的意识里因焦虑而加速，被赋予了另一种时钟无法衡量的长度。

这感受将他置于黑暗中，置于观望之中。他知道，在这种状态下犯下的任何错误都可能在之后对他造成致命一击。

他并不太担心杀巴尔素特这件事本身，让他担心的反而是应该如何小心行事，才能让这件事不会被赋予不应有的重要性。尽管他需要制造出一个不在场证据，但却很难。他感到在黑暗中思考的人并不是他，而是他的替身，一个被铸以情感、和他的模样完全相同的替身，长菱形的脸，双臂交叉，帽子搭在额头。然而，他无法明白那个与他关系如此紧密但内心却又如此迥异的替身到底在想什么。因为那一刻，他感到替身的存在比他身体的存在更为真实。后来，在解释这个现象时，他说那是情感在不同的时间尺度里的感受，就像人们常说的"一分钟仿佛一个世纪那么长"。

无法思考对他而言是件非常重要的事，因为他即将杀死一个人，让他的五升血液在体内停止循环，将他所有的细胞冷却，要人性命的事啊，像抹去白纸上的污渍一般，不留痕迹。"占星家"无法摆脱如此严重的问题，于是他在时钟的时间里感受到身体的存在，而与此同时，他的替身位于时钟无法衡量的另一种缓慢的时间中，神秘地沉思着，高深莫测，也许在琢磨着该制造什么样的不在场证据，让那个沉思中的男人大吃一惊。

因罪行的临近而变成了两个无论是所属时间维度还是性情都迥异的个体这件事，让他在黑暗里变得忧郁起来。

一阵可怕的疲惫侵袭他的肌肉、强壮的四肢以及骨关节。

雨水让沟渠里响起短暂的蛙叫声，然而他（他这样一个行动力很强的男人）却因焦虑而变得软弱，仿佛因为骨头软掉而无法站起来似的，"我，一个行动力很强的男人，"他对自己说，"待在这里，在时钟的时间里，因另一种我无法控制的时间而颤抖，那种时间让我放松了警惕。因为毫无疑问，杀一个人和宰一头羊是一回事，但其他人却并不这样以为，尽管其他人在远处，尽管他们无法理解我的行为，但这异常的时间维度让他们靠近我，我几乎动弹不得，仿佛他们在那里，在阴影里，暗中监视着我。让我瘫痪软弱的一定是潜意识里的时间，是潜意识里的'占星家'，他把想法留给自己，让我在需要想法时像一只被榨干的橙子一样。然而，巴尔素特一旦死了，生活就会像什么都没发生过似的继续……事实上，只要这个状态赶快过去，的确什么都不会发生。"

他又点燃了一根火柴。房间充满了晃动着影子的箭头。时间过了不到一分钟。许多想法在他的脑中同时发生，被装在这极度短暂的时间里，要是换作在时钟的时间里，那些想法需要几个月甚至几年的时间才能装下。他出生在四十三年零七天前，过去不断地被当下吞噬，而当下亦是如此地转瞬即逝，在每一个当下他都是一分钟后的"占星家"，存在于下一分钟或下一秒。此刻，他的生活聚焦在一件还不存在（但会在几小时后发生）的事情上。他仿佛一张展开在时钟的时间里的弓，弓里蓄势待发的暴力向时钟的时间传递着另外那种让人不安的时间超凡的张力。

尽管他曾经很多次说过，假如有机会杀人，他绝不浪费机会，但那神秘的时间维度依然让他忧心忡忡。接着，他开始想象一场独裁统治，通过无数的枪决得以维持政权，他通过想象人们被枪决的画面来逃避此刻的恐惧。他想象在平原的中央躺着一具渺小的尸体，当他将尸体的长度与他强权统治下的土地的几千千米长度相对比时，他确信一个人的生命毫无价值。

那个人在土地里腐烂，而他在消灭了身长不过他统治土地长度几百万分之一的人体障碍后，继续横扫千军。

接着，他想到列宁，列宁搓着双手，对苏维埃代表不断重申：

"都疯了吗？干革命怎么可能不杀人？"这让"占星家"欢欣雀跃。他将会在他的社会里采用这一准则。未来门派的掌门人都需要被严格灌输这种政治理念；这个想法让他再次满怀希望。接着，他想到，所有的改革者都应该与过时的理念（组成他思想一部分的过时的理念）作斗争，他意识到，当下所有的犹豫不决都来自还未获得认可的原则与已建立的原则之间的冲突。

时间在被他思绪缠绕的手指间流逝。

今天的杀人犯将是明天的征服者，但在明天到来之前，他需要忍耐包含了昨天的所有肮脏邪恶的当下。他恼怒地站起身来。雨还在下着。他走到门口的台阶，凝视着黑暗的花园，树叶和灌木在缓缓落下的厚重雨水中颤抖。黑色的阴影仿佛一只怪兽，在黑暗中沉重地喘气。潮湿的土地变成了赭石色……他站在黑夜里，他那样一个强大的男人，一个伟大事业的缔造者，却没有幽灵在黑暗里现身来确认他的存在。他问自己，前辈们是否也像他这般优柔寡断，抑或他们相信死亡会赋予下定决心的人一件盔甲，让他们高高兴兴地向着目标前进。然而，死亡真的重要吗？他对自己说，对于哲学存在而言唯一重要的是人种，而不是个体；但他的感受却对此充满了质疑，并违背他的意愿，将他所需要的时间劈开成奇怪的两部分。

一道闪电在巨大的云朵之间生成道道蓝色。

"看见接生婆的男人"站在台阶的一侧，全身湿透，头发凌乱。

"啊！是您！""占星家"说。

"是的，我是想来问问您，如何理解这句经文：'上帝的天堂。'这句话意味着有别的不属于上帝的天堂……"

"那是属于谁的？"

"我的意思是，也许有一些天堂里并不存在着上帝。因为经文又说道：'新耶路撒冷将会降临。'新耶路撒冷？指的是新教？"

"占星家"想了想。他对这个问题丝毫不感兴趣，但为了在对方面前保持威望，他必须得做出回答，于是他说：

"我们这些受神启示的人，心里都明白新耶路撒冷即是新教。正因如此，史威登堡①才会说：'既然上帝无法在我们的面前显现，但又昭示过他将会降临并建立新教，那么他会通过一个人来实现它，这个人不仅会接受该教会的教条，还会将它公之于世……'但您为什么只读了这一句就认为一定还存在着别的天堂呢？"

布纶堡躲进门廊里，看着在雨中喘息的黑暗，说道：

"因为可以感受到天堂的存在，就像爱一样。"

"占星家"惊讶地看着那个犹太人，对方接着说道：

"就像爱一样。如果爱在您心里，您感到天使让您的爱愈加强烈，您又怎么能否定爱呢？四个天堂也是同样的道理。我们

---

① Emanuel Swedenborg（1688—1772），著名瑞典科学家、哲学家、神学家和神秘主义者。——译者注

必须承认，《圣经》里的语句都很神秘，否则那本书就会变得十分荒谬。某一天晚上，我读到《启示录》。我想到将要杀死葛利高里欧，很难过，在心里自问我们是否有权利杀人见血。"

"勒死人是不会见血的。""占星家"反驳道。

"当我读到'上帝的天堂'那部分时，我明白了人类悲伤的缘由。上帝的天堂被黑暗教会否定了……正因如此，人们才会犯下这么多罪恶。"

在黑暗中，布纶堡孩子气的声音听起来是那么悲哀，仿佛在哀悼自己被真正的天堂排除在外似的。"占星家"说道：

"那个在梦里与我说话的长着翅膀的人曾对我说，黑暗教会的尽头已经不远了……"

"应该是的……因为地狱一天天变大。获得救赎的人是那么少，与地狱相比，天堂比海里的一粒沙还要渺小。地狱一年又一年地变大，理应拯救人类的黑暗教会让地狱一天天膨胀，悲哀的地狱长啊，长啊，根本没有让它变小的可能。天使们恐惧地看着黑暗教会和炙热的地狱，地狱像水肿病人的肚子一般肿胀。"

"占星家"换了一种装腔作势的语调，反驳道：

"正因如此，那个长着翅膀的人才对我说：'去吧，圣人，去启蒙人类，宣告好消息。驱逐那些反基督的人，把新耶路撒冷的秘密告诉布纶堡，'""占星家"突然抓住对方的一只胳膊，说道，"你难道忘记了你的灵魂与天使交谈，你在路边递给他们白面包，你让他们坐在你茅屋的门口、为他们洗脚吗？"

"我不记得了。"

"你应该把它记在心里。要是上帝知道了会说什么？我应该如何向新教会的天使担保你的灵魂？他会问我：'我亲爱的子民、虔诚的阿尔丰怎么样了？'我应该如何回答？说你粗俗愚昧。说你忘记了自己曾受过天使的眷顾，如今每天像个傻瓜一样在角落里放屁。"

布纶堡极度气恼地反对道：

"我没放屁。"

"你放屁声音还很响亮……但那不重要……新教会的天使知道你的灵魂十分虔诚，知道你是黑暗教皇巴比伦国王的敌人。正因如此，你才被挑选成为那个将遵照上帝的指示在地球上建立新教的人的朋友。"

雨水轻声落在无花果树的叶子上，刺鼻柔软的黑暗在夜晚释放出湿润的植物气味。布纶堡严肃地作出预言：

"而教皇，那个受惊吓的教皇，将会光着脚跑上街，所有人都会带着恐惧远离他，而街道上的拱门则会被鲜花装饰，迎接圣洁羔羊的到来。"

"就是那样，""占星家"接着说，"在半敞开的天堂可以看见所有悔过的罪人，以及新耶路撒冷的金色大门。上帝的仁爱无边无际，亲爱的阿尔丰，想要接受上帝的仁爱就必须先倒在地上，粉身碎骨。"

"所以我才想要与人类分享我对《启示录》的理解，然后我会去山里苦修，为他们祈祷。"

"你说得对，阿尔丰，但现在你得去睡觉，因为我要进行冥想了，到了长着翅膀的人来我耳边跟我说话的钟点了。你也应该睡觉了，否则明天不会有力气勒死那个该死的人……"

"还有巴比伦国王。"

"对。"

"看见接生婆的男人"缓缓离开了阶梯。"占星家"走进屋子，爬上门厅一侧的楼梯，进入一间十分狭长的房间，支撑着屋顶的横梁交叉在房间的高处，倾斜的屋檐从那里延伸。

脱漆的墙面没有任何照片。葛利高里欧·巴尔素特的衣箱躺在一个角落，舱窗下面有一张漆成红色的木床。一条黑毯子皱巴巴地堆在白色的床单上。"占星家"若有所思地坐在床边。他的外套半敞着，满是汗毛的胸膛裸露出来。他用手指摸着耷拉的胡须，皱着眉头，死死盯着墙角的一个衣箱。

他想让思绪跳出去，去到一个新环境中，打破这单调的感受，让在他决定杀死巴尔素特之前所拥有的意识返回到体内。

"两万比索呐，"他心想，"这两万比索可以用来建立妓院和营地……营地……"

然而，他依然无法清晰地思考。想法像影子一般逃离他的大脑。在持续分裂的状态下，他的想法相互缠绕，让他无法集中注意力。突然，他拍了把额头，欢欣地走去旁边的阁楼，拖来一个没有扣牢的箱子，扬起厚厚的灰尘。

他毫不在意弄脏外套的袖口，打开了箱子。箱子里乱堆着锡铁兵和木头玩具娃娃，是丑角、玩具将军、小丑、公主以及长着糟鼻子和蛤蟆嘴的奇怪肥胖的怪物的大杂烩。

他拿起一截绳子，走到墙角，把它系在两颗钉子上，于是绳子与两面墙即兴形成了一个等腰三角形。接着，他从箱子里拿出几个木偶，把它们扔在床上。他用一截一截的麻绳把每个木偶的喉咙绑了起来；他太过沉迷于这项工作中，竟没有留意到雨越下越大，被风从开着的窗户吹了进来。

他兴奋地工作着。当所有木偶的喉咙都被绑起来后，他将麻绳剪成不同长度，把木偶拿到墙角，按高矮顺序系在绳子上面。在完成后，他站在那儿欣赏自己的作品。五个吊死的木偶戴着兜帽的影子在粉色墙壁前晃动。最高的一个，是个没穿裤子但穿着黑白格子衬衫的丑角；第二个，是个长着朱砂唇的巧克力色皮肤的玩偶，它西瓜似的脑袋和丑角的脚在同一个高度；第三个比前两个都更矮，是个装有发条的小丑，肚子上钉着一块铜盘，脸像猴子一样；第四个是个蓝色硬纸板做的水手；第五个是个鼻子被削掉了的黑人木偶，在他系着白领结的脖子露出一个涂了膏药的伤口。"占星家"欣赏着他的作品，十分满意。他背对着灯，黑色的轮廓投影到天花板。他大声说道：

"你，丑角，你是埃尔多萨因；你，胖子，是'淘金者'；小丑，你是'皮条客'；而你，黑人，你则是阿尔丰。全票通过。"

演说结束后，他把巴尔素特的衣箱从墙边移到木偶的面前，坐在箱子上。一场沉默的对话就此开始，他提出问题，通过直视被审问的木偶在心里获得答案。

他的想法令人惊讶地变得清晰起来。他需要不受打扰地用一种电报式的、断奏的形式来表达他的想法，仿佛思想的节奏需要与内心情感的波动保持一致的步调。

他心想：

264

"建立毒气厂非常有必要。还需要化学品。每个胞需要的不是汽车，而是卡车。要有结实的轮胎。建在山里的营地，胡说八道。或许，不。是。不。在巴拉那①河畔也要建一座工厂。不锈钢装甲车。毒气重要。在山里或'大猎场'爆发革命。杀死妓院老板。飞机上的杀人团伙。一切都有可能。每个胞都设有无线电。密码和波长同时改变。水的落差发电。瑞典涡轮机。埃尔多萨因说得没错。生活多么伟大呀！我是谁？鼠疫杆菌和斑疹伤寒的实验室。建立学院研究以及比较法国革命和俄国革命。也建立革命宣传学校。电影是重要元素。注意了：观察电影制作人。让埃尔多萨因来研究。投身革命宣传的电影人。就是那样。"

此刻，想法的节奏舒缓了下来。他对自己说：

"如何把我的革命热情赋予其他每个人？对，对，对。用什么样的谎言或真话？时间过得真快啊！又是多么悲伤啊！因为的确是那样，我有那么多悲伤，他们知道了一定会惊讶不已。我独自一人承担着所有的悲伤。"

他蜷在沙发里。有点冷。太阳穴附近的血管剧烈地跳动着。

"溜走的时间。对。对。所有人都像沉重的袋子一样往下坠。没人想要飞起来。如何说服那些蠢蛋让他们飞起来？然而，生活是另一副模样。他们甚至无法想象的模样。灵魂像海洋一般，在七十公斤的肉体内发生碰撞。想要飞起来的肉体。我们

---

① Paraná，南美洲第二大河，全长 5290 米，流域面积 280 万平方千米。——译者注

体内的一切都想要飞上云霄，让云上的城堡变为现实……然而，该怎么做？……每次都会出现这个'怎么'，而我……我在这里，为他们受苦，像爱自己的孩子一般爱着他们，因为我爱着所有这些人……我爱所有的人。他们在这地球上的出现并没有什么特殊的原因，尽管他们理应是另一副模样。然而，我爱他们。我此刻深深感受到。我爱人类。我爱所有人，仿佛每个人都被一根细线系在我的心上。他们通过那根细线吸吮我的血液，我的生命，然而，尽管如此，我体内依然残留着那么多的生命，我希望能出现上百万个他们，这样我的爱就会更强烈，我就能把我的生命献给他们。是的，把生命像一支烟一样献给他们。此刻，我理解了基督。他该有多么深爱人类啊！然而，我长得很丑。我又肥又大的脸很丑。我应该拥有美丽的面庞，像上帝那么美。但我的耳朵像卷心菜一样，鼻子像被拳头打骨折了似的。但那重要吗？我是一个人，这就够了。我需要征服。这即是全部。哪怕是最美丽的女人的爱也换取不了我的任何一个念头。"

突然，前面的某句话在他的脑袋里回放，"占星家"自言自语道：

"为什么不呢？……我们可以生产大炮，像埃尔多萨因说的那样。流程很简单。而且，也不需要能够发射上千发炮弹的大炮。需要持续那么长时间的革命是不会成功的。"

话语在他脑里沉默了下来。黑暗中，一条阴暗的小路向他头颅深处延伸，交叉的横梁支撑着铁皮屋顶。高炉在炭灰形成的雾霾中央耸立，其制冷设备像穿着装甲的怪兽一般。火云从装甲的炉喉窜出，厚密且坚不可摧的森林向远方延伸。

"占星家"感到他找回了之前被那奇怪的时间维度偷走的自己。

他想着可以生产镍钢，制造后坐炮。为什么不可以呢？此刻，他的想法在可能出现的困难之间灵活地移动。到那个时候，可以用妓院赚来的钱以低廉的价格在阿根廷的各个地方收购土地。秘密社会的成员将在那里建立钢筋水泥基地，安置大炮，把它们伪装成存储粮食的筒仓。

在全国创建一支革命军队、并通过无线电信号来起义反抗的可能性让他激动不已。为什么不可能呢？钢、铬、镍。那些词像咒语一般劈开他的想象力。钢、铬、镍。每个胞的主管将负责一个炮兵中队。需要些什么？需要能发射四五百发炮弹的大炮。还有带机关枪的卡车。为什么不可以呢？每十个人一架机关枪，一辆卡车，一个大炮。为什么不试一下呢？

缓缓地，在黑暗夜晚的尽头，一个巨大且炽热的红色钢蛋在两个支柱之间慢慢将顶端举向屋顶。这是贝塞麦转炉炼钢法在液压活塞下的作用。一股灼烧的火花和火焰从钢蛋的顶端喷射而出。这是在巨大气压下被催化成钢的铁。钢、铬、镍。为什么不试一下呢？他的想法聚焦在无数个细节上面。在几分钟前，体内的声音曾问他：

"人的幸福为什么占据这么小的空间？"

这个事实让他悲哀。世界应该只属于少数几个人。这少数的几个人迈着巨人的脚步前进。

问题的产生是很有必要的。然后需要看清问题。首先杀死巴尔素特，然后建立妓院，在山里创建营地……但是，如何销毁尸体呢？制造大炮、修建钢铬镍工厂对他来说是轻而易举的事，但他却不知道该怎样销毁一具尸体，这不是太讽刺了吗？其实，他不应该多想……把尸体烧掉……要把一具放在容器里的尸体烧毁，五百度的高温就够了。五百度。

时间和疲惫在他的脑袋里流逝。他不想继续思考下去，但突然之间，一个独立于他的嘴巴和意愿的声音为了分散他的注意力，在他体内喃喃道：

"革命运动将于同一时间在阿根廷的各个地方同时爆发。我们将突袭军营。我们需要首先枪决那些可能会制造麻烦的人。在那之前几天，我们将在首都投放几公斤斑疹伤寒和鼠疫杆菌。在夜晚通过飞机投放。每一个邻近首都的胞都将切断铁路。既不让火车进入，也不让火车出去。控制这个国家的中枢，切断电报，枪决首脑，那么权力就会被握在我们的手中。这一切听起来有些疯狂，但却不无发生的可能性。人们在实现目标的过程中通常都会有做梦或梦游的感觉。然而，你会以一种迅速的缓慢向着目标前进，当你抵达时，会大吃一惊。唯一需要的即是决心和金钱……除了发起革命的胞以外，我们还可以建立一个杀人犯和小偷团伙。军队有多少架飞机？但在通信被切断、军营被袭击、首脑被枪决的情况下，还有谁来指挥军队？这是一个野兽之国。必须得实行枪决。这是绝对有必要的。只有引起恐惧才会受到尊重。人就是这般地懦弱。一架机关枪……他们将如何组织力量来与我们作战？电报和电话被切断，铁路被切断……十个人就能恐吓住一万人的城镇。只要一架机关枪就够了。阿根廷有一千一百万人口。北部的茶场会站在我们这边。图库曼省①和圣地亚哥-德尔埃斯特罗省②的甘蔗园……圣胡安省③，那里几乎是半个共产党的天下……军队将是唯一的反对派。我们可以在晚上突袭军营。劫持兵器库，枪决首领，绞死军官，只要有一架机关枪，我们只需十个人就能拿下一个拥有上千士兵的军营。太容易了。还有手榴弹，该把手榴弹用在什么地方？假如我们可以同时突袭全国，那么每十个人就能拿下一个村落，整个阿根廷都将是我们的。士兵都很年轻，他们将追随我们。班长将晋升为军官，我们将会拥有整个美洲最令人难以置信的军队。为什么不可以呢？跟它相比，圣马丁银行抢劫案、罗森医院抢劫案和蒙得维的亚马特利办事处抢劫案又算得了什么呢？我们只需三个勇敢的报贩就能拿下一座城市。"

一股难以言喻的愤怒让他的血管快速跳动。血液在他强健的体内匆促地流动，仿佛准备发起进攻似的。他感到前所未有的强大，强大到可以杀死其他人。

电灯在雷鸣暴雨中摇晃，但"占星家"背对着床，坐在衣箱上，跷着二郎腿，下巴托在掌心，手肘撑在膝盖上，目不转睛地盯着他那五个木偶，它们褴褛的影子在粉红色的墙面舞动。

在他身后，从舱窗飘进来的雨水在地面形成了一个水坑，提问和回答在沉默中交会，时不时地，"占星家"的额头上浮现出一道皱纹，接着，在他长菱形的面孔上，一动不动的眼珠缓

---

① Tucumán，位于阿根廷北部。——译者注
② Santiago del Estero，位于阿根廷北部。——译者注
③ San Juan，位于阿根廷西部。——译者注

缓眨了一下，表示对回答的赞同。他一直坐在那里，直到黎明。他从衣箱上站起身来，讽刺地转身背对五个木偶，木偶被留在孤独的房间里，在气窗下摇摇晃晃，像五个被吊死的人。

他犹豫了一阵，然后飞快地走下楼梯，出了大门，在黑暗中大步走向关着巴尔素特的马车房。

雨停了。云朵裂开了口，一轮黄月挂在浅蓝色的天空。

显灵

在这些事情发生的同时，埃尔格塔在梅赛德斯精神病院里进入了后来被他称为"与上帝会面"的状态。事情的经过是这样的。

黎明时分，他在病房里醒来。一个平行六面体的月亮在他床对面的石灰墙上照出了一个蓝色的矩形。窗户的铁条将天空隔成一个个方框，粉状且干燥的天空仿佛是被亚甲基染色的石膏。来自遥远星辰朦胧的光在铁条之间闪烁着。

埃尔格塔仔细地挠了挠鼻子。他并不怎么焦虑。他知道自己在疯人院，但那"并不让他担心"。

假若他的灵魂被囚禁了，他就会担心了，但事实上被监禁在精神病院里的只是他的身体，他九十公斤重的身体，此刻，他带着某种无法言喻的怨恨想起自己曾拖着这身体去过那么多妓院。他无法避免地像在观看一场演出似的回忆起过去放荡的肉欲生活。但他的灵魂与这坨暴怒的肥肉又有什么关系呢？

这一点在他看来是如此明显，以至于他为医生还未意识到它们之间的区别而惊讶。

埃尔格塔为他的发现而感到欣喜。他已不再是一个人，而是一个灵魂，"纯粹灵魂的感受"，其轮廓在他肉体的骨架中清晰呈现，仿若无垠的蓝天中的云朵。

他心里有些高兴。在前几天夜里，他就已经确信自己可以离开身体，把身体像西装一样脱下来。这突如其来的发现让他产生轻微的恐惧。甚至在某些时刻，他觉得只能触摸到灵魂的边缘，于是，即将倒下的身体与皮肤之间的平衡让他感到头晕恶心，仿佛搭乘着电梯正全速下降。

同时，他也害怕摒弃自己的身体。要是身体被毁了，他又该如何回去呢？男护士长着一张邪恶的脸，尽管埃尔格塔也许可以跟他谈谈下一次"会议"该怎么下注，但他却不太信任他。在那第一印象过后，埃尔格塔为了安抚自己九十公斤的体重，把护士想象成一个柔弱的孩子，然而，这也没能阻止他在病床上大笑，完全忘了自己其实想去哪儿就能去哪儿……然而不……他不能乱想。他的善良不允许他这么做。内心充满仁爱是多么美好的一件事啊！他的慈悲笼罩着全世界，仿佛浮在城市上空的一朵云。

他的身体越来越往下沉。

此刻，他仿佛看见箱子底部的情形：精神病院不过是一整排白色立方体中间的一个；街道在阴影中发出蓝色的光；绿色的铁路交通灯微弱地亮着；空间进入他的体内，仿若大海涌进海绵一般，与此同时，时间也不再存在。

高空通过他的愉悦坠落下来。埃尔格塔感到很平静，他在外力的作用下置身于善良的泉水中，像干涸的池塘享受天空派遣的雨水那般开心。

他带着仁爱转身看向大地，大地绿色的圆边被附上了一层天蓝色的薄膜。他惊得说不出话来，只勉强说出：

"谢谢……主，谢谢你。"

他一点儿也不好奇。服从感加剧了他的谦卑。

他突然在光滑的天空看见一座岩山。尽管还是夜晚，岩石却沐浴在金色的光束中，远方的蓝从金色的高处坠入深邃的沟壑。埃尔格塔带着恢复后的身体谨慎地前行，凶猛的目光在他鹰一般的脸庞上异常坚定。

理所当然地，他无法感到平静，因为他的身体曾无数次犯下罪恶，因为他明白尽管此刻他的表情严肃，但他的面孔中残留着恶棍特征（那些他在小时候常常模仿的街坊恶棍的特征）。

他的灵魂充满了懊悔，也许这就足够了，但尽管如此，他依然止不住对自己说：

"上帝会怎么看待我这副'嘴脸'？我怎么能这样出现在他的面前？"

他看了看脚上的鞋子，它们暗淡无光，这让他更加担忧。

"上帝会怎么看待我这副'嘴脸'、我这张既像赌徒又像皮条客的脸？他会询问我的罪……会记得我做过的所有坏事……而我该怎么回答他呢？……我说我不知道，但既然他在所有先知身上留下了存在的证据，我又怎么能那样回答他呢？"

他再次低头看了看肮脏破烂的鞋子。

"他会对我说：'你甚至变成了个白痴……一个不务正业的混账，亏你还念过大学……你赌博，你用荒淫无度玷污了我给予你的不朽的灵魂，你拖着你的守护天使游走在妓院之间，当你往垂涎的嘴里塞满恶心的东西时，天使在你身后流泪……'最糟糕的是，我无法否认他所说的任何一点……我怎么能够否认我的罪？天呐，真是糟透了！"

天空在他的头顶，仿若一道蓝色的石膏穹拱。遥远的星球看起来像橙子一般，绕着轴心旋转，埃尔格塔谦卑地看着金色的岩石。

突然，他感到一阵强烈的不安。他抬起头，看见（在他左边仅十步的地方）上帝之子，耶稣基督。

那个拿撒勒人裹着天蓝色的长袍，将消瘦的面孔转向他，杏眼闪着宁静的光。

埃尔格塔感到剧烈的痛苦，他无法跪下身，"因为绅士永远不能弯下腰"，不能在一个犹太木匠面前下跪，但他感到一阵抽噎绞痛他的灵魂，他无声地将紧握的双手伸向沉默的上帝。

他感到自己体内所有的卑贱都充满了对他的崇敬。

他就这样沉默地注视着站在岩石上的耶稣。埃尔格塔的双眼浸满了泪水。他为没有其他人在场而感到遗憾，因为这样他就无法通过与他人的搏斗来向上帝展示他的爱。终于，他再也无法忍受那番沉默，在战胜了可怕的惊愕之后，他卑微地说道：

"相信我……我不知道该怎么开口，我非常爱您。我想要成为不一样的人，但我做不到。"

耶稣看着他。

埃尔格塔转身背对他，向前走了三步，接着，他转过身，站住不动。

"我犯下过所有的罪，做了许多许多坏事……蠢事……我想要忏悔，但却做不到……我想要跪下……亲吻您的脚，您为了赎我们的罪而被钉在十字架上。啊！您知道我有多少话想要对您说吗，可是它们全都从我的脑袋里溜走了……但我真的非常爱您。因为这里只有我们俩，我才能说出这句话？"

耶稣看着他。

埃尔格塔沉默了一阵子，随后，他红着脸胆怯地喃喃道：

"您在十字架上受了很多苦吧？"

一阵微笑浮现在耶稣的面孔上。

"噢！您真好！"埃尔格塔痴狂地喊道，"您真好！您屈尊地对我微笑，一个罪孽深重的人……您意识到了吗？您笑了。相信我，在您身旁，我感到自己是个孩子，一个单纯的孩子。我想要用一辈子来崇拜您，做您的保镖。从现在起，我再也不会犯下任何罪，我一辈子都会想着您，那些怀疑您的人……我将撕裂他们的灵魂……"

耶稣看着他。

于是，埃尔格塔想要献上最好的自己，说道：

"我在您面前下跪，"他往前走了几步，来到耶稣跟前，埋下头，将一边膝盖跪在金色的岩石上。当他正准备跪下时，耶稣伸出被刺破的手，放在他的肩上，对他说：

"来。永远跟随我，再也不要犯下罪过，因为你的灵魂和赞美上帝的天使的灵魂一样美丽。"

埃尔格塔想要说什么，但发现自己完全被空虚和寂静包围。他意识到自己见到了上帝。这一点很明显，因为当他返回到黑暗病房的嘈杂之中，一个天生聋哑的疯子奇怪地看着他，冲他喊道：

"你看起来好像刚从天上掉下来似的。"

埃尔格塔惊讶地看着他。

"是的，因为，你就像圣人一样，头顶有一轮光环。"

埃尔格塔感到有些恐惧，靠在墙上。

一个一直没有出声的独眼疯子大声叫道：

"奇迹……你施了奇迹。你让哑巴开口说话了。"

谈话吵醒了第三个疯子，那个人整天在长满老茧的指头间寻找不存在的虱子。大胡子转过苍白的脸庞，说道：

"你是来让死者复活的……"

"也让瞎子重获光明。"哑巴打断道。

"还有独眼的人，"只有一只眼的疯子说，"因为现在我另一边眼睛也能看见了。"

哑巴用手臂撑起上半身，继续说：

"但你不再是你，而是上帝进入了你的身体。"

困惑不已的埃尔格塔回答道：

"是的，兄弟们……我不是我……而是上帝进入了我的体内……我这样一个穷困潦倒的好色之徒，又怎么可能施行奇迹呢？"

捉虱子的人坐在床沿，摇晃着放在吊床里的赤裸的双脚，建议道：

"你为什么不再施一个奇迹呢？"

"我不是来做这个的，我是来宣扬上帝的言语的。"

捉虱子的人将一只脚放在膝盖上，不怀好意地坚持道：

"你应当再施一个奇迹。"

哑巴把枕头放在地板上，坐在枕头上面，说道：

"我不说话了。"

埃尔格塔按了按太阳穴，眼前的场景让他不知所措。独眼人亲切地对他说：

"对，你应该让那个死人复活。"

"但这里根本没有死人！"

独眼人跛着脚走到埃尔格塔面前，拉起他一条胳膊，几乎是拽着他来到了对面的一张床前，床上一动不动地躺着一个瘦小的男人，圆脑袋，大鼻子。

哑巴咬着嘴唇，走了过来。

"没瞧见他死了吗？"

"他今天下午死的。"独眼人嘟哝道。

"我跟你们说，这个人并没有死。"埃尔格塔愤怒地喊道，他确定其他人是在嘲弄他；但捉虱子的人从床上跳了起来，走近这张床，朝圆脑袋的男人埋下头，用手推了推他一动不动的身体，直到身体坠落在地板上，发出一阵闷响，躺在两张床之间，双腿悬在空中，仿佛刚刚修剪过的树杈。

"看见了吧？他死了。"

四个疯子惊愕地围在树杈周围，站在天蓝色月光剪成的方框里，睡衣被风吹得鼓起。

"看见了吧？他死了。"大胡子重复道。

"施个奇迹吧，"独眼人请求道，"你不施个奇迹的话，我们又怎么能相信他呢？这对你来说轻而易举吧？"

哑巴突然点了点头，鼓动埃尔格塔。

埃尔格塔严肃地朝尸体俯下身，正要说出让人复活的话语，然而，房间的墙面突然在他眼前转动起来，一阵黑暗的风在他耳旁呼啸，他再一次看见那三个疯子站在月光剪成的方框里，他们的睡衣被风吹得鼓起，接着，他便在旋转的黑暗中倒下，不省人事。

自杀者

埃尔多萨因在"瘸女人"的脚边待了大概一个小时。早前的情绪被当下的睡意融解掉了。白天发生的一切让他感到遥远。痛苦和怨恨像阳光下的烂泥一样，在他的心里变硬。然而，他一动不动，屈服于疲倦带给他的睡意。但他的眉头紧皱。在浓雾和黑暗中升起了他的另一个恐惧：恐惧自己像迷失的幽灵一般站在花岗岩堤坝边。灰色的水在不同高度向着不同的方向涡旋。铁船载着模糊的人群去向遥远的城市。船上有一个妓女打扮的女人，她戴着一条镶有钻石的颈链，手肘撑在酒吧的桌子上，戴满珠宝的手指托着脸庞。她一边说话，埃尔多萨因一边用手挠着鼻尖。

在他寻找做出这个动作的原因时，想起了在那一刻出现的四个穿着及膝连衣裙的年轻姑娘，黄色的头发散乱地蓬在她们的马脸周围。那四个姑娘在经过他身边时，将一个小盘子递向他。埃尔多萨因问自己："仅仅靠这样乞讨就能维持生计吗？"于是，那个女明星（脖子上钻石闪耀的妓女）做出了肯定的回答，是的，那四个姑娘以乞讨为生，并且勾人的声音谈论起一位俄国王子。尽管她努力装点，但那位王子讨生计的方式与那四个姑娘截然不同。就在那一刻，埃尔多萨因终于明白自己为什么会在那个美人讲话的同时挠鼻尖了。

但当他看见沉默的人群转过头，走上长长列车上百叶窗被关得严严实实的车厢时，他的悲哀变得更加强烈。没有人询问目的地或停靠的车站。在二十步开外的地方，尘埃的荒漠将其黑暗的边界延伸。他看不见火车头，但却听见刹车松开后车轮痛苦的尖叫。他可以跑起来，火车缓慢地前行，他可以追上火车，爬上梯子，在最后一节车厢口待一阵子，看列车如何加速。埃尔多萨因还来得及逃离那没有黑暗城市的灰色孤独……但他却因体内巨大的痛苦而一动不动，站在那里，抑制住喉咙里的抽噎，看着车窗紧闭的最后一节车厢渐渐远去。

当他看见列车驶入黑暗笼罩的弯道时，明白自己将永远独自留在尘埃的荒漠中，火车不会返回，只会沉闷地前行，带着它车窗紧闭的车厢。

他缓缓将头从伊波丽塔的膝盖上移开。雨已经停了。他双腿冰冷，关节疼痛。他看了看熟睡中的女人，她的面孔在从玻璃窗照进来的蓝色微光下模糊不清，接着，他小心翼翼地站了起来。那四个长着马脸和黄色鬈发的姑娘依然在他脑中。他心想：

"我应该杀死我自己……"但当他看向熟睡中的红发女人时，他的想法却转了一个极度险恶的弯，"她一定非常残忍。但我可以杀死她，然而，"他摸了摸口袋里的枪柄，"对着头，一发子弹就够了。钢铁做的子弹，只会留下一个小孔。当然，眼珠会从眼眶里弹出来，鼻子会出血，可怜的灵魂啊！她应该受了很多苦。但她也一定很残忍。"

埃尔多萨因带着一股谨慎的恶意朝她俯下身子。他越是看着熟睡的女人，他的眼神就越是疯狂，与此同时，他的手在口袋里抬起手枪的撞针，紧握住扳机。从远方传来一阵雷鸣，那个像头巾一般将他的脑袋包裹起来的奇怪念头消失不见。于是他轻手轻脚地拿起雨衣，关上门，不让铰链发出任何声响，离开了房间。

他快速穿过好几个街区，朝着斯皮内托市场周围众多烤肉店之一走去。

月亮挂在一朵紫色的云冠上，在月光下，路面看起来仿佛镀了一层锌，水洼闪闪发光，好似水底躺着银币，雨水在水沟里汩汩流漩，轻舔着花岗石的路缘。人行道很湿，仿佛路面刚铺过沥青似的。

埃尔多萨因在建筑的蓝色阴影中进进出出。潮湿的气味为清晨的孤独添加了一丝海洋的悲哀。

毫无疑问，他的神智并不清醒。他依然惦记着那四个长着马脸的姑娘和那铁浪汹涌的不详之海。一间乳品店的黄色大门散发出的油炸味让他感到恶心，于是他改变主意，决定朝记忆中巴索街上的一家妓院走去。但当他走到那里时，妓院已经关门了，他茫然地在严寒中哆嗦，嘴里发出胆矾的味道，他走进一间刚刚升起百叶窗的咖啡店。在等待了很久之后，他点的茶终于被端了过来。

他想着熟睡中的女人。微微闭上眼睛，把头靠在墙上，彻底屈服于痛苦。

他并非为他自己（那个在户籍上登记注册的埃尔多萨因）感到痛苦，而是为他的意识而痛苦。意识离开他的身体，像看着一个陌生人似的看着他，对自己说：

"谁会同情人类呢？"

这句话概括了他全部的想法，让他感到不安，心里对隐形的同胞们充满了痛苦的温柔。

"坠落……一直往下坠。然而，其他人却很幸福，他们找到了爱情，但他们也都很痛苦。只不过一些人意识到这一点，而另一些人没有意识到罢了。一些人把它归咎于无法拥有的东西。但那是多么愚蠢的梦啊！然而，她的脸蛋真美。她提到的冒险王子的故事是有道理的。啊！要是可以睡在海底带厚玻璃舷窗的铅屋，该有多好啊！年复一年地长眠，沙子不断堆积，而我则继续长眠。是的，'占星家'说得没错。总有一天，人们会发起革命，因为他们没有上帝。人们会发起罢工，直到上帝出现。"

他闻到一股氰化物的苦味，透过半闭的眼睑他依稀看见早晨乳状的光线，感到自己被稀释，仿佛置身于海底，沙子不停歇地落在他的铅屋之上。有人拍了拍他的后背。

他睁开眼，听见咖啡店的侍者对他说：

"这里不能睡觉。"

他想要说什么，但侍者已经走去另一桌叫醒睡着的人了。那是一个肥胖的男人，秃顶的脑袋搭在交叉在桌面的双臂之上。

但那个人并未对侍者的催促声做出反应，于是，店主（一个留着八字胡的男人）走到他身边。他使劲摇晃睡着的客人，对方的身子弯在椅子里，因被桌沿挡住而没有倒下。

埃尔多萨因充满好奇地站起来，店主和侍者四目相对，斜眼看着那个古怪的客人。

睡着的男人依然保持着荒谬的姿势。他的脑袋搭在一边肩膀上，露出长着痘疮的扁平的脸，戴着黑框茶色眼镜。一沓泛红的口水从蓝嘴唇之间流出来，浸脏了他绿色的领带。他的肘部压着一张写着字的纸。他们意识到他已经死了，于是去叫警察，但埃尔多萨因并未离开，他好奇于黑框眼镜的自杀，死者的皮肤上渐渐出现蓝色的斑点。空气中漂浮着苦杏仁的气味，显然是从他张开的双颚之间窜出来的。

来了一名助理警察，接着来了一名警官，再后来来了两名警察和一名检察员，这些人像查看阉牛似的在死者周围转来转去。突然，助理警察对检察员说：

"知不知道他是谁？"

警官从尸体的衣兜里摸出来一张旅馆账单，几个硬币，一把手枪，三封密封的信件。

"所以说，他是塔尔卡瓦诺街杀死女孩的凶手？"

他们把死者的眼镜取下来，于是可以看见他的双眼，瞳孔斜视，露出眼白，眼睑被染成红色，仿佛流过血泪似的。

"我说对了吧？"助理警察继续说，"他的身份证在这里。"

"他本打算去乌斯怀亚度过余生。"

埃尔多萨因听见这段对话，记起来仿佛是很久以前读到的新闻。（然而，事实并非如此。他是在前一天早晨从报纸上读到的。）死者是个骗子。他抛弃了自己的妻子和五个孩子，而去和一个姘头生活；姘头给他生了三个孩子。但在两天前的晚上，他也许是厌倦了姘头，与他的新情人（一个十七岁的女孩）前往塔尔卡瓦诺街的一家旅馆。凌晨三点的时候，他轻轻把枕头蒙在女孩的头上，对着她的耳朵打了一枪。旅馆里没人听见任何声响。早上八点，凶手穿好衣服，把门半敞开，让服务生别打扰在睡觉的妻子，因为她很疲倦，十点钟再叫醒她。然后他离开了旅馆，到中午十二点的时候，死者才被发现。

但最叫埃尔多萨因感到惊讶的是凶手与死者在一起待了五个小时，在夜晚的孤独中与女孩的尸体共处了五个小时……他应该是很爱她的。

但在几个小时前，他不也对红头发的女人产生过同样的感受吗？那究竟是无意识的回忆还是源于眼前的自杀……？

救护车来了，尸体被抬走了。

接着，警察向埃尔多萨因提出一些问题。他如实告知了他所目睹的为数不多的经过，随后，他来到街上，内心的好奇丝毫未减。一个模糊且令人痛苦的疑问躺在他意识的底部。

他记起死者的裤脚沾满污泥，衬衫又脏又湿：这副模样的他是如何博得那个被他杀死的女孩的喜爱的呢？真的有过爱情吗？尽管那个凶手有两个女人和八个孩子，尽管他以盗窃诈骗为生，但他却曾经爱过。埃尔多萨因想象着凶手在那个阴郁的夜晚，在那间妓女和三六九等人士经常光顾的旅馆，在一间墙纸脱落的房间，看着浸满血的枕头上身体冷却的女孩蜡一般的脸庞。在阴森的五个小时中注视着死者，那个在不久前还躺在他怀中的身体。埃尔多萨因就这么恍惚痛心地想着，来到了十一广场。

那是清晨五点。他走进火车站，看了看四周，他太困了，于是在候车厅一角的长凳躺下。

早上八点的时候，一位旅客的行李箱发出的噪声把他从沉睡中叫醒。他揉了揉疼痛的眼睑。太阳在无云的天空中闪耀。

他走出车站，登上一班开往宪法车站的公共汽车。

"占星家"在坦珀利车站等他。

身材高大的他穿着大衣，礼帽几乎遮住了眼睛，高卢人①一样的大胡须耷拉着：埃尔多萨因一眼就认出了他。

"您的脸色很苍白。""占星家"说。

"苍白吗？"

"发黄。"

"没睡好……更糟的是，今天早上我还目睹了一起自杀……"

---

① 这里指法国系列漫画《高卢英雄传》（又名《阿斯泰利克斯历险记》）中人物的大胡须。——译者注

"好了，支票在这儿。"

埃尔多萨因看了一眼支票。一万五千三百七十三比索。无记名支票，写着两天前的日期。

"为什么改了日期?"

"这样看起来更可信。银行职员知道，假如支票弄丢了，在您去兑换的时候早已挂了失。"

"他有反抗吗?……"

"没有……他只是微笑。他想把我们都关进监狱里去……噢!……在去银行之前，您先找间理发店把胡子剃一下吧……"

"通知布纶堡了吗?"

"没，到时再叫醒他。"

火车还有几分钟就要进站了。埃尔多萨因微笑地看着"占星家"，对他说:

"假如我逃跑了，您会怎么办?"

"占星家"用手捋了捋胡子，回答道:

"这个情况发生的概率和即将进站的火车不在这里停靠一样，都为零。"

"但我们可以假设一下。"

"我做不到。要是我可以假设这个情况的发生，那么去兑换支票的人也就不会是您了……哎!……今天早上自杀的那个人是谁来着?"

"一个杀人犯。非常奇怪。他杀死了一个不愿同他一起生活的女孩。"

"剩余劳动力。"

"您有能力杀死自己吗?"

"我做不到……您得知道,我有更重要的任务。"

埃尔多萨因提出一个奇怪的问题:

"您认为红头发的女人都很残忍吗?"

"残忍倒不至于……但她们都性冷淡:正因如此,她们看待事物的冷淡才会给人一种尖刻的感觉。'忧郁的皮条客'曾告诉我说,在他漫长的皮条客生涯中,遇见的红头发妓女少之又少……明白了吧。别忘了剃胡子。十一点去银行,别到早了。您过来和我一起吃午饭,好吗?"

"好的,再见。"

少校跟在埃尔多萨因身后上了车,对"占星家"递了个友好的眼神。埃尔多萨因没看见他。

埃尔多萨因在凹进座椅里,心想:

"他真是个不一般的人。他是如何料到我肯定不会骗他的?!假如他对其他事情也都能这般未卜先知,那他一定会成功。"在火车的摇晃中,他再次睡着。

少校跟在他的身后。当埃尔多萨因走进银行时,他的心跳得非常快。银行职员向他示意,于是他走到窗口前:

"要大额还是小额的钞票?"

"大额。"

"在这儿签字。"

埃尔多萨因在支票背面签了字。他以为对方会问他要身份证,然而那个带着袖套的职员神情冷漠地数了十张一千比索的钞票和五张五百比索的钞票,剩下的是硬币。尽管埃尔多萨因

恐惧得想立刻逃走，但他还是认真地数了数钱，把它们放进钱
包里，然后把钱包装进裤兜里，用力握紧它，走出了银行。

　　螺旋状的天空像新近锻造的金属一般，出现在白色的云朵
之间。埃尔多萨因感到很幸福。他心想，在别的气候带，在永
远湛蓝的天空下，肯定生活着卓越非凡的女人，她们头发茂盛，
脸蛋光滑，大大的杏眼位于长睫毛的阴影中。香气从清晨的洞
穴中飘拂而出，散播到城市的每个街口，球形高塔耸立于花园
和草坪的绿冠之上。

　　他想起戴礼帽的"占星家"长菱形的面孔和垂到嘴角的胡
须，这让他更加愉悦；然后他想到，要是秘密社会成功了，他
可以继续他的电气工程实验。此刻，他像个失了势的皇帝一样
穿过马路，丝毫没有留意到他的出现吸引了手拎篮子的洗衣女
工的注意，也让抱着重物从商店回来的针线女工为之兴奋。

　　他将发明"死亡闪电"，那是一种极具杀伤力的紫色闪电，
上百万伏安的电力将能够熔化无畏战舰的钢铁，如同高炉熔化
蜡豆一般，并且能将水泥城市炸成碎片，犹如炸药火山的爆发。
他看见自己变成了"宇宙之主"。他向强国的大使们发出简洁扼
要的命令，将他们召集起来。他置身于一间无比宽敞的大厅里，
大厅四周装着玻璃墙，中央摆着一张圆桌。桌子周围的高背椅
里蜷坐着年迈的外交官，秃顶的脑袋，苍白的面孔，强硬且鬼
祟的目光。其中一些人在用铅笔头敲打玻璃桌面，另一些人则
沉默地抽着烟，一个身材高大的黑人穿着绿色的制服，站在入
口的红色丝绒帘幔边，一动不动。

　　而他！埃尔多萨因，奥古斯托·雷莫·埃尔多萨因，曾经

的小偷，曾经的收款员，站起身来。他穿着双排扣黑色夹克的上半身反射在桌面的玻璃上，右手四根手指插在衣兜里，左手拿着几张纸。他站直了身体，用冰冷的目光审视着大使们毫无表情的面孔。一阵颤抖让他脸上的血色全无。历史中的"英雄们"——在他的体内复活。尤利西斯，德米特里，汉尼拔，罗耀拉，拿破仑，列宁，墨索里尼，他们像巨大炽热的轮子一般经过他的眼前，然后在不属于尘世的暮光下陷入孤独的大地。

他的话语简短有力，像钢铁一般坚硬结实。他受到这幅场景的引诱，想象自己站在镜子前，怒气冲冲地颤抖。

他强行添加了一些条件。

政府应该把战争舰队、大炮和步枪都交给他。然后从每一个种族中选出几百个人，将他们隔离在一个岛屿上，其他人都将被消灭。"闪电"将漂浮在城市之上，让大地贫瘠，把人类和森林都变成灰烬。人类将永远失去对科学、艺术和美的记忆。一个由犬儒主义者、由对文明和怀疑主义过度饱和的强盗们组成的贵族阶级将掌控权力，而他则是首领。既然人类的幸福需要形而上的谎言作为支撑，那么他们将巩固教士的地位，建立宗教法庭来根除那些试图挖教义墙脚的异教徒，因为教义将是人类幸福的基石。人类将回到原始社会的状态，像法老时代那样致力于农业生产。形而上的谎言将让人类找回幸福（被理性思考摧毁的幸福）。他的话语像钢珠的碰撞一般，简短且有力。他对大使们说：

"我们的城市（即国王的城市）将由白色大理石建成，坐落在海边。直径为七里，穹拱由粉红色的铜建成，还有湖泊和森林。那里将居住着伪装的圣人，不务正业的先知，诈骗的巫师和假冒的女神。所有的科学都将是魔法。医生将伪装成天使，当人口繁殖过剩时，发光的飞龙会从天上洒下霍乱杆菌，以惩罚人类犯下的罪行。

"人类将完完全全生活在奇迹中，并将拥有非常坚定的信仰。在夜晚，我们将使用大功率的反射灯在云朵上放映'正义进入天堂'。你们可以想象那场景吗？突然之间，在山脉上方出现一道绿紫色的闪电，云朵变成一座花园，白色的空气像雪花一样漂浮。一个带粉色翅膀的天使飞过花坛，在天堂的栅栏前停了下来，张开双臂迎接正义之士：一个普普通通的人，戴着破旧的帽子，留着长胡须，拄着拐杖。你们这些专业的恶棍、杰出的犬儒主义者看到了吗？你们明白了吗？带粉色翅膀的天使迎接在地球上流汗和受苦的人。你们意识到我的主意是多么美妙、奇迹是多么容易实现了吗？人们会跪在地上崇拜上帝，而只有我们这些拥有权力、科学和终极真相的悲哀的强盗们知道，天堂并不存在。"

他一边说，一边颤抖。

"我们将成为上帝。我们将给予人类非凡的奇迹、诱人的美丽和绝妙的谎言，我们将让他们相信未来会非同寻常，在我们伪撰的奇迹面前所有牧师的承诺都将变得苍白无力。到那个时候，他们将非常幸福……白痴们，你们明白了吗？"

一个脚夫不小心把他撞到了墙边。埃尔多萨因惊愕地站住了脚，按了按兜里的钱，心情激动且异常高兴，像一只自由行走在砖块森林里的年幼的老虎，往一家时装店的墙角吐了口痰，说道：

"城市，你将是属于我们的。"

少校紧紧跟在他的身后。

挤眼

"占星家"在坦珀利等他。他热情地冲埃尔多萨因微笑，埃尔多萨因几乎朝着他小跑过去，但"占星家"抓住了他的胳膊，盯着他的双眼看了看，接着，他对埃尔多萨因以"你"相称（那是之前从未发生过的事），说道：

"你高兴吗？"

埃尔多萨因脸红了。在那一刻，一个神秘的替身出现在他的意识中。那个男人并没有撒谎，而且他感到自己与对方如此亲密，此刻多么想长时间地与他聊天、将他不幸生活的细枝末节——讲给他听。当然，他却只说道：

"是的，我非常高兴。"

"占星家"在站台上站了一会儿。此刻，他再次像通常那样，对他以"您"相称。

"您知道吗？我们中的许多人心里都住着一个超人。那个超人是最大限度的意志力，超越所有的道德规范，执行最恐怖的决议，带着纯真的愉悦……类似于天真的残酷游戏。"

"是的，而且那个人不再感到害怕，也不再痛苦，仿佛走在云端似的。"

"当然，要是能唤醒许多人内心的这个愉悦且纯真的残忍自然是再理想不过了。我们得开创'天真怪兽'时代。毫无疑问，一切都会实现。只不过是时间和勇气的问题罢了，然而，当人们意识到灵魂已陷入文明的粪坑中时，他们必须在被淹死前掉头。事实上，是懦弱和基督教让他们无法意识到自己是多么病入膏肓。"

"但您不是想让全人类都加入基督教吗？"

"不，只是一部分人……但假如那个计划失败的话，我们将换个方向。我们还没有制定任何准则，最聪明的办法是准备好迥异的准则。就好比在一个药房，我们将拥有各种各样完美的谎言，每一种贴上不同的标签，用于治疗不同的大脑或灵魂的疾病。"

"知道吗，就像巴尔素特昨天说的那样，我觉得您是我们中最疯狂的一个？"

"我们把我们不习惯的他人的想法称作为疯狂。您瞧，要是那边那个搬运工把心里的想法都告诉您，您一定会把他关进疯人院。当然，像我们这样的人很少……最重要的是，我们要从我们的行动中获得生命力和能量。那即是我们的救赎。"

"巴尔素特呢？"

"他对等待着他的命运一无所知。"

"您打算怎么做？"

"布纶堡会勒死他……我不知道，这不关我的事。"

他们在太阳下，避免着路上的水坑，向庄园走去。埃尔多萨因对自己说：

"我们的城市（即国王的城市）将由白色大理石建成，坐落在海边……我们将成为上帝。"他用明亮的双眸看着同伴，对他说，"您知道吗，某一天我们将成为上帝？"

"那是粗人无法理解的事。他们把上帝都杀死了。但某一天，他们会在阳光下飞奔着喊道：'我们爱上帝，我们需要上帝。'真是白痴！我无法理解他们怎么会把上帝杀死了。但我们将会让上帝复活……我们将创造出伟大的上帝……文明的象征……到时候，生活将变得彻底不同！"

"那假如一切都失败了呢？"

"没事儿……将会有另一个人……将会有另一个人来取代我的位置。事情就会那么发生。我们只需要期待想法在人们的想象中开花结果……当想法存在于大量的灵魂中时，美妙的事情将会发生。"

埃尔多萨因为自己的平静而惊讶。

他不再害怕，并再一次想起大使们的会议厅，他用充满恶意的目光看着迷惑的年迈外交官们，秃顶的脑袋，苍白的面孔，强硬且鬼祟的目光，于是，他无法抑制地大喊道：

"为了掐断那个畜生的脖子搞了那么多'名堂'！"

"占星家"惊讶地看着他。

"您是因为紧张呢，还是说您像大象一样，会无缘无故地生气？"

"不，是因为我受不了这么多瞻前顾后了。"

"年轻人都是这样，""占星家"反驳道，"像一只站在半开着的门前的猫，进退两难。"

"我应该去现场吗？"

"您想看吗？"

"很想。"

然而，当他们穿过庄园的大门，埃尔多萨因感到胃部一阵痉挛，喉咙反起酸水。他几乎站不稳脚。在他的眼里，所有形状都罩上了一层乳状的薄雾。他的手臂像铸了铜似的沉重。他毫无意识地往前走；感到空气变成了玻璃一般，地面在脚下弯曲起伏，某些时刻，笔直的树木在他眼里变成了锯齿状。他疲惫地喘息，舌头干燥，徒劳地舔着干硬的嘴唇和燃烧的喉咙，唯有羞愧心支撑着他，让他没有倒下。

当他再次微微睁开眼睛时，看见自己正跟着布纶堡沿着马车房的楼梯往下走。

"看见接生婆的男人"神情恍惚，头发蓬乱。腰带松垮地系在裤子上，白衬衣的一截儿像手帕的一角似的从裤门襟露了出来。他用拳头遮住嘴，大口打着哈欠。倦怠且心不在焉的目光与他杀人的意图毫不相符。漂亮的眼睛像巨大猛兽的眼睛那般严肃且难以捉摸，长长的睫毛将阴影投在少女般圆圆的脸蛋上。埃尔多萨因看着他，对方仿佛丝毫没留意他，而是沉浸在忘我的浮想中。接着，布纶堡愣愣地看向"占星家"，"占星家"对他点了点头，于是他打开挂锁，三个人走进了马车房。

巴尔素特一下子站了起来，他想要说话。布纶堡在空中划了一道弧线，头颅碰撞木板的声音在马车房回响。阳光在尘埃中画了一个黄色的四边形。从那个不成人样的废物身上发出沉闷的呻吟。埃尔多萨因带着残忍的兴致观看眼前的对决，布纶堡高大的身躯压在巴尔素特的身体之上，绷紧的双臂将对方的脖子死死按在地上，突然间，布纶堡的裤子从腰间滑了下来，在遮到腰的衬衣下露出白花花的屁股。呻吟已经停止。出现了一阵沉寂，与此同时，半裸着的凶手一动不动，继续用力掐住死者的喉咙。

埃尔多萨因站在那儿看着。

"占星家"手里握着表，等待着。就那么过了两分钟：对埃尔多萨因而言漫长无比的两分钟。

"好了，够了。"

布纶堡笨拙地转过身站起来，头发黏在前额，他漂移的目光谁也没看，满脸通红地把裤子拉起来，急急忙忙地系好腰带。

凶手走出了马车房。埃尔多萨因跟着他，"占星家"走在最后，他转过头再次看了一眼被掐死的人。

巴尔素特躺在地上，面朝天花板，颌骨松弛，舌头黏在扭曲的嘴唇的一角，牙齿露了出来。

接着，发生了一件奇怪的事，埃尔多萨因并没留意到。"占星家"在马车房的门楣下站住脚，转过头看向死者，就在那一刻，巴尔素特把双肩抬到耳朵的高度，伸长脖子，冲"占星家"挤了挤眼睛①。"占星家"用食指扶了扶帽檐，走出门，与埃尔多萨因会合。埃尔多萨因无法抑制地喊道：

_____

① 假装谋杀的决定是由"占星家"经过与巴尔素特的漫长交谈在最后一刻做出的。——评论者注

"那就是全部吗?"

"占星家"用嘲弄的目光看着他。

"难道您以为'那'会像话剧里演的一样吗?"

"您打算怎么销毁尸体呢?"

"用硝酸溶解。我有三个小口大肚瓶。对了,说起这个,铜铸玫瑰花有进展了吗?"

"一切顺利。埃斯皮拉一家非常高兴。我正好在昨天晚上看到了一朵非常漂亮的样本。"

"好,那我们去吃午饭……我们应该好好吃一顿。"

但在他们走进饭厅前,"占星家"说:

"怎么……难道我们不洗洗手吗?"

埃尔多萨因吃惊地看着他,下意识地把双手举到衣领的高度,仔细查看。于是,他们沉默地快速走向洗手间,脱下外套,打开水龙头。埃尔多萨因拿起一块肥皂,小心翼翼把袖子挽到肘部,搓起了肥皂。接着,他把手臂放在水龙头下方冲洗,再使劲儿用毛巾把手擦干。在他们走出洗手间之前,"占星家"做了一件奇怪的事。

他拿起毛巾,把它扔进浴缸,然后拿起一瓶酒精,将里面的液体倒在毛巾上面。他点燃一根火柴,在那一分钟的时间内,他们俩的面孔被烧毛巾的蓝色火焰照亮。最后,那里只留下一堆黑灰;"占星家"打开水龙头,水将轻盈的碳化物冲走,接着,他们俩朝饭厅走去。

一道讽刺的微笑掠过埃尔多萨因的脸庞。

"所以您当了一回彼拉多①，呃？"

"的确是啊，并且是在无意识的情况下。"

在背阴的饭厅，透过半开着的百叶窗可以看见花园。忍冬藤娇嫩的枝条爬上了木窗台。透明的昆虫在柠檬树旁飞舞，白色的墙壁反射在打蜡地板金黄色的深邃中。桌布的流苏垂在方形的桌腿周围。伊特鲁里亚花瓶里插着一束康乃馨，散发出浓郁的香味，镀银的餐具在亚麻布和陶瓷上闪闪发光；阴影要么像杯子凸起的玻璃球一样卷起来，要么呈三角形落在盘子上。在一个椭圆形的盘子里盛着蛋黄酱大虾。

"占星家"往杯子里倒了葡萄酒。他们沉默地进餐。随后，"占星家"端来蛋黄汤、一盘浸在油里的芦笋、洋蓟沙拉，最后是鱼。甜点是洒了肉桂粉的里考塔②，以及水果。

在喝过咖啡后，埃尔多萨因把钱拿给他。"占星家"数了数钱。

"您需要多少？"

"两千。"

"这儿有三千五。拿去买几套西装吧。您长得俊俏，最好也穿得考究一点。"

"太感谢了……不过……我实在是困死了。我去睡一会儿。

① Pilatus，罗马帝国犹太行省的第五任总督。他最著名的事迹是判处耶稣钉十字架。在所有四卷福音书中，彼拉多回避处死耶稣的责任。在《马太福音》中，彼拉多洗手以示不负处死耶稣的责任，且不情愿地送他上刑架。——译者注

② Ricotta，起源自意大利的奶类制品，用于千层面、比萨以及甜品。——译者注

您可以五点叫醒我吗?"

"当然,去吧。""占星家"带他走到卧室。埃尔多萨因疲惫至极,他脱下短靴,将外套扔在床头。一阵巨热灼烧着他的眼睑,胸口覆盖着一层厚厚的汗水,他停止了思考。

天色已暗,埃尔多萨因被"占星家"拉百叶窗的声音吵醒。他猛地从床上坐起身来,"占星家"对他说:

"终于醒了!您足足睡了二十八个小时。"他露出怀疑的表情,于是"占星家"把当天的报纸给他看,的确已经过了两天了。

埃尔多萨因想到伊波丽塔,跳下了床。

"我得走了。"

"您睡得跟死人一样。我从没见过谁像您这样睡觉,这么疲惫,甚至都忘了上厕所……对了,您从哪儿编造出咖啡店的自杀案来的? 我读了昨晚和今早的报纸。都没有提到那条新闻。您是在做梦。"

"但我可以带您去那间咖啡店。"

"那间咖啡店也是出现在您的梦里的。"

"也许吧……无所谓了……那件事呢? ……"

"已经搞定。"

"全部?"

"全部。"

"硝酸呢?"

"我们将把他扔进下水道里。"

"就那样? ……"

"就好像他从未存在过似的。"

在告别时，"占星家"对他说：

"星期三下午五点过来。晚上我们开会。别忘了去买一套成品西装，同时再订制几套。一定要来，'淘金者''皮条客'和其他几个人都会来。我们会彼此交换意见，要记得，我对毒气非常感兴趣。制作一个小规模生产氯气和光气的计划。啊，对了，研究研究芥气到底是怎么一回事。据说可以摧毁任何没有受浸泡在油里的防毒衣保护的物品。"

"光气是碳的氯化物。"

"埃尔多萨因，别浪费时间。一个小工厂。可以作为化学革命的培训学校。您要记得，我们的活动分为三部分。'淘金者'将负责与营地有关的事宜，您负责工业，哈夫纳负责妓院。现在我们有钱了，就不能再浪费时间了。要立马开始工作。我们建立一座工厂，把它搞成阿根廷的克虏伯①，您觉得怎么样？要有信心。我们的计划可能会创造出许多惊喜。我们这些发明家，如果不聚在一起，是找不到方向的。② 谁知道呢?! ……"

埃尔多萨因盯着对方长菱形的脸看了一阵子，然后，他带着嘲讽的微笑说：

"知道吗，您和列宁挺像的?"

他没等"占星家"回答，就走出了大门。

（写于布宜诺斯艾利斯，1929 年 9 月 15 日）

————————

① Krupp，克虏伯家族企业，是德国最大的以钢铁业为主的重工业公司。——译者注
② 这部小说中人物的行为将在《喷火器》中继续。——原编者注

译后记

　　阿根廷作家罗伯特·阿尔特是个有趣的人。在"最受作家同行忽视"的阿根廷作家排名中，他榜上有名。然而，在"同行心目中最优秀的阿根廷作家"排名，他也名列前茅——这是两张矛盾的榜单。他的威望、才华以及在文学史上的重量级，从不亚于那些瞧不起他的同行们。可又为何"受忽视"呢?

　　1900年4月26日，罗伯特·戈多弗雷多·克里斯托弗森·阿尔特出生于布宜诺斯艾利斯。他的父亲卡尔·阿尔特来自当时隶属东普鲁士的波兹南，德语为其母语；母亲则来自说意大利语的的里雅斯特。这使阿尔特具有先天的语系特色。

　　阿尔特的父母随19世纪末20世纪初的欧洲移民浪潮来到阿根廷定居。当时的阿根廷凭借肉类和粮食的出口，经济蓬勃，在世界最富国排名前十。首都布宜诺斯艾利斯，更是从一个不知名的大陆南端的小港口，一跃成为灯火通明的大都会。19世纪70年代到20世纪初，阿根廷政府鼓励欧洲移民进入，人口每二十年翻一番，只在第一次世界大战期间有所减少。

　　这些欧洲移民大多来自小镇或村庄，他们深受战争和贫穷的困扰，将全部希望寄于阿根廷的田野。然而，抵达后却发现这里的土地被少数人掌握，他们只会再次沦为廉价劳动力。于是，不甘心的移民返回港口城市布宜诺斯艾利斯，企图在那里开辟新生活。

那段时间里，布宜诺斯艾利斯迅速扩张，却也不足以为移民们提供充足的住房。无奈之下，移民们不得不群聚而居——多户人家合租一栋破旧的老房子，每户只租一个小房间，屋子的内院则成为各家各户的公共舞台。这便形成了布宜诺斯艾利斯的"大杂院"。在这里，各种文化混合在一起。掺杂了多种欧洲俚语的黑话发芽滋蔓，妓女、暴力事件和街头犯罪频繁出现。杂居其间的人们，不仅要努力适应一个崭新的国家，还必须面对日常生活中的不稳定因素与敌意。

好在，文化融合也为当地带来了一些珍贵的新事物。从西班牙的无政府主义到苏联的社会主义，从陀思妥耶夫斯基到托尔斯泰，宗教信仰和政治运动塞满人们的头脑，各种书籍承载着形形色色的思想。布宜诺斯艾利斯的文化生活就此活跃起来，报刊、出版业和文学运动欣欣向荣，探戈也开始流行。

这便是阿尔特的生长环境，也是阿尔特笔下的世界，危险刺激、混乱芜杂。

挣扎在底层生活中，阿尔特的父亲频繁地更换工作，最终也没有获得事业上的成功。他的母亲生了三个孩子，只有阿尔特一人侥幸存活。童年阿尔特焦躁不安，无法适应严格的学校教育，九岁便辍学在家，在父亲的极度暴力下成长。对他而言，"父亲"意味着"恐惧与憎恶"，《七个疯子》中埃尔多萨因对羞辱和痛苦的描述即是童年回忆。十六岁时，阿尔特不得已离家出走，靠打各种杂工为生。他做过油漆工、铁匠学徒、砖厂工人，也做过书店职员。

在各种劳作中，阿尔特爱上了读书。他见缝插针地挤出时间，出入当地的街区书店，阅读各种能够找到的图书，甚至租借、倒卖。除了热衷于小说和杂文，他也喜欢钻研技术手册、科普读物和神秘学方面的书籍。尽管生活相当拮据，他还是在弗洛雷斯街区、文学聚谈会、公立图书馆，以及社会主义者、无政府主义者的精神影响下逐步建立了自我的文化疆域。

1920 年，二十岁的阿尔特成为一名记者。最初他负责犯罪版块，后来开设了"布宜诺斯艾利斯速写"（Aguafuertes porteñas）的专栏，阿尔特此段时间的写作被认为"以特有的直率和朴实的风格"，描写了"阿根廷首都日常生活的奇特、虚伪、陌生和美丽"。他的第一部小说《愤怒的玩具》（El juguete rabioso）于 1926 年出版，但并未引起多大关注。被阿尔特视为最重要作品的《七个疯子》在 1929 年 10 月出版，同样反响平平。续集《喷火器》（Los Lanzallamas）于 1931 年出版。次年《魔幻之爱》（El amor brujo）问世。他也写过几部戏剧，虽然都被搬上过舞台，但也没为他带来多大名声。完成所有这些后，阿尔特刚满三十二岁。

除了写作，阿尔特对发明也近乎痴迷。

他曾经尝试发明邮戳和压砖头的机器，但都相继告败。他将大把大把的时间花在狭小的实验室里，没日没夜地在笔记本上计算、做笔记。没人明白他对科学、机械方面的实验和发明的热忱到底来自何处，或许与他大量阅读的技术手册和科普读物不无关系。后来他发明了一种不会滑丝的女性丝袜，甚至获得了专利，但最后也没能取得任何成果。这正好解释了《七个疯子》里的埃尔多萨因种种"疯狂"的行为——真实生活中的阿尔特，也曾试图通过实验和发明来获得名声和财富，但终究是泡影。

总之，无论是写作还是发明方面的努力，都没能给阿尔特带来稳定富足的生活。但阿尔特还是承认自己是为写作而生。他坦言："当我想要写作的时候，会在任何地方写，在任何一张纸片或任何一间环境恶劣的房间里。"但同时他也是为了生活而写作，在他看来，"靠写作为生是一件非常艰难且令人痛心的事"。

阿尔特和第一任妻子育有一女，后妻子因肺结核去世。再婚后，他开始以记者的身份周游西班牙、巴西、智利等国。1942 年，阿尔特因心脏病发作突然去世，未能亲眼见到儿子罗伯特的出生，时年四十二岁。

在 20 世纪初的作家里，非常少的人如阿尔特这样，出身中下层阶级的家庭、双亲为贫困移民。他没有博尔赫斯的欧洲教育背景，更不能与像阿道夫·比奥伊·卡萨雷斯这些天然上层阶级作家相提并论。放到今天来说，阿尔特受到的教育是一种草根的教育，他的文化是一种"混杂""生猛"，类似"大杂院"一样的文化。而他在写作中所使用的语言，更是一套将原生的意大利语－德语母语语境，夹杂拉普拉塔河流域的西班牙语，

混合不时灵光一现的当地黑话，所融汇在一起的独特而私人的
语系。

《七个疯子》之所以被公认为阿尔特最出色的作品，正是因
为，在阿尔特混杂又生猛的文笔驱使下，这部小说既荒诞又清
醒，充满了难得一见的诗意。

疯子们想要寻找纯净的愿望、寻找天堂，却不断被现实唾
弃。生命中只剩下痛苦和羞辱。也许正如埃尔多萨因向妻子倾
诉的那样，这种折磨始于童年。他的父亲不仅会严刑惩罚他，
还会让他对未来也充满了恐惧，比如将惩罚延迟到"明
天"……这样的成长经历，让他最终只能在想象和疯狂中得到
暂时的逃避和安宁。因此，成年的埃尔多萨因与小说里的其他
主角一样，因无法忍受痛苦和憎恶而产生了推翻这个社会——
这个充满了谎言的社会——的想法。

小说里华彩的部分是"占星家"那场深入哲学和政治领域
的演讲，最终抵达的却也只能是人性的荒谬之地。"占星家"意
图的毫不掩饰，"通过摆布愚昧且痛苦的大众来制造暴力叛乱"，
即使在阅读时，也能使人感受到一阵"竟与现实如此相似"的
触目惊心。至于用哪种意识形态来征服且奴役人类——三 K 党
激进的至上主义，列宁的社会主义，还是民族主义——这对
"占星家"们而言并不重要。

此外，这些疯子们的想法却极具预见性——这也是让所有
读过这本小说的人，印象深刻且不寒而栗的一点。1930 年 9 月，
也即小说出版后几个月，阿根廷总统伊波利托·伊里戈延在一
场军事政变中被推翻。现在来看，那只是以后几十年中，多场

军事政变的起始；在同一年，阿根廷陷入经济大萧条。小说中真假难辨的"少校"提出创建一个虚拟的革命军，专门进行恐怖袭击，从而激起全国的革命动荡，这个提议却成为日后阿根廷现实政局的模型。可以说，这些与现实对照的点正是这部小说的讽刺性所在，尤其它创作于"二战"和阿根廷军事独裁的黎明时分。

《七个疯子》不是一部读起来让人感到轻松的小说。阿尔特一再重复相同的心理活动、谵妄的个人独白和层层交织的噩梦。然而，这也正是小说所要展现的：一个彻底迷失的灵魂，试图在最堕落的生活中寻找不可能存在的伟大和崇高。阿尔特曾在该书的注释中说过，假如犯罪行为并没有伴随着一系列扭曲、紧张且痛苦的内心活动，那么他对于描写犯罪活动本身并不感兴趣。引用陀思妥耶夫斯基曾说过的一句话："每个人的内心都住着一个刽子手"，而阿尔特想要做的，无非是通过他的文字将这一事实展现出来。这部小说就像一口由层层黑暗堆积而成的深井，读者在阅读的过程中一直提心吊胆地站在井边，观望黑暗；能够在井边坚持读完它的人自然会对那个难以定义的、叫作"人性"的东西了解更加深入一些。

评论家常常批评阿尔特的文字重复过多、语法错误频繁且逻辑荒谬，这却正是由阿尔特"大杂院式"的教育和成长背景所导致，亦是他写作风格的独特之处。在翻译的过程中，我也逐渐体会到这种按图索骥式的趣味。

《七个疯子》里充满了闪光的梦呓、诗意的浑浊以及令人难以忘怀的迷人片段，比如：

"一束阳光从半开着的镶着不透明玻璃的门射进来，仿佛一条硫黄棒，将黛青色的氛围切成两半。"在描写昏暗的酒馆的同时也将人物内心的浑浊烘托出来。

在提到即将执行的杀人计划时，埃尔多萨因说："您知道，在夏天即将到来之前死去不是一件令人愉快的事……"

还有另一处，阿尔特用"雨水让沟渠里响起短暂的蛙叫声"，精炼地描绘出那一刻的气候氛围，或用"他的悲哀犹如铅球一般，在橡胶墙上弹来弹去"，巧妙地用带有破坏力的物理画面来描写抽象的感受。

作为译者，我在翻译的过程中尽可能精确地还原阿尔特的文字和意象，避免添加任何我个人的诠释和注解，也是希望这部小说最原始的力量——那种西语里天然的跳跃、疯狂和伟大，能以中文的形式重现在字里行间，以最本真的面貌再度跨越时间。

欧阳石晓

西班牙马德里 2019 年 12 月 22 日